我的伪造生涯

张辛欣

江苏凤凰文艺出版社
JIANGSU PHOENIX LITERATURE AND ART PUBLISHING, LTD

Brigitte Duzan
语言学家
法国

张辛欣值得重新发现，这不单指她八十年代写的小说，甚至要超越她的作家身份。有待我们去发现的是一个多面的艺术家：编剧、导演、摄影与作画。她的生存状态是游离于自己出生的国家和目前居住的国家之间，对中美两种文化同时进行反思，她继续用中文写作，在中国出书。

陈丹丹
纽约州立大学教师
美国

异国漫游中的种种际遇，让人也想跨上马，向天涯！

陈儒斌
艺术观察家、美东侨报艺术专栏作者
美国

张辛欣一支写字的笔，多年来一直让我领略其文字笔下的各种风景。张辛欣的另一支画笔，“伪造”过不少艺术大师名作，每每在微博上展示，让我这个观画者觉得新奇而亲切。张辛欣已有二十多年名画临摹经历，出版了自己创作的漫画书，并为《上海文学》自己的专栏文章插画，显示了作为画家的热情和才华，希望早日可以看到张辛欣的个人画展。

董菁
律师
美国

这些年，张辛欣隐居着，从不在当地各种各样华人圈儿出现，也没谁知道有一个八十年代大陆有名的作家，除了个别老读者比如我。我觉得她极孤傲，看人如看草。偶然面对面，听她说文学，说电影，说绘画，说软件，做音乐……是我高中生儿子关心的事儿！她说得激情而专业，不在意听者我的水准，我离开熟悉的生活，来到另一个维度。然后，她又隐入孤独。

——

董子琪
界面新闻
上海

——

文字是她的活泼、敏感又从不避讳的私情，光是看着就能感受这股摇滚乐般的热力。

——

房伟
文学博士、苏州大学教授
苏州

——

这是一部女文青超级精彩的人生自述。写作、播音、戏剧、电影、数码、绘本，种种跨界的好奇心和蓬勃的创造力，光怪陆离的海外华人文化体验，都被浓缩在那些横冲直撞又爽快无比的文字之中。“跨界女王”张辛欣，惊世骇俗，心怀坦诚。她的随笔，不仅仅有丰富的知识、真实的生活，还有那充满叛逆的心灵世界。

方岩
《扬子江评论》编辑
南京

与张辛欣同时代的作家如今大都一副功成名就、德高望重的模样。她的“伪造生涯”所展示的视野、态度的多元性和纵深度，反证了汉语写作世界里所谓的成功大多数时候都是小农意识胜利的结果

甘云
雅骏威展陈事业部
成都

在读这本书时我凝视这句：“创作工具全给你了，而各种新媒体立刻陈旧着……”感慨我的怪咖老姐，爪伸多域，绝不走空。

龚应恬
剧作家 导演 影视制片人

我们被伪造，我们自己伪造。读张辛欣为什么我想哭？

Helen Wang
大英博物馆鉴定专家、中文译者
伦敦

作为辛欣的英文翻译，我感叹于她的多面性。每接到一篇文章，看到的都是一个新角色，一段新经历。她的伪造生涯是一场勇敢而自如的精彩演出。

郝帅
影视出品人
北京

此书因写作私密而更显真诚，观看着世界，又被世界塑造了观看的方式，这个过程中，成长、记录和创造都诞生了。

何袜皮
作家、人类学博士
美国

虽然和张辛欣属于两代人，但读她的经历却没有任何隔阂，这或许源于她对生活的不断尝试和探索。很喜欢“伪造生涯”这个书名，不管我们曾经以他人之名做过什么又临摹过谁的生活，这些终将变成最真实的一部分自己。

——

黄锫坚

界面新闻

北京

——

一个二手导演的赝品集，一个蹩脚声优的独角戏，一个媒介探险家的年代穿越剧……其实，我们何尝不是同样的空洞二手货呢。其实，就想说，所有读媒体传播的，都应该拿您这书做参考。最全面生动的一手体验。从广播、话剧、电影到多媒体电子书，辛欣带你穿越不同年代的媒介现场。那些第一手的实战经验，堪为媒介传播专业的必读参考。国内像你这样玩过这么多媒介的人，真是稀世珍品。

——

靳泉

南京师范大学美术学院教师

南京

——

绘画无关于他人，只关乎自己，她在她的伪造世界里依着心性，自得其乐，也是一片天地。

老杜找乐儿
生物学家、网友
美国

让这书带你浪迹天涯。这天涯不只是大洋那端斑斓的国度、五色的文化；这天涯更是文字、线条、色块、声音、数码、光电影像织就的异域，你必会流连忘返，目眩神迷。

李晁
小说家、《山花》杂志编辑
贵阳

或许生活在两极里的作家够多了，但艺术总归只有一极，不论现实境况的裂变和断层多么显著，精神生活却从未从作家身边离去。《我的伪造生涯》其实是一本“《我的艺术生涯》”，如果“艺术约等于伪造”这说法能让你打开这本书的话，它就是这样的。掩卷的同时，它又成为了另外的一本书，我想这么叫它：《张辛欣的礼物》。

——

李壮
中国作家协会创作研究部、评论家
北京

——

“身披斗篷，头枕剑睡，随时准备打架，随时准备逃亡。”张辛欣在书中引用的这段对卡拉瓦乔的描述，其实也大可以作为她自己的精神速写。小说、电影、绘画、播音甚至歌曲演唱……本书的作者犹如女侠一般，在不同的文化地貌间潇洒穿行。她的文字如她的生命本身一样，自在、自由、自足，将我们引向诸多妙趣横生的世界。张辛欣将这些统称为自己的“伪造生涯”，但穿过这充满隐喻的“伪造”，我读到的却是一种孩子般的爱与真诚。

——

林东林
作家、诗人
武汉

——

张辛欣，前辈，她的文字跟我一样年轻，甚至比我还年轻。她游离并游刃于其间的，她统称之为“伪造的”，现在她站在时间的层楼上审问时间，也审问自己，这是“我知道”和“天知道”之间的清醒和真实。顺便说，她编剧的《棋王》是我看过的极少的无限接近原著的电影之一。

刘东明
电视台制作人
大连

遥望故国忆往昔，波澜壮阔收纳在302页文字里。闭合书页，一切仿如昨日……拂去征衣晨露，再次出发。没有什么能够阻挡，一颗不羁灵魂进击的步履。

鲁敏
作家、鲁迅文学奖得主
南京

很多年了，她一直像传说里一样，这么滚烫，这么闪烁。

——

罗大军

中国国家话剧院副院长

北京

——

我暂时还不能玩转世界，但我总在辛欣层出不穷的“伪造生涯”上把玩世界！我也学戏剧，怎么就没她那么N多的维？

——

罗天

TaDah 突然间创始人

——

作为一个以前做媒体，现在做家居生活品牌的人，我在书中看到了自己和一段令人无限向往的真正跨界人生。

孟淼
摄影师、古迹漫游者

和辛欣是讨论她长篇自传在网上认识的，那时没微信，智能手机也没，她在美国不用 QQ，我们在邮件里谈稿子，有时她写来，“为你加的这段。”她回国在南京先锋书店说书，我（坐）火车赶去听，我站在一个柱子后面第一次看到这作家，我还看到各地赶来的骇客帝国人——在天涯各处帮她的朋友，都是第一次见面，就连为她主持说书的南京电台杨侃，隔着太平洋和她一起做数码书音响，也是第一次见面！

农儿客栈大掌柜
网友
瑞士

读《我的伪造生涯》时，正是达沃斯经济论坛期间。店里客人有很多是来自各个国家来采访达沃斯论坛的记者。想起了之前向远在天涯海角的她讨教如何做书籍 App 的情景，那时就很惊叹她的多能多艺多面。这次在书里终于看到了这些表象的背后的故事……

——

任逸骐
中学生
扬州

——

这是一个有趣的大人，有趣的大人很少。

——

桑韶华
考古、古典油画壁画修复研究
巴黎

——

才华横溢的辛欣，读你临摹西方名画时的感受很震动，我在欧洲实践古代油画、壁画修研，修复有部分清洗工作，特别是名画家的画，当看到明显的笔触，是极感动的。那种与画家隔世的接触实在妙不可言，专业用语：“你进入进去了！”临摹需要全神贯注，要提起全部的精神气。专业画家在卢浮宫临摹就为体会原作的创作细节和过程，而辛欣你，从印刷品琢磨原作的笔触，赞你叹你的创作气魄与精神！”

沈恺
酒花儿 APP CEO
上海

色：开瓶 30 分钟，书中内容呈现饱满的琥珀色，来自大洋两岸过量的抽象与形象艺术颗粒互相混合，形成略显浑浊的果汁样外观，在人生的光线照射下慢慢雾化；香：这绝不是加州阳光下肆意的柑橘香，而更像是创新的旧世界风格，有泥土、野生菌的芬芳，更有一点点雨后潮湿地面的清新，属于阅尽人事，心有余力的人会喜欢的香型；味：前段微酸，中段带苦，收尾回甘，带有柠檬、甘草、梅脯、烧烤等香气，百转千回，复杂而稀有，浓郁的波西米亚风格令人印象深刻，能品却不适合畅饮；感：琢磨过世上独有的佳酿，也能轻松应付超市里最便宜的桌酒，在夜色与人群中看透一切背后的虚空，在横溢的精力与才华里让自己厌倦世界，也让世界厌倦自己。然而酒醒之后阳光依然明媚，无奈只能再来一瓶好酒。

鼠儿妈
网友

伪造名画和钞票的高手被逮住，而你在创造领域到处越狱！

苏美
高校德语系教师、作家
青岛

张辛欣最吸引我的是她的丰富经历：身逢乱世，各地漂流，身份多样，视角丰富。我觉得她在过上了她想要的生活，即便这有成本。这一点挺难的。人生一世，除了成全自己，其余“大道”皆不足法。我挺钦佩她。

孙建军
声乐教授
呼和浩特

“唱歌就是这样啊，是这样快乐，这样玄妙，这样自由自在……唱歌就是这样啊，没有方向，没有实体，灵魂飘摇在躯壳之外……”这是一位用心歌唱者的最好诠释，这是一位用灵魂歌唱（者的）最好感悟。她——张辛欣，全才的作家、文学家、导演、影评家、画家……身上所展现出的对唱歌的执着、灵动与严谨，让我为之仰慕！她用绕口令似的中文歌词配上洋调做押韵；她用“国际中国话”的方式开唱，博得录音棚音乐技师的喝彩与肯定；她克服转调的困难顺利完成录音演唱……作为“半调歌手”的这段经历让人读起来饶有味道，令人心神向往！推荐大家一起来品味作者别样的心路历程吧！

——

唐棣
电影导演、小说家
北京

——

墓志铭般的倾诉，真诚、刻骨，这是写作的流放，也是生命的自省，在虚构与非虚构之间，各个门类的事物在作者心里都将被认真去履行。人生从四面八方涌向写作，而写作从各个角度伪造着人生。这是一个动人的互动！

——

田耳
小说家、鲁迅文学奖得主
桂林

——

张辛欣不是用大脑，而是用整具躯体、每个毛孔感知和思考。她拥有通感的视域、任性跳切的语言节奏，以及喷薄不息、且能同步、自动转换为个人腔调的意识流。她的逃离或者流落，得以保全数十载不变的文学品质，得以避开与时俱进，安然坐立在世界任意的某个角落，静待被人遗忘，却又如此令人难忘。

——

天涯旅人 YC

金融投资业

美国

——

辛欣洞悉人间世故，但毫不拘泥于常规。她不贩卖理想，也不做廉价的道德评判。她给我们带来的是对生活的顿悟。

——

挖海龟

图书编辑

北京

——

张辛欣的勤奋和生动，足以让大多数年轻人瞠目结舌，时代在她的身后趺趺撞撞。

万之
作家、翻译家
瑞典

《我的伪造生涯》出自俗人不能承受的生命之空，因此不俗。俗人辛酸落泪之处，作者放声大笑落笔成荒唐文字。我为你身体的痛苦难过，为你的生命欣喜。这辛欣二字真是不可分开生来命定。一苦一乐，苦中作乐，举重若轻，真伪难辨，有如红楼，都言作者痴，谁解其中味？

魏晓平
戏剧导演 演员
北京

读完了，如果不知道她是疯子，我就疯了！空洞，美好的词，癫狂在里面裂成了碎片，于自省的感悟里居然被她又捏成型。

吴明卫
中国科技大学物理系教授

一个心灵上从未离开故土的国际流落者的理想主义者的孤独绝唱。

小丸子
香格里拉五色客店经营者

我从法国旅客嘴里第一次听说这作家的名字，法国佬说她在欧洲很著名。买本她的小说看完，直（拍大腿）感叹：怎么才知道有这么棒的作家啊！马上通过各种渠道收集她所有书，根本停不下来（好嘛）！《我的伪造生涯》到手时在接待日本旅客，一安顿好人我立刻把自己埋入书中……

熊森林
90后诗人、编辑
深圳

大胆而多彩的性格是张辛欣老师令人折服的魅力所在。本书纵横捭阖式的跨界思考，以及温柔细腻的心灵旅程，引领着我们进入到知识与感性的精神生活内部。

薛蛮子
天使投资人、微博打拐发起人之一

八十年代在纽约和中国电影导演熟络时认识了辛欣，多年没见面，想不到她凭数码技术继续创作，有合适我投的吗

盐光水灵－伊莎
网友
美国

辛欣和律师老公真是逼人说出不羡鸳鸯的那句话，一个星期去影院至少两三次，我相信是美国的电影游走博物馆了。看电影是一项奢侈消费，一张票十几个美金，两个差不多三十，一个星期一百，一个月就是四百，在餐馆吃饭都花不了这么多，反而看电影要这么大开支，可见有多爱电影。

杨庆祥
诗人、批评家、茅盾文学奖评委
北京

张辛欣依然保持着对这个世界尖锐的洞察力，并以宜人的方式表达了出来。

——

一通迷糊

网友、商人

加拿大

——

辛欣姐的笔触一向“先锋”，源于对周遭变化的敏锐感觉和对未知世界的危机意识。

——

尹卫红

移动公司职员

河南信阳

——

选择流落的张辛欣面临空洞，她对抗空洞的方式是画画，为此她临摹了大量世界名作，成为自己自传体小说的插图画家。那么我真希望现代中国人多一点空洞，学张辛欣用艺术形式对决空洞、丰富人生。

余幼幼
90后诗人
成都

张辛欣的文字有一种急促的呼吸感，带着你不停地喘气。或许是她想表达的东西太多，而又明白这一生都无法说完。她把快速的节奏浸透到了文字中，一旦当你停下来，又觉得其间的故事是何其慢，何其长，它等待你停下来的那一刻，展开回味，才会觉得她故意泄露的自己太多太多……

月一墀
环保工程师
上海

我是从数码版接触到张辛欣的，手握她的纸媒书在旅途读，读到墨西哥金字塔下，居然忘记自拍！

翟业军
浙江大学中文系教授
杭州

就像一场肺癌疑云刺激出《灵山》，胃部的阴影迫使张辛欣写下《我的伪造生涯》。为了反抗无法反抗的“空洞”，她像一个多动症患者，用尽一切人类可能的艺术的方式来呼喊，来比划，来奔跑，来做爱，一场场一个人的性爱。如果没有突如其来的疾病警报，她应该不会去总结她的一个人的性爱的种种遗迹吧，因为她的绝对律令只是动下去，叫下去，无有已时，于是，“空洞”的人间有了一丝颤动。从这个意义上说，写作既是对于疾病的疗治，也是一座座坟，里面埋葬着过去的、至今仍在不安和叫喊的骚动。

张秉坚

电影导演、视觉艺术家

美国

二十多年前，在亚特兰大辛欣家的餐桌边一块架起画板，我告诉她油画材料特性，看着她起笔临摹勃鲁盖尔的《乡间的婚礼》，这位职业作家周身弥漫起调油彩的蓖麻油气味，我每次点评，她都一个劲点头，我猜想，表面谦虚的辛欣其实根本不在乎我的评语，她眼镜片后面总是闪烁着熟悉的狡猾，哼，瞧瞧我来捣你们专业画家的糨糊。辛欣对艺术的结构行为从对名画的临摹就蠢蠢欲动了，在今天的“伪造”饕餮大宴上，我总能听到她在打碎坛坛罐罐时说，Oops!

赵步阳

评论家、大学教师

南京

张辛欣的写作面临着来自外部与内部的双重不安，她不断位移的笔触与快速变化的媒介形成了一种共谋关系，为我们呈现了她自觉流落于此的边缘空间或曰精神性世界。

周浩晖

著名悬疑小说家，代表作《死亡通知单》系列

扬州

在高科技浪潮对艺术带来冲击以及艺术工作者人心浮躁的当下，张辛欣老师依然坚守着数十年热爱艺术的信仰与底线，不忘初心，默默耕耘，这是艺术家的良知，值得年轻一代的创作者们学习。

在“伪造生涯”中，50位推荐本书的人，或许和张辛欣别无二致；张辛欣原本也可以成为任何人，或者说，她确实是……

《选择流落》

之后

开始

《我的伪造生涯》

目录

我译

我的骇客帝国

自序

书名几乎是我的墓志铭。

我被推进圣琼斯医院急诊室，胃持续绞痛，放射到后背和肾脏，计算机断层扫描显示，胃里异常阴影，肝脏散布颗粒，右肾有一个瘤子。急诊怀疑胃癌，立刻转专科，一分为二消化道科和泌尿科，预约胃镜，做核磁共振，把增强剂打入静脉一阵热流，为了看肾瘤边缘的清晰度，是不是癌菜花状了。抱歉，你想读我这些年的创作心得，铺面而来却是枯燥的病理术语；然而，这个急诊事件跟当下我的创作直接关联。

也许，你和我是同代人，一起从20世纪八十年代中国文化解冻走过来，也许你记得那时候我的文学创作，虚构的、非虚构的，那时候我骑自行车沿着大运河，从北京源头走到钱塘江入海地方，我在CCTV主持我的采访节目。在街上我常被观众认出来；我用我采访的口述历史，主持中央台“普通人”节目；用我的侦探小说在天津广播电台做长篇连续播讲；一些喜欢我的读者不喜欢我到处出现，写信来，认定我是孤寂的不是热闹的（人人手写信的八十年代）；我写电影剧本，是阿城《棋王》的编剧；我演戏，演易卜生《培尔金特》的山妖公主，我在大学念戏剧导演。在人艺做导演。然后，我出走了，是你眼前的我了。

后来这些年，我为 VOA 写和播，上世纪末网络热潮，我投入硅谷起家的中文数码出版公司，在网上开专栏（中文第一个），在唱片公司录歌，伪造名画，追逐戏剧，旁听电影课，泡电影院（一礼拜三次影院，很多年了），我画绘本书，翻译商务也翻译名剧，自己做数码书，做语音，做视频，和在英国、日本、法国的翻译联手做数码绘本……我没有吹牛皮，走在通向死亡的捷径，给自己的墓志铭打着草稿，掰指头数一数我干过的各种艺术伪造术，这构成这本小书的内容。

走在末路的我，跟你坦白，我的新伪造生涯源于：

空洞。

这也不是什么了不起的秘密。好多天涯流落者都感到空洞，被新焦虑包围着，同时被空洞包围。一个朋友出来没几天就跑回去了，好像是从恐怖片逃走，回去见到人就解释，“在外面闲得心好慌！你们不能懂！不能懂！不能懂！”朋友都说不懂，说可惜了上好的移民机会。话飘到大洋这边，我听，我想，我能懂。

我们有着同样的成长背景，从出生到死亡被全面管理，包括思维方式和审美趣味。你上班，开会，推诿，抵抗，巴结：从孩子幼儿园到补习老师到住房到看病（我没有孩子少一大项，但得为分配住房到处奔走呼号）。上世纪八十年代在中国的时候，我算是个异数，因为写小说“精神污染”被批判，对生存的直接效应是，大学毕业时我无法被分配——没有任何一家剧院敢收留我这条落水狗。考研究生留校吧，带研究生的教授都不敢看我的卷子，生怕看一眼就沾上了；幸而运动狂飙打住了，我进了北京人民艺术剧院，当导演的时候，除了排戏我不去上班，我独来独往，过着跟自己忙活的日子。在天涯异乡我也一样，这么多年我不参加party，不跟人吃吃喝喝，站在厨房吃着，眼睛扫着杂志报纸。简约，创造，自忙碌。

然而，空洞，巨大的空洞，直袭外部同时内部。作为中国作家的我的曾经外部动作，文学讲演，国际旅行，全都消失了；我自己把访问学者的教职也掐掉了，好埋头写长篇，写长篇的时候把跑车卖掉了（省下保险费），把医疗保险也免了（回国时候用别人名字体检）。为什么活着的哲学命题，用减法做到零。

我的空洞，无所不在。

这本小书有一篇，我临摹名作的体会，是打开我的一把钥匙，天下没有比通过临摹名作来对付空洞的更好方式了（你也试试，别说你不空洞）。从前我不会画画，流落的我是从伪造名作直接上手。我在世界各地博物馆看原画，看大观也一处一处研究局部，伪造名画的职业高手都是这么干的；我在专业录音棚唱歌，我的女低音生逢其时；生命再一次等待宣判的时候让我无耻地告诉你，我练各种艺术活儿，因为想做电影，想一个人做一部商业片，一人干全部活儿。你笑了，这很有什么吗，现在有人这么做，我瞄着这样的人，我要一人演几个角色，把我一副身体分成很多部分，分别使用，我要跟我武打，追击，性爱……

于是，你读读我是怎么看电影的。我高度分裂地看，一边看眼前一边还原剧本文字是怎么写的，流动的画面，分解为镜头、音响、场景设计、表演、剪接，分析技术的同时我鼓掌，观众有谁像我这样？感激老天爷，让我流落美国，流落在电影超级大国，流落在与人呼吸共在的黑暗之中。

我的工坊，是半地下室，工坊前部深埋水泥钢筋地下，后面是一排大窗可看一片树林，红顶鹦鹉，松鼠。我听着收音机，独自干活儿，幻想有帮手，跟空气说，这样，这样，于是，一个人干活，假装不同的观察角度，小说家不就是这样分裂吗，一个人兼顾好多角色，而这些年干过的各种活儿，艺术的，农田的，护士的，会互相帮助的，有的时候，我对天说，让我闭眼喘口气，OK？

穿着带洞汗衫，站在厨房吃东西，头发一边长一边短，长发梢沾着丙烯颜色，活像疯子忙个不停。（你觉得？）其实，绝大多数时间，我在绝对空洞。空洞是一分一秒走着的，空洞因为凝视拉得比所有认知更长，空洞，是没有时空可做衡量的。

凝视我的空洞——我的伪造生涯，从很小时候就显现出来。我上小学那一年，因为生日晚，学校不要我，幼儿园也不要我了，我就在胡同混，看到一辆绿漆小木车，小车厢小木窗栅栏闪过孩子小脑瓜，我跟着小绿车跑，小绿车来到一座蓝漆小门前，绿车后门打开了，小孩儿球一样连连滚下来，全都钻进那座蓝色的门，门楣上有弯弯一溜儿红字，我不认字我能猜，幼—儿—园。一个美丽大哥哥出来了，身后跟一溜儿小孩子，手拉衣角，成一串儿，我拉上最后一孩子的衣角，我们来到公园，我们围圈儿坐，大哥哥好奇怪，我是哪儿冒出来的，我说，我是幼儿园的啊，大哥哥慌了，大哥哥高兴了，因为他讲故事时候，我晃着脚笑得最响，我的伪装术到傍晚时候就被揭穿了，我跟着小朋友想混入人家幼儿园，眼看就要钻进天蓝小门了，一个大人堵住我，我爸爸！

我想对自己证明，我不是天生反社会心理倾向的独行者，还不懂事就本能地想混入集体，拥挤在伪装在群体的热闹里。虽然，八十年代我被定义“中国存在主义代表”，这算是我的写作罪名，而我因此知道这种哲学思潮的存在。他们大写了我，而我，够一个存在吗？只有完全落入空洞，失去任何被推动，于是，你清晰地认识到个人存在的荒谬。无意义地被生存着，在虚无的空洞中醒着的人，是何等地英勇，是的，英勇，每一个荒谬个体存在，都极为英勇。

太空洞的时候我就出去找点事做（像史前猎手离开洞穴），你这样读书中的我做国际广播，画绘本书，做数码书等等。这本小书每一行你都可读为：涂抹空洞。

我不是女武士，诊断胃癌让我惊慌。精确地说，惊慌了一天，我好后悔多年来一直站着吃饭，吃得太快伤了胃，我后悔持续的创作思虑伤了神经——胃。最恐慌的是，要是我去了，唯一的伴儿，我的斯蒂夫可怎么办，他的空洞会少了转移的一半，凄凉会多很多啊。同时，我庆幸，我时刻携带的疼痛，腿疼、手疼、腰疼，疼到我羡慕人都能迈着两条腿走来走去，而我不能够，我时常告诉自己，疼痛是提醒你存在着，而所有的疼痛，眼看就要有一个明确的终结了，多么好。一天之后，我冷静下来，胃癌是有形成过程、发展过程的，假如，我还有一年时间，我不化疗，我细嚼慢咽，从容有迫地做完手边几件创作（其余零碎，都去他的了）。

全麻下胃镜，直观诊断，胃癌是一个假警报。核磁共振出报告，右肾确有瘤子。我知道的。我跟写报告的医生说，十多年前就查出来了。旧片子呢？能对比一下瘤子长了多少。医生问。那是在别人名下检查的，好个伪造生涯！我噗嗤笑了。预约泌尿科，来回地电话联系，约到一个月以后，我给你写着还不知道曾经伪托别人名字属于我的瘤子究竟长大了多少，我诊断，瘤子没有穿破皮囊，细胞还没有分裂癌变，要不然，医生会让我带着肾立刻赴约。

你尽可以把我看成一个低能的多面伪造者，我分析，我的伪造技术和我的生命的一路方式有关。少年时候画月票蹭公共汽车，画戏票蹭革命芭蕾舞演出，蹬高梯按格子描伟大领袖绿军装红领章，春夏秋冬各种农活，从自己病危到看护病危，我一路干一路看人家是怎么做的，我照着做，都是这样做过来的。包括干各种媒体。大学时候交导演作业我每次都是最后一个，因为在写小说，写着小说看着同学是怎么做戏的，哦，是这意思啊，照猫画虎，我做导演作业。

也许，应该这么形容，我是一把小提琴，进入练习之前要调弦，对位音调那行当，各行里各种我的崇拜都是我的乐谱，写作也如此。文艺解冻时候我做各种各样的辛苦练习，我参照的曲单，古典的，外国的，旧的新的，我拉着——写着，听着——看着周围，你们也跟着寻根，你们也跟着魔幻，你们也跟着新小说，我也新小说并且非虚构，而什么是本我的手法——本我的命题，我的困惑我的个人存在究竟何在？我逃走了，逃到前不着村后不着店的地方，八面临风空洞，会从心中出来什么吗？

我意识到自己是一种二等伪造存在，想对着一面空墙大声嚷嚷这样的我。我在画版上写出来，用颜色涂盖掉，直到几年前在上海文学开专栏时候编辑问，专栏叫什么名字？跟编辑说（心有胆怯地）“我的伪造生涯”，如何？我准备着被编辑翻白眼的，隔着太平洋我的脸皮不一定练得更厚了，想不到，编辑崔欣立刻叫好，她报上去了，副主编金宇澄也叫好——我的回音壁！（现在我遥想，难道你们对自己暗藏类似定语？）

我何尝不希望这辈子，每一事做得更纯，更趣，更精彩——更“我”。

空洞中，尽量逼近本我。

这本小书记录我在各种媒体前沿工作的细节，生活在高科技美国的我得到穿越媒体的观察自由，美国是发明大国，虽然我只有小学六年级正式教育，总得有点创造力好对得起流落到此。小书“预言”两篇，一篇是本世纪初那一年我对网络创作的困惑，那时的读者认为我对未来的创作方式有着前瞻性看法。你读，你觉得？同一年我写下对视觉创作的前瞻。你读，你觉得？

胃癌虽然是一个假警报，但是不能吃东西依然是问题，咖啡，酒，不能喝，镇痛药，不能吃，流食是日子的流水线，而且，不能乐，不能愁，手总捂着心窝，字在心里——应该说——胃里，也不出现，胃和脑的关系，我 19 岁当职业护士时候就在临床观察到了，脑瘀血病患会出现黑色大便，那是因为脑神经受创引起胃出血。

空洞，原来还可以这样降临，我的情绪空前稳定，无名焦虑明显降低，自诊断，因为肾被瘤子占领，肾上腺激素不够于是性情被制衡了。伪警报给出一种真提示：你这副生命不是无限混的，空洞，是一张时刻表，在我的空洞最后一格之前做完几件活儿，你没有权利因此自由坠落。空洞中，耐心等，等待胃液刺激脑神经，而胃液不能多，不然就会胃疼的。于是，你读这本小书每一行背后隐藏的涂抹和修补，其实不那么轻易的，而英勇涂抹又何必！你在问吗，是啊，我也在想，为了还愿？

请读“我的骇客帝国”那部分。现在我更懂放逐荒原李尔王的台词：“每一阵寒冷的风，都是最好的朋友！”我孤独的创作路上，有着一阵阵暖流，我和朋友隔着大洋一起创作，共同 DIY 数码绘本，在不同国家翻译做出多种语言数码绘本，在 Apple 在 Amazon 出售，做视频外放 Youtube 内放各视频网，和合作者和指导我的人们，有些到现在没见过面！这是不是挺奇妙的？和我合作的人究竟都是什么人？

这些人对落魄艺术工匠我有着特别的悲悯？也许，我们气质相似？借文字之桥，我跟感觉相近的人再一次走近。书籍，如今是一种多么奢侈的形式，写，编，校对，设计，印刷，装订，为这书握在手中的私人感，编辑特地做小开本，于是这书厚，为了你读着不散，书脊做了内加固，暗刷一道胶——这是我和天涯骇客的秘密链接。

虽然，我不给自己刻碑，却有着确实的遗憾，比如你读到的一个又一个我怎么画怎么做绘本的故事和发展，我做我不满意自己我还在路上，当你读到我的这个时候，又有了一种希望，于是我生出新构思和做法，读书不是看电影，无需埋伏彩蛋最后才解开，你可以直接读最后一篇文章，摇滚说书，那算是我的墓志铭。

2016 年 8 月 27 日

涂抹空洞

怎么写？怎么读？

我在危境。你不吧。

一个礼拜前去看医生，等待的时候抖开《纽约时报》扫一眼候诊室，十多个病人，大人老人孩子，全都在扒拉手机，东式脸中国、越南、韩国，西式脸白色、黑色、棕色，拇指的屏幕小动作明示不是玩游戏是阅读。这幅风俗小景震撼我：人类突入新阅读纪了。看看这些超肥孩子，艳俗女人，牛仔裤膝盖脏兮兮、指甲带黑泥的男人，都属于知识分子哀叹的不读书人？而人家全在读！虽然，你知我知，人家读的非你我读的内容。但是，文字，在上一次文明突进，古登堡印刷术发明让《圣经》大流行，然后识字人突增，纸媒传播之后，这一次，用手机普及天下。

不由得，又想写作者我之处境。

我回想 1993 年在海德堡小聚，北岛、多多、顾城，还有当地居民龙应台，我们讨论的主题是“流亡的文字”。这么多年过去，聚会的一些细节仍然记得。

记得多多在本子上画画，顾城也画画，细钢笔描出几何似的线。记得听北岛他们的朗诵会，突然地，我把从诗人口中飘的诗悬在空中看，第一次我把中文作纯意象观赏。和顾城和谢烨我们三人傍晚散步，顾城和我抢着背王朔小说好玩的句子，谢烨一起呵呵笑着，同时负责帮三人记着路，别光顾了乐找不回旅馆，顾城和我方向感都很糟糕（分手后没多久他俩惨烈先后脚一起走了的事件特别知会独回美国的我）。

我还记得，高行健匆匆路过，在旅馆前台放下一本书跟我说，“此书把我的中国全写完了。”立在台前，我读那书，在人艺当导演时我最早读他的剧本《野人》，这书似是《野人》的延续，再接下去的故事你知道的，一些年之后它诺贝尔了。

还有，我记得龙应台说她写不下去了，觉得很孤独，我俩在车水马龙的海德堡阳光街头走着，我说，无人知道也无人在意个人处境，在读者眼中你是欧洲一盏明灯。她那时候写成什么样，她后来成就到什么地步，不用我这里费字跟你提了。

想跟你说的是，我特别记得那次聚会龙应台说的一件小事。说国民党统治台湾了，日据时期几位流行作家突然之间无法写下去了，他们日语成长，日语阅读，日语写作，突然改中文统治，顿时成文盲了！

龙应台说完我听到北岛“啊”了一声，喃喃自语：“那我们比他们还是好多了……”他的直白让我很记得。我特别记得那一刻的寂静，国际流浪的中文文字的我们为同是黄面孔的日语书写者的失语迟迟哀悼，更是在焦虑自我文字的荒路，文字使徒先知与后觉，一下子看到如今？

当“手机”这种移动阅读器出现（现在美国智能手机拥有率是77%，中国比这个数字还高？），文字效用和阅读极大地改观。碎片化阅读。短文写作。去文字化——视觉化的读者终端，是媒体研究者的流行词汇。最近有个App就一词Yo，可译为：“你”（you）的口语；“喂”，打招呼；“爱你”，“注意哈”，“说你呢”——留神你狗日的……再加表情符号（一千之多），表达传递者此时此刻的各种可能性和接受的那位读者的感觉。

我的失落和我的焦虑一直与我同行，像看医生一样，我做着自我检查。

在阅读方面，我有碎片化的空洞感，自问：碎片化阅读是今天大环境影响到我的吗？是的，我用iPad读“书”，在豆瓣阅读买的数码书；我读电子杂志，韩寒的《一个》、《商业价值》；我用iPad读微信，哦，蛮小心的！才十多个联系人，并且做屏蔽。你可以说我很不平权，不让清洁女工看到我的朋友圈讨论，我屏蔽一女画家天天拍她吃她穿她感花叹草，自恋遍布天下拦住一个算一个了我；我屏蔽电子器专业的朋友，每天显摆电吉他和合成器音响打搅安宁；但我放一位美容师进来，她转不少心灵鸡汤，可她一人转发的内容，上乘的比生活周刊一点不差，彩色图片、视频、音乐，一人顺手办了一份文化杂志，还是多媒体的。刚去世的历史学家霍布斯鲍姆说，20 世纪一个市民比从前皇帝知道的事都多。在 21 世纪一个市民的阅读量和广泛度不亚于很多作家？

你也许会说，他们（还划分“专业”和“业余”？）对内容的深度要求和对文字复杂调性的要求，他们不是我们，但是“我们”又是谁呢？

并且，碎片化阅读，不是我今天才有的，从前（童话说法“很久很久之前”）在中国的时候，我的厕所沙发床都放着书，还有报纸，我的分裂阅读和我对写的看法并“追求”（我也好意思用这词！）有关吗？

我书写并练习各种体裁（几乎所有吧），虚构的，非虚构的，口述实录还有“新新闻体小说”。还是上世纪八十年代的时候，我就感觉笔跟不上丰富的变幻，小说，无论如何都太慢了？写着太慢读着太慢？新闻人的敏感，新闻写法的生动，新闻方式的数据设置，周刊杂志速度还能应对？你读着在笑吗——苦笑？是啊，现在周刊都垮了，月刊都太慢了，报纸全都太慢了——网络新闻二十四小时转还太慢了呢。顺便说，等看病时我手中抖开的《纽约时报》头版中间大照片上冒黑烟：以色列和哈马斯互扔炸弹。这个新闻下面一张照片：无数黄衣人无望地看天——巴西队对德国队一比七。左边头条是美国和德国因间谍问题两国关系一片漆黑。看报纸头版新闻分明就是一个短篇小说？而现在虚构小说的读者，作为读者的我观察和体会是，没有非虚构作品的读者多（咱们不讨论海滩晒太阳的侦探与浪漫的读者吧）？我一直以为，以小说写人的手法，加新闻记者的敏锐，还有可能残存。这是前年我写《占领华尔街》一书时候的考量，但跟得上吗？我在反省。

我喜欢美国作家汤姆·奥尔夫，上世纪八十年代末他就遭遇虚构小说如何被现实打垮，在我看来，他的经验很有教义也很好玩（他是记者出身很会写得好看）！我想和你分享他的一个例子。他一直想写一部关于纽约的小说，心想这么好的题材一定有人写了吧，等了又等，没见谁写，等到1981年他想那我写吧。他决定要写的纽约必须上下兼顾，他选择华尔街代表上层，用南布朗克斯区代表下层。虽然他在华尔街认识几个人，但是这两个地区对他来说都算是陌生地。他还设想到，任何一部有关纽约的大作品（他的野心是写全息纽约呵）必须包括地铁场景，于是他开始在两地来回坐地铁。一天晚上，他坐在地铁车厢里，发现对面坐着一位熟人但是装束很奇怪，那人是华尔街的股票经纪人，十多年未见了，上身穿上班的西装，但是两只裤管卷了三四英寸高，露着一双橄榄绿的军用袜子，两段精瘦的小腿肚子，一双解开绑带的矫形用的跑鞋，两腿之间放着超市购物塑料袋，身上披一件脏乎乎的雨衣，头戴一顶油渍麻花的雨帽，眼睛不停地从车厢这头扫到那头（这都是他的描写）。作家走上前打招呼，于是才知道，这人家住布朗斯克区最北头，那里住着一群英国贵族生活方式的人，而他在华尔街上班，正好和小说设置相似！但不久前出问题了，一群小混混在地铁车厢里游荡，见谁好欺负，就把人团团围住，跟人要钱。混混们把手搁在兜里，并不掏家伙，斜斜眼做点不三不四的样子就足够了。有天，“华尔街股票”给撞上了，乖乖地把自己身上所有的都给了混混。从此之后，他一上地铁心里就七上八下，只好以这副可怜相去华尔街上下班，让人觉得他不值得一抢，超市塑料袋放着他在华尔街上班时穿的鞋袜！我们的同行，作家奥尔夫决定把这一幕写进小说，可是如此的现实没能赶上现实的发展。奥尔夫还是边写边连载呢，每两个礼拜发一章，“逼得我写作速度像脑门上顶着枪！”奥尔夫说。他虚构一个年轻律师助理坐在地铁里，身上打扮跟那朋友一样，眼睛也是惊恐万状满世界乱转，作家想象读者将看到小说人物受到一群饿狼的欺负，把身上所有钱包括律师证统统拱手给了！但是，比无巧不成书更厉害的是，作家奥尔夫说，“我还没发表那一章，有个年轻人在地铁里真遇上了，被四个年轻人团团围住，正好就是从南布朗克斯来的，但这位没屈服，他掏出一支 0.38 口径左轮手枪，朝这四个家伙连开数枪，结果成了美国最轰动一时的人物。作家我怎么办？读者会说，可怜的作家，毫无想象力，读报都能得到，然后给我们写个小玩闹！于是我只好放弃整个情节。”

“如果小说家还不正视现实，那么 20 世纪下半叶文学史将这样记录：新闻记者不仅把丰富的美国生活作为他们的活动领域，而且夺取了文学本身这一高地。”奥尔夫说。而现在是 21

世纪了，我的《占领华尔街》就是用“新新闻体”写法占领题材抢读者眼球。读者说我做到了，生动好玩有人有数据。但是我在反省。我在用更长的目光看“占领华尔街”，它的前面是“阿拉伯之春”，当用更广的参照看“阿拉伯之春”的缘起，人口剧增、大旱、年轻人失业（受高等教育并使用互联网的），互联网使得事件传播大大加速，整个世界于是更为急剧加速地转移焦点，天下人都知道更多，但日益丧失深度关注的焦点，我想跟你，首先是要跟自己讨论，看似“新新闻体”非虚构加人的命运的写作方式，看似我下笔前就算计到文学杂志不是报纸，以一大事件写天下转移，我用中世纪开笔呢，但是，我有笼罩细节与人的更大视野吗？“阿拉伯之春”背后的环境与经济因素（我直觉疑问的）为什么不敢问？我的咨询，我的视野，我的短缺，也包括我使用的“新新闻体”手法？

我还写“科幻小说”。美国作家诺曼·梅勒上世纪八十年代说（你笑我，怎么老引美国作家！我残活在美国嘛），“写实主义完全无法处理现实了，只能科幻了。”现在美国新生代作家（女的）也纷纷说，如果不能用后启示录来处理人类状态，作为写作者和读者你都出局了。我的科幻试验如果继续写出来，我继续给你看。但是，我大约知道，我这样写，是脱离读者的——我过去的读者，在无法解决现实基本说法的时候，老读者可能不欣赏科幻？读科幻的是年轻人并我，最近我读的最棒科幻小说是《世界僵尸之战》（同名电影就太不成了），它用“后口述实录”手法，这手法我用过，读着更能体会它的奇妙效果。

写，我一直以为和读者有关，落魄者如我，脱离原土，跟老编辑都失散，是在为自己写吗？我问自己，谁是读我者？

跳回“读”吧，《罪恶之城》的美国漫画作家说他最喜欢坐在一条小船里，泛舟湖中央，读着，速写本，铅笔，草构想法。我何尝不如此梦想，或者说，我祈望拴住乌有之乡，但为什么我总是感觉惶恐？

检查自己，我仍然躲到任何角落读着，在客厅躺椅里读《纽约客》《经济学人》《国家地理》《时代周刊》《史密斯松尼》杂志，在沙发读《纽约时报》（每天），泡在澡盆读Kindle电子版《金翅雀》（普利斯奖小说），枕头边放着周有光的《世界文字发展史》，在法庭观看案子也看《失明症漫记》，好像我读了很多书似的，我读的那么少——和你相比；我知道；我读的更多是各种杂志，搁在从前这也算读“书”？！哦，我还读《世界文学》杂志，因为美国翻译外国文学非常自我=超级落后，看欧洲文学动态得看《世界文学》；我从中国订，航邮到美国慢如到月球（当老妈不再能走到邮局，哪位朋友会继续帮我订并邮呢？读者我自私地预先想到）；在豆瓣阅读我买国际短篇集（2011年的，也不算太慢），读着我想，短篇小说这门手艺，除了圈子里读，还有谁读吗？读书与书写，是我的同代人文化习俗？是一种生活方式？以最后退守方式活着？

我在从什么角度读？跟你，就说我读小说的感觉吧。我试图读门罗，坦白说，拿起几次都读不下去，是我内心太躁太多困惑？我呻吟着，请别跟我导读什么契诃夫。他写小镇女子坐火车去大城看莎士比亚，哦，生活平静无波人要读的？是一面反射诺贝尔委员们生命的镜子（呵呵）？几天里我读完《失明症漫记》，开始一看一页满满的不分行，立马感觉头大，开笔太慢，想跳读，但是，读下去，写得太棒了！葡萄牙（小国啊）读者也太高明了！但是，我又狐疑地想，书是1995年写的，那国读者现在还能这么读长篇吗？

读小说——读虚构，相信虚构世界还值得并存，这种行为是不是很儿童（我发现我仍然轻易地相信虚构，但是我也会嘀咕的，少跟我玩小儿科）？或者，读长篇的虚构作品，在中文语境越发是少数人的圈子行为？是编辑和作家供与求内循环？虚构阅读需要什么样的文化环境？最近在读挪威作家卡尔·奥韦·克瑙斯高的《我的奋斗》，靠，三千五百页，六大卷（英文版吭哧吭哧刚译出两卷），无故事，一位致力写作者在日常生活里玩命“叨唠”。我不在意它被誉为新的《追忆似水年华》，我被挪威读者震撼了！印五十万册，也就是说，国民十人一册，人们全都叨唠这书内容，于是办公室都下指示，不许在饮水机旁边聊这书，我于是读到，那国人活得多富余多无聊！

除了如此读着，我还能怎么写呢？还需要写吗？或者应该罢笔了？上世纪八十年代我的书写方式算前卫吗？至少我新鲜着，那时我能看到的天下各种写法，而我现在居然回到过去不用的“章回”法了，刚到美国时看到他们的小说普遍这结构，好不以为然呢。我企图从俗，而俗法随出版业在衰落，我的旧日读者还能从容虚构？

刚刚，有一位曾经很著名的作家大老远特意路过我这里，通过他妻子我知道他又在写作了，但是，我完全没有和长路而来的他讨论我们写什么并且我们还可能怎么写这个似乎最重要的生命问题，我没有展示近几年我出版的（有限而可怜的）我正在反省的作品，我给他看我画我做的数码版“小人书”却没给他看纸媒版，我害怕，怕他因长期流亡更难出版被流行彻底遗忘而感到凄凉，丝毫地，而且，你知我知（他知）创作是一件多么孤独的活计，你播种，你耕耘，不一定知道你收获什么，或者颗粒无收（常常地），虽然，种子后来也许生发别样的芽？你知我知他自知，他和我一样，不用手机，他战胜了癌，但又在吸烟，因为他又在写作，还他妈是长篇！他的文字，我猜想，还是“古典时代”（流亡前的）文字吧，激昂的，冗长的，诗意的，但是这诗意有点沉闷了？但那也是古典写法美之一种？少年今人无法读？谁会读他呢？

我看着他，看到谦卑从内心透出，写作者我知道这是因为他在写作，我又一次镇定起来，暗自发念，只要他需要，回头我当他的先读者，我算是个不只会欣赏一种方式两种方式三种书写方式的读者吧？因为我挣扎我自问并且我写着？好多年前，选择文字流浪的时候我就知道了，写作，是无法贴补家计的私事，是心脑手的不断练习，跟自我生命的终结在一起。有的时候，比如在诊所等医生的时候，我甚至希望这个终结快一点来到；有的时候，比如我读用一百个笔名的里斯本的佩索阿的时候，我不由想，可怜的人儿，你那时手段太少了，写得搭配得好辛苦，现在，天下人用各种工具各种编辑完全匿名，我有一点羡慕你走之后有人帮你收拾残片，但是，我更想告诉你，悄悄地，我也想用一百个名字不名字的试试？不就是练习“写”这门手艺吗，还有读呢，会读，不断学读，也是手艺？

我还想和你讨论一下中文遭遇的国际出版环境，下次吧。

我的声音在VOA

我准备录音，调着声音，和编辑聊着天。

“请继续说着，”编辑说，“随便说点儿什么。”

“随便说什么呢？”我问。

“嗯，就说说你那边天气怎么样吧。”

“天气嘛，一直在下雨，后院里那些树，晴天时候看不出来，一下雨，树身立刻浮现大片霉绿斑点，好像幽灵大白天溜出来了。”

“好了，声音很好，可以录了，念错的地方从那一句重复一下。”

“OK。”

假如你在短波中听过我的声音，就是这样从我家地板上开始的。坐在地板上挺舒服，脖子夹着无绳电话，眼睛看着电脑稿，电脑在光脚丫之间，凭一只普通电话，把在佐治亚乡间的我和华盛顿的录音间连接起来。

星期六和星期日的中国晚上和早上时间会有我的声音，我在 VOA《作家手记》节目自写自播，1997 年到 2003 年我做了七年，每次节目 5 到 10 分钟。

2012 年网上盛传 VOA 中文广播即将结束，记者纷纷找我忆旧，VOA 曾经是一种图腾，一大禁忌，到网络时代成为古董了，早就退出节目的我，无比生动地想到，小时候和我在一条胡同一个班的同学，被抓走，被判刑，因为自做半导体偷听 VOA。到上世纪九十年代我回国，去看一位退休学者，老人突然中断谈话，把天线和暖气管盘好，说到听 VOA 新闻的时间了。我从前的读者，一位工程师在新浪微博告诉我，在中东援外的时候听我的声音。到 21 世纪这时候，广播，还短波的，多么古老，BBC 中文广播取消了，VOA 中文广播还在，但是大大削减了，跟我经历的其他媒体领域一样，是昨日了。

在 VOA 做《作家手记》，这活儿来得十分偶然。

那是 1996 年秋天时候，我蹲乡下写长篇写了两年，写烦了，看网上新闻，国会正为增设一个中文电台的预算问题辩论。于是跟一个在华盛顿的朋友打听。那朋友在五角大楼上班，是研究社会主义国家的文职官员，他没听说有这事，笑着说，别又是一个马蒂电台吧。马蒂是美国新闻署下面的一个独立机构，做广播，也做电视，针对古巴，从迈阿密用氢气球发射电视信号，但是古巴人几乎收不到。《60 分钟》把这个浪费纳税人钱的项目曝光了，从电视看马蒂电视部门，一本正经的播音室，瞎忙活的记者，活活一个封闭的笑话。不过，那朋友注意到新增的中文台了，找到电话号码。我打电话过去，对方回答，他们非常需要人，但是不做社会招聘，先看简历，决定有没有资格应试。是吗？我心说，那可就不是你们想要不要我，而是“求之不得”什么的了吧。果然，简历从传真机一过去，那边立刻来电话，要我马上飞去应试。

和我一起参加考试的还有两位男人，肤色都比我深，发的考卷不一样，是藏语的，于是也可以说，用中文考试的只有我一人。考试分笔试和录音两部分。笔试包括 100 道填空题；将几篇讨论如何改造北京厕所老大难问题的文章重新改造；一个李登辉面临竞选的话题，给的背景材料是《华盛顿邮报》《人民日报》和一份台湾联合报系在美国的《世界日报》，看怎么处理这些材料。100 道类似百秒智力竞赛的题目，让我闻出一种熟悉的旧味道，也让我想起自己的真实状况。这状况是，在所有的社会标准考试面前，我都屡试屡败，无论是电视大众比赛，还是研究生考试。但是，总不能对发考卷的黑人妇女说：嘿，聘用天才的时候别用这一套。好多题叫我倒吸冷气：吴仪现在是什么职位？邓小平参加的头一次起义叫什么？乔石的背景经历。好像山里文盲一样，我对这些玩意儿或者是一无所知，或者是曾经知道，但是忘得一干二净。我只敢说，100 道题里我肯定答对了“八仙过海”

神仙们的职业和背景。这也是恰好撞上了，因为我刚帮好莱坞那边做了一个莎士比亚电影故事，用过这八位神仙，我查过《辞海》。握着发下来做题的铅笔，我把写的东西勾来画去，撕掉一张写乱的纸，又撕掉一张写乱的纸。我的动静太大了，不断打搅同一屋的两位同胞，人家一边做题一边抬头看我，我这才发现，长期用电脑写作，我已经不怎么会用笔写字了。

接下来是录音考试。跟着黑人女秘书爬上同一座楼顶，一看玻璃门上的招牌，虽然在考卷上找不到北，我立刻又来神了。这个地方很有名，这是“自由欧洲”广播电台，早在当代东欧政治小说里我就读到过。1997 年奥斯卡最佳外语片《柯利亚》展示，捷克人靠偷听这台判断苏军撤退动向，听广播的场景是半夜不开灯的床头。“自由欧洲”是美国新闻总署下一个独立机构，冷战结束的冷清，体现在这个电台，哦不，这个地方可比冷清生动多了，有人正在过道上捆扎东西，有人在卸下东西，我看到“欧洲”编辑撤走，在给“亚洲”腾出地方，这就是国会辩论预算的“自由亚洲”广播电台。

我们是用欧洲播音室考试亚洲。那两位同胞，先前一位有点傲慢，一位有点怯懦，这时候都显得挺紧张的，于是我请他们先录音。我一边等一边看发给我的两份考试材料。一份是新华社新闻稿，反对美国在联合国假裁军建议；另一份是小说片段，蒋子龙《乔厂长上任记》的爱情段落。我预习着，觉得有点滑稽，想当年混身小说界我都没怎么读过“改革小说”，此时一字字演义，不由猜想选题人的文化背景够老派的。

到后来跟 VOA 做录音，坐在自家地板的时候，我回想“自由欧洲”的录音室真是不含糊。四个从空中吊下来的麦克风集中嘴前，大玻璃那面录音师是东欧人，说英语带腔儿，中文对他来说，全属那两个字：天籁。他客气地说让我试试音，说他会尽量给我调出好声音来，我对他说了一句中文，然后用英文问他，OK？

他说：Marvelous（妙极）！

我以微笑报答。

还用说吗？无论是在中央人民广播电台做节目主持，还是在天津文艺台播讲我自己的长篇小说，我的声音都好调到被录音师肯定又肯定过的。于是，我用标准播音员腔调飞快念新华社稿件，这位欧洲录音师，戴着耳机挺专心的，也许是被那两位太紧张的同胞折腾坏了，我一字不错飞快地念完稿子，他还没回过神来，以为我还在试音呢。换着手中的稿子，我挑逗他，用英语对玻璃那边解释：我下面念的是一段小说，有关爱情的。录音师呵呵大笑，我仍然微笑，您的大老乡，俄国戏剧大师斯坦尼斯拉夫斯基说过，“先生们，小姐们，我能把菜单念得催人泪下。”那么，我也不难把乔厂长的老虎钳和轴承念出柔情。

录音间里坐着一个满脸稚气的中国姑娘，这时露出近乎：“你叫什么名字？”她显然忘记不要打听考生姓名的规矩。在她眼里我和她今后就在一个食堂吃午饭了。会吗？我猜想回头看考卷的人不这样认为。回到笔试的地方，走过一间屋子，两人在贴桌谈话，一个句子飘来：“我在大陆人脉很深……”像在谈生意，也像政工或是特工，两人都是朴素留学生衣着。

这很有什么吗？我问自己，作家中我崇拜的格雷·厄姆格林，不是也为英格兰五处干过事吗？对写作者来说，所有的经历都是有趣的，都可以成为写作的材料。然而，怎么改造厕所，乔厂长的爱情，以及飘来的谈话，让我觉得这地方对我缺乏吸引力。这样想着，我走过航天馆、国家美术馆，我独自一人在华盛顿中心转悠，我走到史密斯桑尼博物馆，找个公共电话，投入 25 美分，通过 AT&T 接线生要 VOA 美国之音中文部。我想到一个多年前采访过我的记者的名字，想请教一下到底在发生什么事。

“这简直太神了！”记者在电话那头叫起来，“今天早上开会时我们还说到你呢！你现在在美国哪里？”

“我在华盛顿，想和你聊会儿，你们到底在哪里？”

我把自己送到博物馆来，实在是令人吃惊的事，因为 VOA 就在——他的回答是：“你放下电话一拐弯就到了。”

我在大门角落的硬木椅等了一会儿。一进一出，穿过安全门两人打着招呼，英语都带浓重的外国口音，口音很不同，两人大衣的花色和样式都很老旧。这里似乎保留着世界各地及各时代的古董。曾经采访过我的记者出现了，脖子上挂着工作证，他发胖了，穿着一件蓝色运动衫，好像是乒乓球外交时代的。隔着安全门，我甚至看到他鬓脚上几丝花白。我意识到，我一直住在乡下写长篇，参与做艺术电影，外面的人世很有点沧海桑田了。外人到 VOA，不仅要有人接，还需要登记，登记本的纸和印刷简陋，登记柜台木板也很旧，恍惚走到了社会救济局。我问这位文艺记者有什么小活儿没有，跟他说，我感觉再埋头写下去，也许会写出个不错的东西，但是会写死自己了。他说，他早从做文艺改做科技节目了，手里倒是有翻译的活儿，不过刚刚分完了，又不过，他说，早上讨论做广播剧，人们提到我，但是没有人知道我在哪里，下午居然我就打来电话，吓了他一大跳。他说，马上带我见中文部主管。

这是我第一次进中文部，跟随记者穿过拐来拐去的中文部，一张张灰色的桌子，被灰色板子隔开，到外堆满磁带、箱子、纸张，很像大仓库。角落里有个小屋子，在敞开的门上记者敲了敲门沿。小屋里坐着中文部副头赵克露，记者把我交给她。头一回见，怪的是，并不陌生，她立刻说，听过记者采访你的声音。马上边说边走，一起来见中文部正头，中文名字罗杰。在一间明亮、宽敞的大屋坐下，立刻中文、英文并举交谈。从名字猜他是波兰后裔，温和，文雅，但训练有素。他惊奇地笑着，怎么在中国时候没见到你？他曾经是驻中国大使馆的文化参赞，不过，那时我已经到康奈尔大学做访问学者来了。他显然对中国以及亚洲文化深存感情，20世纪七十年代末做过中文部主管，在日本、北京工作后，转了一圈，又回到中文部来。

而我根本不知道我来得有多及时，对立刻又和我一路走回“大仓库”的赵克露也一无所知。不知道这位老家甘肃，台湾出生，到美国念新闻的头儿，丈夫是位音乐家，不知道她自己也弹得一手好钢琴。像华盛顿每一个在官僚衙门上班的人一样，她也挂一个工作证，不过，她的证件别在衣服下摆上，下面配着条长裙子，加上挂面短发，与其说像头儿，不如说像一个女学生。

她说话快捷，直切主题，我俩一边往回走，她一边说问题和解决方法。VOA 的钱是国会拨款，刚给中文部一笔钱，加强节目，这样一来可以增加以前无法开的新节目了，请得起 VOA 以外的专家了，不过，假如开不出好节目，花不好钱，她停下话，代替解释，给一个生动手势，我好像看到国会说，得！明年减点儿钱吧。她毫不掩饰地焦虑说，大家想到做广播剧，上世纪八十年代中文部就做过，据说许多高干都爱听，中文部职员自己担任角色，这位就是小女主角，她一边走一边指着说。那位小女主角是一位小个子中年妇女，抬头微笑了一下，继续整理一大箱录音带。现在想做的广播剧，比如新移民的故事，马上要拿出大纲，虽然将来不一定是这个故事，但是要用来做报告，根据制度，还要登报竞争。她说着，当我们再在她的小办公室里坐下来的时候，就剩下纯粹礼貌的闲聊了。一个走廊的长度，这位女学生味儿的当家婆，已经以记者抢发新闻的方式，把最要紧的，跟我有关的事情，清楚地说完了。而她碰上了我这种只想把模糊构思立即清晰化的工作狂。

不过，那个广播剧的活儿最后并没有落在我身上。因为还有两个节目设想，一个是 VOA 付长途电话费的“扣音”秀，同时现场电视转播，和播音一样，用卫星发射、传送。请在美国的各方面专家来做。再就是开“作家手记”。中文部记者一直自做采访，还使用英文部记者的采访材料，不过，她觉得无法代替作家的目光和感觉。她技术化地告诉我，广播每分钟传递 120 字左右，稿子长度 5 到 10 分钟。开播时候四个作家写，住在美国不同的地方。这个活儿对我更合适，文字加声音，自己写，自己念，有自在。

美式生活，可以说是永远在路上。不同于别的骑马民族，永远在开车。写烦的时候，我跳进跑车，沿着道路，向无名地方一直跑。野树、倒塌的老屋、天上的云，景色飞快地自动剪接。随着声音变换情绪——车里收音机伴随我。

在乡间小路漫无目的开着车，我听大学生办的摇滚台，听小镇居民自办电台，那里播音间的隔音壁可能是用装鸡蛋的盒子铺的，听右翼名嘴抨击政府和时政，听宗教台的圣歌和说教。我的收听常规停在调频 90.10，这是公共电台，简称 NPR，我最爱听各地评论员奉献的小故事，评论员有作家有诗人，也有普通人。有一位是中学教师，她的话题很可乐，全是关于自己洋相百出的妈妈，这女人有副“大烟枪”嗓子，这种哑嗓子很性感。还有位女人只说自己的丈夫，丈夫是同性恋，患了艾滋病。无数开车人跟随她的故事，故事一直跟到丈夫死亡。也有的讲述者没有故事，只说自己的小感受，说身边的喧闹，说在喧闹中，突然之间，所有声音都消失了，只剩下内心一片绝对空白，然后，电视新闻，嗡嗡的冰箱，洗衣机的转动，孩子哭，老婆说话，又都回到耳朵里。所有个人化的题目和南腔北调的声音，都折射着美式文化。

开辟“作家手记”时只有一个要求：写个人的美国生活。

我的稿子要被审查的，被编辑审查，稿子传真过去，编辑读了认可了，我开说。编辑不断换，有时新接手编辑会怀疑我怎么说稿子，比如《破落小镇的绘画馆》，编辑觉得很文，一句一句修理我，说写要注意说的口感，我不解释，就说给你看！我是导演，我读剧本的，有多少读者能够读出剧本包含的不同口气？我写的稿子有时四五个角色暗藏不同声音呢。等我念完，编辑就赞了。不过，有一回，我写了《关于言论自由》，编辑在电话那头说，有些句子比如："他办的杂志比《花花公子》还花花，性展览这叫乱套，女的跟女的搞，女的跟动物干，五花八门的性虐待，封面是，把光溜溜女人扔入搅肉机，搅成肉馅吐出来，"说这些句子太煽情了，他想给头儿和其他编辑看看，我说，行啊，就把"不洁句子"拿笔画掉了，但不是涂死了，谁都看得见，传真过去，头儿赵克露电话说，这样比较好。

过了些日子，我到华盛顿做电视节目，在录像棚里，编辑来打招呼。我正在拍摄灯光下，注意到，站暗处的编辑的古典细节，呢子裤脚老式地向上翻着边。那两行删节，对编辑来说是很抱歉的事，吃午饭前在他的办公桌边聊了一会儿。

我进过一些著名的美国新闻室。比如 CNN 国际部，墙上昼夜不分地播着全球新闻图像，轮班倒的编辑下班时将报纸和纸水杯扔进废纸篓，写字台立刻扫除个人细节。我在美国新闻室短期工作过，在《旧金山观察家报》也待过，无处不在的大玻璃和加州阳光，室内设计发射清淡的现代色调。我坐在 VOA 中文部新闻室，想到谈过稿子的《纽约时报》新闻室，那里也是灰色的，简陋的，一坐下那里的编辑直道歉，说以此闻名，老板追求这个。而中文部更乱，更挤，椅子对椅子，膝盖对膝盖，这位上年纪编辑眼睛红肿，正在生病，我们讨论稿子保持什么分寸最好，忽略背景，看眼前的灰色拥挤，让我想到和文学编辑讨论小说的旧日情景。我想念我的编辑。

看VOA的编辑室，灰板子隔开许多格子，塞满标记号的6.25毫米大盘带，堆着报纸，英文的，中文《新民晚报》《北京青年报》等。他们的工作手册要求“脑海中应当有你的听众的肖像，外语部门的语言应跟随收听地区的语言，可以从听取当地电台、阅读当地报纸以及和从那个地方来的访问者谈话改进。”监视器播放在制作的节目，大家斜眼看制作，同时在我身边围起来，不记得我说了什么，编辑全都乐起来了，只有一个编辑说，“从前读你的作品，认为你极孤傲，想不到你是这么好玩。”说着深深叹了一口气。

“真对不起，”我说，“毁了你的美感。”

大伙又笑了，是一种温馨的笑，我迟迟地感知，原来我们还有八十年代的读者记忆。

我的VOA编辑岁数和性别不同，却都很有教养，很细心，如果我去做节目，去看艺术博物馆，编辑下班一定陪我去的，我和编辑吃中饭，做过录音的编辑都约上一起跟我吃饭，坚决把我的账分摊了，有流落作家想跟我说说话，而那时候长途电话费很贵，编辑拨了号码，默默退到一边，让我们说，编辑听过我说稿子后，总是表达欣赏，总是赞赏。

我念过《白银时代》，编辑在电话那头说，“真是作家，把《圣经》句子放得恰如其分。”

“我用到《圣经》吗？我真的不知道。”

“太阳升，太阳落，一代人替了一代人，大地不变。在《新约》里。”

“噢！”

这位编辑是修英国文学的。

写广播稿和纯文字是很不同的。世界广播行业招揽无数职业作家写稿，比如诺贝尔得主奈保尔为BBC写稿；《1984》的作者奥威尔也为BBC写过。我们一定都被告知，做广播要忘记书面欣赏，文字要为说的效果准备，要口语化，要让听众的耳朵易于分辨，不是所有字眼儿都适合说的，广播艺术的基本工具：一头是麦克风，一头是收音机。

而我，其实不随性来的。我不能把VOA的一个话筒，演练成一个人的单口喜剧俱乐部，我分明可以说得更好玩，我故意说得磕绊，含蓄，我不敢说得太好的。

就这样，跟轮换的编辑不见面地打交道，我写我播，每次五到十分钟，美金四百块，一年二十五篇到五十篇，我做了七年。自写自播的作家还有北岛。和北岛好多年没有见过了，我读他转发《世界日报》的播讲稿。诗人布罗斯基认为散文跟诗比起来是低等玩意，不过布罗斯基散文写得极棒，读者认为他要是不写散文是读者的大遗憾。那之前我读北岛的诗觉得正在变“干”，我想过，跟流落跟很少说话有关吗？我觉得，广播稿让他文字和想象水灵丰富，为了他的文字变化，我都感激VOA。而播讲让我继续学到很多很多。

我的榜样是英国作家爱历斯戴·库克（1928—2004），剑桥毕业，作为记者派到美国为BBC写“美国来信”，一写几十年。我在收音机里听过他的播讲，往往从时事谈起，但不一定是政治经济大事，谈法也不是新闻报道，以时事为契机，进而谈美国社会各种现象，穿插名言、笑话，特别是个人观察和感受。他的讲稿出书，几十年讲下来出很多书，我到图书馆借来读，读到他果然说，不是信口讲，篇篇都是笔下精心构造的。写稿前他浏览各报，或者安心静坐，直到看到或者听到了什么事，一个场面，一次偶遇，一个回忆，思维流动起来，才写才说。我也是的。我读各种材料，订阅《经济学人》《时代周刊》《纽约客》《国家地理杂志》《纽约时报》《华尔街日报》《世界日报》，还有网络，我的作家手记从新闻、科技进展、战争开笔，更多的是身边的普通美国人。

广播，被定义为单向的表达，我使用“你”，我有些藏在心底的具体对象。我喜欢考古，在挖掘现场，晚上和考古学家一起坐老乡家热炕上聊天，我说起一个黑人女友，拉丁文教师，我描绘她在乡间教书的情景，说着，我留意到，知识渊博的考古队长吸着烟，凝神倾听，油灯下这个侧面给我留下极深的印象，于是我就用VOA传递《乡村女教师》，我发现，越是知识丰厚的人，越是对其他文化和生命细节有着好奇心，就像考古发掘一样，想亲自感知、接触世界的各种细节，以对照自我生命，为这样的听众，我写我说我看到的普通美国人。

我喜欢在VOA发自己的声音，也因为崇拜第一任总监豪斯曼，他也是戏剧导演，做过一个科幻广播剧外星人侵入，听众信以为真，带上细软开车逃难呵呵！他把戏剧经验带入广播，豪斯曼曾经是股票经纪人，大萧条毁了那份职业，他上舞台当演员，参与策划奥斯卡经典片《公民凯恩》。

首先和最后，我喜欢收音机！小时候就喜欢坐在收音机前听相声，听得哈哈大笑，走过来走过去的大人都说，这孩子傻了！我家收音机是“六个灯的”，个头大，我的手臂抱不拢的，我想象里面有很多小人在玩，我吃力地挪开收音机，拧开螺丝钉，摘下后挡板，里面就像舞台，竖着六个灯，灯丝闪亮，我伸手来摸，立刻被打，手臂麻得半天动唤不了，我心说，再不碰了！但是，下一次又打开后板，又一次被电了。

如果你听过 VOA“作家手记”，你听到的我的声音，是从美国东部华盛顿传送中西部北科罗拉多基地再发射到卫星，由九十年代建的泰国站接收传送大陆。VOA 从 1978 年开始用卫星传递，1989 年完成卫星联网。中文部雇员基本上是中国人。VOA 成立以来，各外语部都讲究播音员母语是广播区域的，中国在美国最初“主流声音”是广东话，是修铁路苦力和唐人街洗衣店主的语言，于是 VOA 有个传说，说 20 世纪四十年代初开办中文部时候“美国之音”站在旧金山街头招人，只要是打“官腔”——能说普通话的，就能入选。开播时中文部只有两位雇员，很多年里，中文部弥漫老古玩店的风情，1978 年大学生赵克露来打暑期工的时候，目瞪口呆地发现，这里藏着好些中国当代历史名人后代，民国元勋黎元洪的孙子，孔子多少代的孙女，做派、穿戴、说话，叫台湾公教人员的女儿赵克露看呆了，活活是张爱玲的小说角色走出纸面，四十年代末能够从大陆直接移民美国的，能用英文通过VOA政府公务员考试的，尽是口里含着金汤勺的富家子弟。六十年代到七十年代VOA中文部少数新鲜力量都是台湾来的。直到九十年代初中文部移民风貌才有了大改换。大陆各大媒体带来大社记者的风范，九十年代VOA招大陆留学生，学历包括传媒、国际政治、教育、经济、化学硕士，有些人是双学位，甚至三个学位的。大陆人渐渐替代台湾人占据前台。记者都穿运动鞋，在VOA楼道飞跑，做电台编辑，同时做电视制片人，节目时间是根据中国那边的时间安排的，时间不同，记者调换起床的闹钟，根据节目时间入睡起床，一进办公室就跑，记者形容中文部像一艘航空母舰。然而，风云转移，数码时代了，VOA中文广播在削减了。

现在，你读读20年前我写的，读的时候，请想象我是怎么说的。

半调歌手

这个机会来得很偶然。人家找我的时候，只叫我译歌词，发现我干过戏剧，顺便问了一句，能不能把歌唱下来？

能不能唱——我无法表达，我有多么爱唱歌！

少年时代在乡下干着活，我常在茫茫原野上一个人大唱。在大学集体宿舍里写着小说，周围乱糟糟，我戴着耳机，听着歌走笔。突然，看到同学们眼神极怪地冲我乐。艺术学院里个个半疯，但这些神经超常的家伙，全都惊奇地跟着歌星乱哼着我的声音。

我的正常声音，比正常人低四到六度，不要说在少年合唱队争领唱了，小时候，我总是眼巴巴站在窗外，看着一排排整齐升高的红领巾，羡慕人人高亮着小嗓子。不过，我肯定是生逢其时，听听天下吧，我这样的半调子低沉，如今在流行音乐里多红！

于是，叫我译歌词的人，一边给我传真过来歌词，一边便把我的电话号码转给了音乐技师，说是技师要听听我的声音。

说唱，还立刻就得唱？

唱个什么呢？《跑马溜溜的山上》？还是《十五的月亮》？在电话里给一个美国技师唱中文情歌，有点可乐。

技师的电话来了。说了没两句，通过了一半。因为他立即给了我一个试声的地址。

这时候，歌词也从传真上过来了。一看歌词，我从头傻了，我敢说，任我们谁，一看都傻。把歌词大意翻译下来：脚趾头骨连接着脚掌骨，脚掌骨连接着腿腓骨，腿腓骨连接着膝盖膑骨……这么一直连接到头颅骨。一副完整的骨头架子。歌名叫做《骨头歌》。

这歌是为一个节目设计的。中国恐龙骨架到了科学博物馆，博物馆要在电视打广告，构思是配合动画，用英文，也用中文唱《骨头歌》。我这活儿属于广告的背景音乐，还是之一。

我从不怠慢任何活儿。把骨头翻译出韵来并不容易，在骨头的连接中，原歌词还有对造物主的反复赞美。拿着这个稀奇古怪的歌问人，古怪不稀奇的是人人全都张嘴就唱。原来，这首黑人蓝调歌曲，也是美国人的儿歌，仿佛学 ABC，他们在幼稚园里唱着，数着，认识着自己的身体。

这歌的旋律非常简单，但我决不掉以轻心。我进了音乐店，根据索引，查到歌，戴上耳机，一边听歌，一边看 CD 盘的说明。一看，一听，眼泪汪汪。

CD 是男声合唱的，是一支监狱犯人乐队，声音平和，稍带亲切，却能听出大地、烈日，听出生命的承受。

转天，一手地址，一手 CD，我去试唱。

试唱的地方在一个小商业中心里。我穿过修指甲店、洗衣店，到一个全看不见里面干什么的门口，应该是了。

我敲门。敲出一个瘦嶙嶙的骨头架，这人是电话上谈过话的音乐技师杰克。要不是看清楚里面有一堆专业器材，我简直不敢相信这是录音棚。门边竖着两张弹簧床垫，既管吸音，也管挡外面的声音。麦克风后面就是厕所，杰克告诉我，那门关不紧，录音时会带上马桶漏水的声音。不过他是临时在这里为我试声。

我发现碰上了同类，在漏水马桶和弹簧床垫之间的瘦子杰克。追求完美，比我还操心他全然听不懂的中文歌词。英文原文每句六个韵，他总觉得，我的音韵对得不够尽善尽美。

中文歌词能不能也加些铺垫的“小砖头”？他皱着眉头问。

行呀，我说，中国民歌里有的是“哎哟喂”。

说改我就改。杰克用电子合成器为我伴奏。在我唱的尾音上，他微笑着一敲电脑键盘，即兴加个古筝风味的“花儿”！瘦子杰克二十年前提着一把吉他，来到这座南方音乐都市，二十年之后，认了用电脑合成的吃饭差事。他说等“头儿”来了就试录。

头儿来了。是个女的，是给我传真歌词的那位。她模样挺酷，进了黑乎乎的录音间还不摘墨镜，出口也不俗，跟杰克聊的全是大歌星的动静。奇怪的是，她对我全无动静。听了一会儿，我大致勾画出这位穿得像《纽约时报》周末杂志时装的墨镜了，这是位跟着丈夫的职业打北方挪过来的常青藤毕业的知识妇女，做自由撰稿设计。不过，她只是一“头儿”，是节目设计，我们还要等另一“头儿”，等节目主管。

这头儿接着也来了。头儿挽着袖子，别着BP机，告诉瘦子杰克，他那边还有其他方案：除了设想英文和中文，也许是拉丁文和中文，或者是爵士乐和中文。一秒钟都闲不住，这头儿转腰问我，你是说广东话，还是普通话？

嘿，还挺博学！

我回说，我们刚合作出一种国际中国话，哎哟喂。

说完我就开唱，一唱就让他直喝彩。瘦子杰克冷峻地打断，行了，到正式录音的时候，不断转调上升就成了。

转调。天知道要砸锅。

正式录音的时刻是在夜晚。又换了一个地址。按照地址，我开车经过脱衣舞夜总会，车到地方的时候，让我想起电影里街头贩毒的地方。大着胆子钻出车，有两个黑人跟我打招呼，路灯下，满脸灿烂。我认出来了，这是只有我能识别的自己人，也许犯过罪，有过前科，但都是歌手，白天打零工，半夜来唱歌！

可不要小瞧给我录音的公司，墙上挂着他们上全美流行榜的不少碟，好几位歌手的大名我也眼熟。而三位头儿：墨镜、BP和瘦子杰克，都在这儿候着我了。

这真是美式啰嗦，一个几十秒的项目，也要几方当场认可才算完成。

到此时刻，动画恐龙已经在电脑里神气活现了，英文那一半歌也录完了，万事俱备，就差一个我。

我钻进录音棚，戴上耳机，跟着录音助手给出的配器音乐，在巨大明亮的场地中间，高唱不说，还手舞足蹈给自己加油。耳机里直听见大玻璃窗那边监控室里的BP大叫，“原来中国人不是只会卡拉OK！”听见瘦子杰克说：“你放尊重点！”在这地界杰克是头儿。

我一定唱得人人都挺满意，大窗那边个个观礼似的站直了朝我微笑。这时候，转调来了。完蛋了。我用中文怎么都转不好洋调！

杰克进来了，弹起钢琴，叫我转调。这一手在大学声乐课上我跟老师练过，这个我会，起码我转得模样像专业的。杰克一出去，我又不会转了。这一下那边全体急了。在大窗那边紧商量，弄电脑，可能怕我慌了神连基本调都跑了，于是关了监听。我只见大窗子那边一片人窜来窜去，窜得我直替人家犯难。这地方抓个真歌手真不难，难的是，大半夜到哪儿找个会中文的？

绝望之中，慌乱中谁错按了开关，我在耳机里听见，墨镜在监控室那边嘟囔：“要不，要不，叫她听一听乔治是怎么唱的？”

乔治，是唱英文《骨头歌》那一半的人。那边的窜动稳了稳，乔治，从耳机里来了。

这是真正的歌手，他声音浑厚，并且温和，听口音，是位黑人，奇怪的是，我能感觉到这人个子非常高。他唱着，我跟着，随着他的声音，随着他的不断转调，做我的转调。他数脚趾，我也数脚趾，他数脚踝，我也数脚踝，啊，他唱得那么轻松，我也随着放松。这是真正的歌手，旋律从心里自然流出。唱歌就是这样啊，是这样快乐，这样玄妙，这样自由自在。

对着想象的乔治，我脚尖、脚后跟踢着，我翩翩起舞，好个黄种小个秀兰·邓波儿和高大黑舞星对比。

唱歌就是这样啊，没有方向，没有实体，灵魂飘摇在躯壳之外……

录音助理们一一和我握手，并且安慰我说，不要紧，电脑能把我一句一句接起来，保证天衣无缝。

我要报一下成果：16 岁不到下乡时候我第一次拿到的钱是二十五块人民币，这晚上二十五秒钟，刨了税，我挣了一百九十二块五毛五。我的歌声，按着合同写的，在电视台广告缝里飘了整整两个礼拜。

在录音公司门边分手的时候，果然如我感觉的，瘦子杰克告诉我，我的歌伴乔治个头两米二。一边说，杰克伸手在空中比画了一下。

夜色空茫，旋律悠然，感激无名，给我独一却非无二的体验。

伪画匠

你问我，什么时候开始画画的？

二十年前吧。在此之前二十年的汹涌情感的日子全是一个人过的。情，在同一种等待中。等的是字。等两地书信，等中国南北各地的来信，等公海远洋水手的来信。然后，绕过半幅天空，遇上了斯蒂夫，开始了难熬的等待，等斯蒂夫下班回来。他离开办公室的时候总是打个电话，“我这就回家。”这种庸常的等待，对于我，是新奇的，是具体的，是很难忍受的。对付空洞的时间我毫无耐性，每一分钟空等，会发散许多无用的乱想，重复的繁杂。坐立不安，也勾画这种境地？于是，我画画。

准确地说，不是画，是临摹，贬义词是伪造。我临摹古典名作。一字一字抄袭名著，恐怕学不到文字技艺，而临摹名画，能学画。一笔笔描着，我以为能体会那一位隔着久远时光大师下那一笔时候的感受，抄袭小道直奔本质。最实在的是，当一笔一笔套入古人，你忘却了身边的时光流逝。

每当斯蒂夫开车上路回家，我便起笔临摹，用脚顶住摇晃的画架，就这么临时地顶着，二十年下来，临了老勃鲁盖尔的《乡间的婚礼》，特纳的《威尼斯水乡》，临了抽象派先驱康定斯基的，点彩派西涅克的，维米尔存世三十六幅作品我临了四幅，包括《戴珍珠耳环的少女》。我不临凡·高，天下各地旅馆饭店墙上和人嘴边，挂的太多了。每幅名作我只临一幅，第一次是探险闯荡，第二次就太折磨了。我的独一伪造，送朋友，挂家中，有时卖掉。

“真好！”洋鬼子朋友赞叹时恐怕不是没有看法的，站在伪造名作旁边的我，活活是山寨盗版国度的直观说明，不过，人说出口的委婉词总是，“啊，你应该创作！那你一定不得了！”

“不，不，”我总是回答，“Photoshop 软件涂鸦时代并非人人都是真画家的，至少我知道，我绝对不是，真正的画家需要天赋。”古典中国地——谦虚地说，是打心眼里说的。

回答时总想到意大利画家卡拉瓦乔（1573—1610）。

“身裹斗篷，头枕剑睡，随时准备打架，随时准备逃亡。”有一部他的传记这样开笔。

天下有几位画家具备卡拉瓦乔这般生命肖像？

绘画史上，卡拉瓦乔被认为是古典绘画和现代绘画之间的一个转程。他的戏剧性暗场用光，他的精美静物，他的病态幽默，他的超级恶搞——哪个画家敢这么放纵，接了宗教画订单，用妓女当模特画圣母，画大卫王手提割下的魔头，象征邪恶的魔头是卡拉瓦乔自己的脑袋。跟眼看到手的工钱开玩笑，也是拿自己体力不当回事，巨大画幅全白干啦。

在罗马的时候，有一天，我走进一座正在修理的教堂，透过脚手架，不经意地，看画上角落跪倒的信徒，脏吧拉唧的光脚丫，突然，一股暖流在我体内升起，直觉，这是卡拉瓦乔的手笔！他酷爱脏乱差底层细节，我钻着脚手架找说明小牌子，果然是他。

那一刻，我相信灵魂存在，他的灵魂在我头顶上飘浮，就好像宗教画上方的小天使，不，我更相信古老的原子论，相信激情灵魂在离开躯体的时候，崩裂成无数碎片，飘浮着，进入后人DNA。比如我的。我之他的碎片，与他的画作感应。

他比我浑然无耻。他的全名是：米开朗琪罗·达芬奇·卡拉瓦乔，三段式最后一式，来自他出身小村的名字，前面两个，直接抄袭大师。问题是他太不安生了。打架，街头放血，逃亡，不断逃亡，明明有作画好前程，有新机会，就这么一再自断，彻底自断。而我，我放弃中心，自我流落，就为彻换内心画面的清新感，几十年了，又算什么呢？有时，沉入白日梦的我看到敌人逼上来，我跟卡拉瓦乔，背靠背，抵抗，拼杀，啊嘿，痛快！

在罗马窄巷中，跟斯蒂夫一起走，我打定主意，遍地教堂，遍地画，我要在这里单为斯蒂夫临一幅什么。斯蒂夫拿着导游图找卡拉瓦乔，斯蒂夫对卡拉瓦乔超有兴趣，因为做刑事案，于是跟隔世杀人犯卡拉瓦乔感觉亲近？

我们走进了“法国教堂”，这里有卡拉瓦乔的三幅作品，都是圣马修的事迹：被耶稣感召时刻，书写福音，殉教。三幅作品像是没有文字的连环画，在同一座神龛室三面墙上。

正中一幅是在写福音的马修和小天使。这画后面有故事，说头一稿卡拉瓦乔把天使画成少女模样，颇带勾引圣徒的风姿，掏钱的法国王储通不过，第一稿后来流浪到德国，在二战轰炸中毁掉了。

我凝视着“通过审查”的定稿，斯蒂夫定神在马修成为使徒被感召时刻的画上。哦？斯蒂夫喜欢召唤？律师斯蒂夫的职业生涯里，得花言巧语，得撒谎，他觉得自己要为此下地狱的，收税官马修，成天跟铜臭打交道，能成为圣徒，这给斯蒂夫救赎信心？这幅画让我感觉亲近的是，绸缎服饰、绒帽边羽毛、铁剑柄、木凳、皮钱袋、墨水瓶、纸账本、几枚小钱币的铜质感，就仿佛儿时画美女，我在意的是珠子、泡泡袖、飘飘裙。好，就给斯蒂夫临摹这幅吧。

这幅画在神龛室的左侧墙面，整个神龛室被栅栏挡着，在阴冷大教堂最深处的这座神龛室，自然光线完全照不到。墙角有个投币箱，投入50分欧元，神龛室内的人造光亮起来，照耀画面，一分钟之后，灯熄灭，画隐入暗中。我把手袋里的小钱掏了一把给斯蒂夫，他投入一个钱币，再投入一个。

在左面整座墙上，卡拉瓦乔横拉人物，墙相当高，假如人物上下铺满，会显得画面窄了，于是他将上面大幅空间处理为封闭的墙，只有一扇封闭的窗，人物横列构图，次第传递着，指向着被召唤的主角。卡拉瓦乔经典的幽闭地方奇效光，借墙壁和封闭的窗，戏剧性地展现出来。

我看全局，也看细部，歪着脖子，在一次次亮起的人造光下，分解着，一次次观察各个局部。伪造名作的我，总是这样窥视原作，在世界各地名作前细看，盗版我追求细节还原。游客们沾我的“光”。游客来了，游客去了，我不断翻兜，掏小钱，直到浑身上下全空了。

离开前，我在教堂门边买了一张“召唤马修”的明信片。隔代意大利画匠们啊，互相默默观察，从一个城市流动到一个城市。盗版我凭脑子携带歪着脖子侧着身看到的，我回到美国，回到我的地下室，我的作坊，照着明信片临摹。

原画的长和宽都超过三米，我的伪造来源明信片，只有巴掌大。一般来说，临摹名作的时候，我讲究按原作尺寸临摹，因为尺寸在我看来包含着画家的考虑，尺寸也是看原作笔触和想法的依据。站在原作前我就想好了，我这幅临摹放斯蒂夫小书房里，书房一面墙正好长宽各过三米，如果临摹原作大小，顶天立地，后退无路，观看时候会人掉在画里了。于是，不寻常地，在我的伪造生涯中，我把这幅画缩小到原作的三分之一。然而，粗糙印刷的明信片，细节只剩一点粗感觉，越是细看，越是走样，藏在脑子里的印象越来越成为洞穴里微弱模糊的影子。

第一次，我不得不放弃临一张画。我沮丧地跟一位朋友在电话上说到。不想，那位住华盛顿的朋友口气超惊喜，“哦，我曾经买下一本书，完全浪费了，原来天下最合适的读者是你！送你吧！”

书邮递来，是卡拉瓦乔的画集，尺寸很大不说，有的画不仅利用书页对开，还在上面再次打开，于是，一幅画给出四倍的空间。而这幅《感召马修》的画，除了四倍书页的画面，还单开两个四页，给画的一些局部再次放大。

我的缩小伪造上了我的墙。这也是庸才我临摹名作的原因：不用打开沉甸甸画册，不动地周游艺术世界，在没有前方的孤海之中凝视我的天空，凝视一个个曾经的人。

（2011 年）

泡影院

票房窗口被大纸板堵住，上面有字，指示观众到买饮料和爆米花柜台买电影票。这是艺术影院节省服务生的招儿。

“嘿，一杯茶。”

服务生招呼我说。我从来不买票，必买热茶，“一杯茶”是我在艺术影院的代号。

服务生拿着泡茶纸杯，穿过啤酒，糖豆，点心，冰激凌布置的彩色柜台，来到尽头，这里放着黑咖啡壶，浸在冰块中的白牛奶盒，各种茶叶袋，茶袋都带“纯天然”字样，来自非洲、亚洲、中东，好像艺术影院放的各国电影，茶凭热水纸杯收费。

柜台那头男票务生正接过斯蒂夫的证件埋头抄码，斯蒂夫在挑选啤酒，无蛋无奶素点心，我逗倒热水的女票务生，“慢一点，那边还没付款啊，要是信用卡破产了呢。”女票务生笑笑，把续满热水的杯子递过来，“小心，烫啊。”

这家艺术影院，在美国各地有八家影院，现老板是硅谷挣了大钱的小爷。影院陈旧，冷气过冷，大夏天有的影厅冷气坏了，热得要命。有时我一天在这家影院看两部片，一个月我和斯蒂夫在各种影院看十二部以上新片，在这家影院看三到四部。巡回电影院，活像谁派我们的差事，也二十多年了。

看这么多电影不买票，因为给本地赞助艺术家基金会买了年费，一年五百二十美金，本地影院随便看。一张电影票十二美金，两人一周三场电影，各种影院的各种电影，影评家给高分的和评论不待见的，两个月就能看回五百二十块，太合算了，合算到我常常感到有罪，要是观众都这么个看法，电影工业还不垮了？不知道，天底下还有谁像我这样看电影的，不知道，有谁像我这样看电影服务生的。

当服务生一路穿过卖票同伴来给我倒茶的时候，也穿过妮娜。服务生妮娜是侏儒，个子极矮，细脖子顶着大脑袋，脑袋上扎一块紫底碎白花手帕，活像一个奇异的洋娃娃，她眼睛沧桑，眉头永远皱着，个子四岁，心思百岁。妮娜站在一把高凳上做事，别的服务生低头拉信用卡，她抬着头，翘着身子，往前探着够向观众。

冬天时候，妮娜在影院窗口，柜台低矮，对她个子倒是正合适。当妮娜一丝不苟地抄我们的电影证号码，我看着她鼻孔里插着透明呼吸管，吸管合并成一条，往下走入她的衣领。

“好？妮娜，”我不由问。

“好。”妮娜答，我能听出她呼吸粗重，假如我有听诊器，听听她的肺，应该是有痰浊音的。侏儒人骨架短，内脏器官受重压，侏儒人寿命短，跟脏器损害很有关的。透过售票窗玻璃，我注视戴呼吸鼻管的妮娜，得了肺炎还是什么？你不能打搅人的隐私，包括打搅病痛，不能随便询问有医疗保险吗，也不好鼓励她，好样的……何况，妮娜永远神情严肃，售票窗外天飘小雪，我接过票的时候，故意把手伸入小窗口，窗口一个横巴掌高，我能感觉到里面的暖气，我打趣说，哇，你的小屋好暖和。“脚边开着暖气呢。”妮娜苍白的脸上浮起一片笑，笑在皱纹中荡开，旋即消失了。

我有一段时间没看到妮娜了。她进医院了，更可能的是，她不在人世了。

妮娜爱看电影吗？我想着，等她再出现的时候问问她。我问在购物商城流行影院的卖票女生。龅牙，对眼，胖而矮，周末下午她一定在售票处，“干这活儿能白看电影吧？”我问了，嗯！对眼胖女生笑。我俩用出票十秒钟交谈，内容都是我准备看的新片，“你看了吗？”我问，“看了。”她笑，或者“还没。”她也笑，呲牙一笑之中，对电影的纯真热情浮现胖脸，我觉得她好美。

我看电影服务生，猜想谁爱电影，因为心里存着一个妄念，谁可能想做电影？我能在电影服务生中找到做片的同盟军吗？

我看上散德。他二十一岁，一张亚洲脸，在艺术影院扫地，比扫地多做一件小事，每次开演前他在屏幕侧面宣教：关手机和回收垃圾。他先用韩语日语中文说“你好”，说完注意事项，最后韩日中说“谢谢”，说中文谢谢时用李小龙式，双手抱拳。亚洲脸的散德，是这么多年我在美国影院见到的最接近我的长相的同胞。

散德，亚洲脸，却皮肤白皙，个子高大，六英尺四，英语不带外国腔，无疑是本地出产的。蓝色工装袖子挽着，胳膊重彩刺青，有关手机垃圾宣教一共三十秒，掐得十分精确，说到最后几秒的时候，他会摸一把鼻子，推一下黑框眼镜，每一次都带这样下意识的小动作。每一次我走过通道，会看到贴壁而立的散德喃喃自语，他在练习三十秒说词。这让斯蒂夫吃惊，却让我旧日重温。早年我学导演也学表演，我因此演戏，上台之前要背戏，无论戏演了多少回了，上台前还要背台词，呼唤新鲜的灵感。中国戏曲梨园老规矩如此，俄国斯坦尼表演体系也是如此。所以，每当走过昏暗角落背词的散德，指导他的话涌到我的嘴边，“散德，你说到最后一句，请别摸鼻子推眼镜。”虽然我从来没有说出口，但是我认定，白皮肤黄长相的散德是我的电影同盟，他一定是想当演员，想演戏，希望电影院三十秒回收垃圾关手机的宣教时刻，黑暗中坐着制片人，别说，我们这座城市，是好莱坞拍摄基地之一，灰姑娘 or 黄小子，也许有天命的，谁说得定呢？

而且，就在这家艺术影院的扫地人中间，有一个是确定无疑的电影人，然而，我和斯蒂夫都不敢与这个人眼睛相对。

服务生都是年轻人，只有这位服务生是上年纪的，斯蒂夫头一次看到他立刻小声说，别看，咱们认识他，别看。我躲避不及，已经看到这位胸牌汤姆的服务生，看到他的眼睛在避开我们。汤姆秃顶，一摊肥胖下沉的身子靠蓝色工装兜住，裤子耷拉到脚腕。

很多年之前，汤姆开装潢店，我在他的店里装裱我妈妈拍摄的荷花。汤姆研究半天，配出银灰细框。他的眼光是雅致的。

隔着柜台，他说他读了哈金的小说《等待》，听说哈金就住本地，有谁能和哈金联系上吗？他想拍电影。我看看斯蒂夫，斯蒂夫看看我，都没有接话。我们认识哈金，不久前还被哈金请到家里吃饭，吃他们自种的土豆，用他们东北口味酱油红烧的。而这位装潢小店老板业余影人，知道做电影意味着什么？运作筹款，市场销售，电影纯是生意经，首先的首先，您得买电影版权，钱从哪来，银行贷款抵押装潢小店？那时候，汤姆的东方面孔妻子抱着孩子（西方面孔）出现在汤姆身后，她不会说中文，也不说韩文或者日文，紧巴巴板着脸。在艺术影院，装不认识侧身走过，斯蒂夫小声说，汤姆离婚了，也许为了孩子的抚养费在这里再打一份工。斯蒂夫叹息说装潢小店倒闭了，这个我能理解，就冲汤姆对我一个镜框的那份精致考量，低廉生意，竞争激烈，装潢怎能养活家呢，更别说做电影了，基本是奔着自杀的节奏去的。有过亚洲脸妻子的汤姆是本城影院里最接近电影制作梦的服务生？

有一天请散德吃午饭，一石三鸟，散德能解答我的几个困惑。我劈头问散德想演戏吗？谁想，散德回答，他有“愤怒问题”，是精神科医生建议他用讲演减压。

散德爸是韩国移民，妈妈是爱尔兰白人，原来住在德州，父母离婚，妈妈在这个城市找到一份秘书工作，散德跟着妈妈搬来，断断续续念社区大学。

我能看见散德的愤怒，白皮肤黄人吊眼，不中不西，同学把散德推过来推过去嚷嚷着“剥掉黄皮大白香蕉！”散德反扑上来，把同学压在身子底下，六英尺四，压瘪你白玩的！“我有愤怒问题”，散德礼貌地说，让我想起一个游戏和游戏改编的电影，“愤怒的小鸟”，而这位散德，我想是被精神医生训练乖的，他已经习惯于事先警告跟他来往的人——留神，我可是有问题的哦——好像敏感爱怒的狗狗，脖子上挂着“我会咬人的”牌子。散德说，他爸也有愤怒问题，我没敢问，爸爸打妈妈？在受过高等教育的美国亚洲人中间，这并不罕见，可以说是隐藏的家暴文化。散德不等我问，主动说下去，我爸酗酒。

斯蒂夫温婉地打断（他对精神疗法很有心得也很有对应招数，比如转移话题），“我好奇，散德，你的名字哪里来的？”

“亚历山大的短称，马其顿国王，亚历山大大帝生于公元前 356 年死于公元前 323 年，他最远打到印度。”散德说话，清晰，逻辑，自动注解。散德无意演戏，是玩游戏的。这就解释散德的全部了，他的紧张，他的礼貌，他的技术化，他是英文 nerd 的电脑型男生，梦想一份游戏设计师的活儿。服务生散德可以白看艺术影院的所有电影，但是他从来不看，自己买票去流行影院看《太空怪人》，说太棒了，说得满眼放光。我和斯蒂夫有点尴尬，我们什么都看，居然没看过这片，因为影评家评分太低了。

服务生的收入，我在艺术影院前厅招工手册读到的，起薪一小时 7.25 块，是美国最低工资。工作时间长，随叫随到，影院不支付员工医疗保险，在不问收入的美国，散德不回避告诉我，他一礼拜干三天每天八小时工资一小时十块，我心算一下，一礼拜240块一个月960块，社区大学一学期学费4000块，散德打工的钱交学费就光了，他靠妈妈养着，吃住妈妈的，医疗保险跟妈妈当秘书的会计事务所走，他没车，骑车上学骑车到影院打工，挣的钱都花在游戏设备上，交的朋友全都是玩游戏的，都是吃寿司、吃印度咖喱的混血孩子。

扫地工老汤姆，抬头不见低头见，眼睛故意互不接触，让我们超不自在，但是这家影院实在无法避开，一个月看十二部新片，三到四部艺术片和外国片得在这家影院看呢。

每月其余八部，有一天看电影的路上和斯蒂夫数数看片的影院，放流行片的，边吃喝边看的，黑人购物中心（昆汀·塔伦蒂诺50毫米超宽新片《八恶人》专门改放映机在这里放），高级购物中心的，观众脚边拥着高级品牌购物袋；在这座二等文化城市，我们经常巡回的影院有十三个之多。放韩国《海啸》的影院远在城市另一头，那里韩国移民群居，售票员打量斯蒂夫，“没字幕，韩语啊！”斯蒂夫回答，“管它说什么，不是海啸吗？”

台湾片《赛德克·巴莱》出现在城市另外一头，放映厅除了我俩，前面有一排中国脸，这是这么多年我唯一在当地影院看到中国观众（！），而且说的是普通话，说的是家里的事，好像他们在家里互相不说话，都把话带到电影院来了，广告片他们在说，声音比广告还高，正片开演了，还在大声说，我不得不喊：“Shut up！”人家毫无反应，继续说，我大喝一声：“回家说去！”人就安静了。不止一次想到，为什么在电影王国美国这么多年泡各种影院，我看不到自己人？欧洲早期移民，把在家乡看马戏团的乐子搬到美国，难道我们中国人不看杂耍吗？也许 12 块一张电影票不如吃饭更合算，大吃大说是最大的乐呵？

经常看到穷途末路。周末三天没有三个片可看，搜出一部印度片，在城市又一头，是印度人群居的购物中心，夜晚，瓢泼大雨加狂风，一出车门，雨伞立刻弯折，浑身湿淋淋鞋泡汤甩着头发水进影厅，一排印度少年，我们在少年们后面坐下，少年全都回头看我们不看荧幕，“喂，没见过啊！”我呵呵笑。少年也笑了，回过脸去了。印度片枪火加歌舞，永远这一套，永远有效。

有时候去本城最老影院，这叫一个破！座椅不知多少年头了，硌屁股，还总被什么东西咬，多少年了，周末半夜放邪教经典片《惊魂》，观众穿剧服看电影，浑身涂抹得血里呼啦，灌着啤酒，高声怪叫。这里独家放拿朝鲜开涮的那部喜剧片，北韩威胁要炸美国剧院，于是门前警察站岗，停着电视宣传车；它还放前卫艺术片，比如《失忆症》，后来《失忆症》就到流行影院发了财了，不过，来这里放映的片子，得到艺术口碑，却堵住进一步传播的道，因为在这里上映的大都签了独家放映协议。

为什么，我这么喜欢有人有影子的黑暗？为什么，我要倾听人的呼吸，要混在人气边缘？

有一段时间，我每天下午去“便宜椅子”看电影，影院在卖便宜货的购物中心，倾销低档服装、过时玩具、假珠宝、电脑印制的假油画。东西廉价，房租便宜，票价一块，便宜椅子十二个影厅同时上演十二部电影。新片从第一轮影院踢出去两个月之后，进录像带店同时进这家影院，《泰坦尼克号》在这里停泊足足一年光景。也有流行影院不选的艺术小片，比如《猜火车》。

下午的停车场，几辆破车，满地油污，我夹一叠《华尔街日报》来影院，想起小时候听侯宝林先生的相声说，一个爱看戏的家伙端一碗汤面，假装给后台送饭的，大摇大摆进了门，找个地方喝了汤面看蹭戏。我的汤面报纸是对付售票员的，一位四眼、龇牙、驼背的姑娘，她早早出现柜台后面，但不到下午三点头一场快开演，绝不肯提前卖票。我坐在票房边上拿报纸打发时间。“享受你的电影！”这姑娘从窗口底下推出票的时候送来的影院家常话，带着恶意的口气。售票员男孩女孩，通常都甜得要把自个儿跟票一块儿送你，这位丑姑娘，也许是想找个地方藏起来，你却来打搅她。我想知道，她爱不爱看电影呢？乖乖地接过票，总也没敢问。

我专捡“便宜椅子”下午场看，捡正常人上班的时间。看下午场的人，要不特胖，要不特老，要不一脸阴沉，特别不高兴。猜想，这时候钻电影院的，不是失业的就是退休的，或者领社会救济发呆的，还有务不出正业的比如我。有一次报《我知道去年夏天你做了什么》，卖票姑娘的恶意有了嗤之以鼻的意思。这个恐怖片手法玩得一惊一乍，事情老也没有发生，到真发生事情的时候什么意思都没有。但是我感觉毛骨悚然。下午场只我一个人看，我听见后面有声音，我感觉黑暗中进来一个人，在后面角落里坐下来了。我突然想到，天下哪儿有比下午场更方便抢劫的呢？！是啦，屏幕上发生虚假的血腥，电影里尖叫掩盖椅子里的真谋杀，红色幕布装饰的墙壁，一排排空椅子，要到下一场开演之前一个观众溜进来，到那时候才看到血现场！这恐怖片我看了一小半起身走人了，害怕被杀，还有，破电影真不能多看，害眼睛，害情绪。

但是我爱看观众。美国电影观众从经典说法的年轻男士为主，眼看着是女生为主了，是小女生更是老女生。看《五十度灰》的全是独身女生，超级肥胖，坐椅塞不下的肥胖。看《占领下的卢浮宫》，苏联导演《方舟》那位的新片，卢浮宫和彼得格勒博物馆二战命运，拿破仑的灵魂再现幽暗，观众全是中老年人，白发，秃顶，黑暗中浮现一个个浮雕，凝视黑暗，我心中一阵阵悠长凄动。看吉卜林小说改编的《丛林奇谈》，从来没有见过这么多印度人，传统盛装，老的，少的，小的女人，都穿拖地莎丽，排着长队，不由不被英国殖民文化深远的影响震撼了。

在人气黑暗中，有时，我呼唤朋友，来啊，和我一起看电影，旋即，我把想象的朋友推开了，和谁能分享我混账的多样的看片力？只有斯蒂夫吧。早年和斯蒂夫约会的时候，他邀请我看本城博物馆（收藏让他不好意思的旧家具），他请我吃中国饭（一律酱汁搅拌），我觉得斯蒂夫这人好无聊，直到看电影，看了一个，又看一个，发现这斯蒂夫研读电影评论，我认为读评论的那不是我们中国《大众电影》的傻读者吗？我不读评论，我甚至不记明星名字，我知道导演做过什么片。步出影院，斯蒂夫会问，你觉得这片怎么样？在他，这是教养吧，我一二三短评，斯蒂夫就说，你说的跟《时代》《纽约时报》《华尔街日报》的一样，我就呵呵笑，我是谁啊！

不经意问斯蒂夫，你怎么爱上看电影的？他说，他曾经想当电影演员来着。我顿足，我放声大笑，就您，表情低调，全得特写镜头吧，我大笑，但是内心独白一个字没有说，倒是格外理解了为什么斯蒂夫对喜剧电影格外关注，因为喜剧片节奏最难把握，喜剧远比悲剧难，喜剧演员个个从喜剧俱乐部独角戏走江湖开始，是最穷的人。我大笑，没有说任何话。

居然，居然，居然，两人都爱看电影，爱看到这份儿上，这得什么样的缘分？

有一天，数了数看的各种影院，发现有一种典型美国影院我没有去过。Drive-in——开车来看。

我翻开电话黄页本，在本地50家影院目录下只查到一家Drivein，听影院电话录音，怀疑地想，就剩个名字了吧，而录音报的放映内容跟普通影院内容没什么不同，它说有6个放影场地。我看电话本标出的地址，影院在城市又一头。

我拿车钥匙走人，在电视前愤怒吆喝球赛的斯蒂夫问我上哪儿？我报出地方，斯蒂夫回答“哦！哦！”这个象声词在他是惊叹词，意思是，“老天爷，你怎么想起一个人去那种地方？！”刑事律师斯蒂夫，熟悉犯罪分布图，以他的地理观，那个地方犯罪率极高。

哦？照我在20世纪五十年代风情片看到的美国的“开车来看”影院挺风光啊，青春貌美少年人，时尚衣装，时尚车，多半第一次开车，带着第一次的妞儿，车先开到镶闪闪发亮铁边的饮食店前，买好多热狗，好多爆米花，然后汽车停在星空下，车窗摇下来，放进挺大个的喇叭，是为在汽车里听电影用的。放映开始了，是恐怖片，吸血鬼在银幕上咬住人脖子的时候，汽车里男孩的手在女孩上衣里面摸索。那时候汽车前排座位是通的，中间没有手动拍挡装置隔开，银幕上十字架叠鬼影加阴森恐怖的音乐，汽车反射一闪一闪的微光，时隐时现一上一下躺卧身躯。特写：吸血鬼十个尖爪。特写：火热交织一对唇。

斯蒂夫看到我手中摇晃车钥匙，扔下打得不精彩的橄榄球赛陪我一同前往。一路走着，我开始明白他的恐怖感了。我们穿过城市一头高级餐馆，遮阳伞下坐着悠闲雅皮，我们穿过城市中心，凋敝，黑人居多，然后穿过关闭了一个世纪的巨大厂房，窗户玻璃碎了，没了，大白天无数个阴森的黑乎乎的眼，然后是低收入住宅，黑人区，看过往汽车很少有白人驾车。很快地，我们进入开阔的荒野，有一小群商店，门窗钢栅栏的典当铺，盗窃的东西常送到这里，还有“支票换现金”小店，非法打工移民和犯罪分子爱光顾的地方，门窗和钢栅栏，还有城里看不到的“烈酒店”。最健康的买卖是小药店，在这些买卖之间，是废汽车废轮胎的浩瀚垃圾场。

就这样开到“开车来看”。有铁丝网拦着，开不进去，除了我和斯蒂夫，四外无人。我趴铁丝网看空旷场地，巨银幕之间都拦着铁丝网，我不由叫起来，真是开车来看！斯蒂夫扒着铁丝网看小装置，读小字说明牌，冷静地说，“我明白了。”“你明白什么了！”斯蒂夫说，“科技进步了，现在每辆车开进来时候发一个收音机调频台，调到给你的频道数字上，这样，就在车里听到电影上的台词和音响了。”

我也落实了，开车来的放映内容，不是恐怖片了，是头一轮的流行新片，包括主流影院不一定放的黑人主演片。巨大招牌上有一放映片名跟“开车来看”呼应着，《开着偷来的车》。

夕阳落下去了，荒原在恢复生气，车一辆接一辆开进来了，从身边开过的车，老的，破的，漆剥落，露着锈底的，漆起来了，一块一块花花绿绿的。有名贵的凯迪拉克，车顶子烂到漏了。“开车来看”的观众不是我从电影上看到的金发白人少男少女，是黑人和墨西哥人，每辆车都坐得满满的，一大家子人。

一个车里，一位黑妇女带一帮黑孩子，这副从我眼前闪过的画面背后，能看到一个黑人家庭，父亲的角色缺席。而来看电影的墨西哥人，大的，小的，男的，女的，加上祖父祖母，从车里爬出来，买热狗和饮料，松松筋骨，又爬进车去，我看得目瞪口呆，一小车塞下九个人！这里的票价比影院便宜多了，是按车计算的，一辆车 12 块钱，一辆车可以连着看两部电影。

我问斯蒂夫，咱们要不要也看个电影，比如看《开着偷来的车》？斯蒂夫摇头。他根据影评看电影，这部电影甚至没够上被评论的资格。斯蒂夫被好影院层层升高舒适座椅和杜比音响娇惯了，更要紧的是，刑事律师的职业病，让他对这样的放映环境感到不安吧，总之斯蒂夫不愿意冒险往前再多开一步了，他不敢投入这里的观众群。

只有我们的车倒着开出来，到了影院门口，生生败回家，也是头一次。天黑了，斯蒂夫在喃喃自语：“曾经和爸爸经过一个‘开车来看’，大老远就瞧见巴顿将军的大脑袋。那是一个冬天的晚上，在新英格兰老家，我问爸爸，那些看电影的人一点都不冷吗？我的意思其实是，爸，我们去看看好吗。爸爸只是‘哦，哦’继续开车过去了。我现在想，爸爸也许猜到孩子的心思，但是爸爸只想赶着回家。”

我这才发现，地道美国佬斯蒂夫没进过“开车来看”！原来他跟我一样，是第一次贴近观看非电影画面的真地方。

坐在夜色流动的车中，想起我的少年时代，我的“开车来看”，开着拖拉机，骑着自行车，赶着毛驴车，更多人两条腿来，在打谷场，在山坡上，孩子乱窜，鸡飞狗跳，密集小板凳，到处站起来举胳膊招呼，四周铁环洞拉住白布银幕，乡村干部掀布钻出来说通知，雄伟的音乐和大风一起来了，也是好大的人头，“让列宁同志先走！”银幕上面和下面一起大声嚷嚷。然后，无数手电筒，星星点点，在无数田埂，无数小路，无数山岭，星星点点，向各处四散。

那次，我问散德，妮娜怎么样了？

他说，妮娜去世了。

妮娜喜欢看电影吗？我迟迟问。

我们不熟，散德回答，服务生倒班工作，互相不熟悉的。

（2016.8.31）

黑天堂

"For me, no other art form touches life the way the movies do."
Roger Ebert, from his introduction
ROGER EBERT'S
From Tolstoy to Tarantino, the finest
BOOK OF FILM
writing from a century of film
NORTON

电影旁听生

佐治亚州立大学的夏季课程表，沉甸甸的，我试图选一门有趣的玩意念。我一直埋头写自传，喝着酒，把自己燃成一副火把在纸面赶路。这条路上没有任何同行者，没有编辑能理解的我的内外处境，没有人能帮我寻找方向或者标记一下我脚在何处。清晨，盯着酒瓶，不想歇脚，也不知道往哪里奋笔。

以美式日常经济的精确要求，我填写一张张要付的账单上小数点后面两位数儿，本能地，我勾出大学电视课。美国大学是老少都能念的，有人一门一门陆续念，累积学分，攒出大学学历。我不要学分，人家念一门课要交五百多块，我花一半不到，二百二十六块。报电视课的人非常多，人多到收不收我的二百二十六块，需要带了简历跟讲师面谈。这位讲师教完暑期就要去电视台了，急不可待在提前收摊，房间极乱，像是遭了抢劫。

简历里的影视创作和出版让黑人讲师的眼睛亮起来，他可能有点吃惊，可能没收过这样的学生，忘记盘问我为什么要听课，于是我也没机会表达，虽然我的电视资历看起来惊人，但是我对拍摄，对剪接一窍不通。必须换了巨大时空，你才发现自己并没有抓住所有机会，学得太少，我想跟谁说后悔呢？

我立刻感到后悔。照着老师指定的，我到学校书店买了本电视教科书，翻了一下问自己，难道我需要用英文重读一遍显像管三色原理？教室也是拍摄棚，圆圈围坐，听着老师讲导论，我看着被挑上的同学。四十多个年轻男女，从穿着能分出两种人。一种人穿得朴素，牛仔裤，汗衫。一种人穿得妖艳，满脸重涂抹。前一种学生都跟我一样，是看上课程的动手部分，后一种学生全是女生，想去电视台当广播员。要听四个星期才能上手练，我失去耐心了。我又翻开大学课程设置，看我放弃的电影课。电影远不如电视火热，夏天只开了一门，开课目标让我烦，教如何写影评。开课题目字眼大到让我联想起中世纪："好莱坞的文艺复兴时期"。

我穿过大街，照着手册指点，在城市另一个地方找到教室。课间十五分钟我跳了旁听，抛开后一半电视导论，进入后一半电影导论。

课间休息之后再次迈进教室的老师看到我一愣，我挥挥注册小条，老师放我一马，说他只讲导论，回头跟管主课的老师理论好了。导论老师是位上年纪的胖子，在继续讲课之前，对我这个插班生多关照一句："啊，你错过了美国电影开创初期的好玩部分，现在准备着听检查制度吧。”

我哈哈笑起来。

啊，检查制度！

我的美国同学，年轻、低调，相比之下，我越来越活泼。老师转过圆圆的肚子，索性对我这个插班生宣讲起“美国电影沙皇”威廉·海斯（William Hays）和他的《伦理法典》（*Motion Picture Code*, 1930）。

《伦理法典》祭起的时候，战争片、航空片和强盗片的花样立刻受挫，不过好莱坞还是撑了一阵子，到20世纪三十年代中期之后，美国天主教主教成立了“道德协会”，掀起一个严格实行《伦理法典》的激烈运动。这一下银幕上真干净了，影片中的土匪成了用来劝善惩恶的角色，《圣经》常常和机关枪扫射同时在画面上出现。美女的展示也受到限制，明确限制裸体，接吻时间不得过长，性感表现不得色情，美女是只可仰望的圣女。但是，也有对抗的电影。比如《飘》（*Gone with the Wind*, 1939）。电影结尾处有一段经典台词，女影迷认为经典台词是郝思嘉终于说道：“听我说，白瑞德，这些年来我一定一直都爱着你，只是我自己不知道。”学院派告诉我们，经典在于白瑞德的回答：“坦率说，亲爱的，我根本不在意。”（Frankly, my dear, I don’t give a damn.）damn，直译是，混账。《飘》的故事写作地点，离我听课的地方不远，当年这个电影世界首映式的剧院，与教室几步路距离。《飘》赞美战败的南方，南方联军邦盟主席的女儿特地来参加电影首映式，这位盛装的贵族太太听到结尾一句“混账”字眼的时候，当场晕倒了（我听得乐晕了）。这句台词成了一个事件，好莱坞居然坚持不改台词，胖老师对着我由衷地赞美“混账”。

电影课好像是考验学生的伦理信念。课程全部设在中午，从11点到2点15分。我临时插入，什么都没带，连零币也没有，只有一张信用卡，没法儿在自动售货机买吃的。听着人家的检查制度历史，居然让我不饿、不渴，没来由地抖擞起来。笑，像一道来历不明的阳光，把汹涌着材料的内心照得通透，艺术在天下到处被修剪，被意识形态、宗教、金钱，被所有非艺术的标准残酷地修剪着。然而，随处张望一下，就比如这美国电影吧，不也就这么通俗地，大众化地，绕着弯地，继续走入一段深刻之途，走入它的文艺复兴。突然地，我从孤独挣扎的创作深渊里拔出来了，像看电影一样站在内心深渊边缘向里看，就算你失去一切讨论的手段又怎么样，就算你剩了绝对一个人，你绝对不是最难的啊，想象力，到处地，永远地，在寻找各种各样的生存缝隙，没了任何人，那就自己吧，就像拍电影一样，换着角度，近观，远望，慢慢收拾自己这副材料！

到走廊上喝口自来水，挺精神地接着听第二次检查制度。我知道麦卡锡和“共产主义”威胁这段历史。好莱坞内部掌握黑名单，许多优秀导演、编剧、演员长期甚至终身失去创作资格。我因为小说创作被批判，大学毕业无法分配，曾经好一阵子没有工作，于是我听这些他人的历史，要比美国学生更会心。我仍然笑着听，把老师笑糊涂了，他开始凝视我，我开始沉默，老师似乎在对我独白，一个大课堂上，好像只剩下我俩。

我一路听，一路反看，全天下向往且仇恨的好莱坞，人人看豪华制作，而在我看来，真是危机重重，用股票市场曲线表达的话，是历史一路大起大跌。每次大跌之前，就像美国股市表现似的，用看似繁荣高涨作危机到来的前兆。

第一次世界大战结束后的十年里，是美国电影征服全世界的全盛时期，外国影片在美国两万家影院上映节目中完全被消灭（！），美国影片当时在世界各地像21世纪一样，在各国影院占上映片的百分之六十到百分之九十。接着，有声片把好莱坞的声势哇啦啦抬到顶峰。有声片和电影发明一样早，但是美国迟迟不拍有声片，这跟艺术家（包括卓别林）反对关系不大，非是技术原因，而是出于经济的原因。对白片妨碍好莱坞影片在国外的销路。巴黎第一次上演美国对白片时，观众就喊叫："还是用法国话说吧！"在伦敦，英国观众对着几乎听不懂的可笑的美国腔直起哄。但是有声片的趋势势不可当。第一部"百分之百"有声片（当时说法）《纽约之光》（*The Light of New York*）迟迟到1929年才出现。有声片时代一到，好多默片明星下岗了，因为不会说话。而好莱坞史称"黄金时代"（三十年代到四十年代末）来了。

但是，仔细想，1929年恰是黑暗时刻到来，是美国股市崩溃，华尔街人跳楼，大萧条来了。失业的人暂时躲入电影院的"逃避之乡"，好莱坞因此得到的好光景并不长，一方面是《伦理法典》的严格修剪，另一方面，到1933年的时候美国失业率高达百分之二十五，四个人里就有一个人失业，无数中产阶级变成穷人，失去拥有的住房，曾经梳洗干净的孩子成了脏兮兮流浪儿。经济坏到这一步，寻找充饥的食物是每天一睁眼的全部生活内容，还有多少人进得起电影院呢？如果再考虑，二战一来临，美国电影在德国占领下的欧洲国家是被禁演的，当法国电影“新浪潮”主将特吕弗（Frederico Truffaut）看到《公民凯恩》（*Citizen Kane*）的时候，已经是那部电影面世六年之后了。那时候的欧洲倒是解放了，为了在大战废墟上重建生存，美国电影进欧洲的市场份额也增加了限制。二战之后，麦卡锡主义又从内部严酷地清洗好莱坞，制作受到极大影响，好莱坞制片厂纷纷转做别的生意。当1952年宽银幕出现的时候，电影的毁灭性敌人，电视机，已经提前降生，1950年美国有五百万台电视，好莱坞沉底沉得好惨啊。

不知道哪个美国学生像我这样听课。我不到16岁到北大荒当农工，开始独立生活，当然，身边的美国孩子18岁一到，老爹给开个银行户头，踢出家门了。不过，我的成长经历让我目睹国家公有制的转型方式，然后，我日日体会头号资本主义如何运行，生存上比从前的制度给我的压力更大，更直接，抠出账单里的小钱来旁听电影，用这等训练和感受看电影的残酷一面，我居然挺体贴好莱坞的。笑着，想着，半在课里半在课外逍遥着，直到主讲老师把我堵住了。

羊群里的狼

老师挺年轻的，像电影院的检票人拦住我继续进教室，要审我的听课资格。我掏出简历，摸出交学费小条。他看看学费价格，发现我是不要学分的旁听生，那份可能会吓住他的简历免看了。老师回到讲台上，“哗”，飞过来两页纸，捎着一声：“全在上面了，你自己看吧。”从此再不答理我了。

二百二十六块钱换来的这两页纸，是正反复印的，告诉我全部课程安排，课堂上要讲的内容和会看到的电影，以及自己该预习的内容和该看的片子。

照着两页纸的指点，我又回到学校书店，退掉那本学电视的教科书，买了本前面学生用完了卖回学校书店的电影书。三十五块电视大全换二手电影，才十三块五，省了一大半钱。书名挺动人的，《电影的一种孤独》（*A Cinema of Loneliness*, by Robert Phliip Kolker）。封面被前面学生的手弄得有点卷，红边嵌出《出租车司机》（*Taxi Driver*）的黑白剧照。罗伯特·德尼罗（Robert De Niro）低着头，两手插在夹克兜里，孤零零走在热闹的纽约街头。这是好莱坞文艺复兴时期的写照，六十年代末到七十年代的好莱坞，史称“银色时代”。翻看前言，这时候出线的美国导演都够油儿的，或者是干了电视回头来干电影，或者干着商业片养着艺术片，有的以法国为大本营，有的以英国为大本营，他们在体制内外成就了一段辉煌。

老师叫迈瑞特，名字在那两张纸上。“嘿，我不咬人的，”迈瑞特放出手段，对散落在大教室的学生吆喝：“围过来点，你！”老师指着我的方向。

我赶紧抱着书凑近讲台，然后发现迈瑞特指的不是我，是我身后一个黑人女生。那女生身穿褐色大袍，花纹鲜艳，头上盘着同样花纹的布，坐在最后一排的边上。半环形教室椅子放射散开，她坐得比我更靠边。她挪动了，还是在最后一排，挪到正中间坐下来，像法官一样居高临下，正面审视老师。

我又挪回原先的位置，坐在教室中间靠边地方，用电影术语说，这个“机位”挺好。斜着身子，一摇，看老师，回摇，看同学。从那两张纸上看迈瑞特，他是个挺严厉的人，在小考和中考要求底下标明：“写影评首先要会写作，请少给我来拼写错误，如果拿不准怎么拼音，去补一门英文写作课！”课堂上的迈瑞特很随和，经常讲点自己上大学时候或者小时候的事儿，像是把学生们当做天然的朋友。到了中午，他一边开吃三明治，一边继续讲课。我在康奈尔大学作访问学者的时候，旁听过社会学课，穿长裙的女教授有时候也会坐在椅子弯把上跟学生贴心，不过，课堂风气潇洒到这一步，还是让我看得挺新鲜。

学生中间有人跟老师对着吃，是个白人女生，金色头发用彩巾兜着。中午时候她掏出一盒沙拉，要不然是一块比萨饼。她一边吃，一边跟老师对着说影评界动态。大家都听得出来，地方报纸在登这位女生的影评，她自我感觉是个腕儿。其余的学生没有谁敢这么跟老师对着吃的。无论迈瑞特怎么套近乎，学生们不上钩，沉默着乖乖听课，好像在说，“最后把好分数给我，其余您少废话吧。”迈瑞特干脆替学生把内心独白说出来了，学生们还是沉默。他们都很年轻，年轻得羞涩，多半是男孩儿。

课间休息时候站在走廊里，男孩儿都挺活跃的，我们立刻成了熟人。听得出来，他们都很喜欢电影，有个烂衣裳男孩儿每回都迟到，他在拍电影的现场打工。有个小胖子一上课就打瞌睡，下课读所有的电影杂志，像是空战室司令官，掌握着好莱坞的整个动向。

他主动跟我打招呼，十分肯定地问：

“你是日本人对吗？”

“为什么不该是中国人呢？”我反问。

“中国人学电脑，学医生，学会计。”

十来个听电影的学生几乎都是白人，是住小区的中产阶级孩子，爱泡电影院，对电影滚瓜烂熟。我有点像是羊群里的狼，披着羊皮，思绪阴险，不过比“洋”羊个子要矮，课间时候混在高大男孩儿堆里，静听人闲侃，带着一脸微笑。这些男孩对六十年代末到七十年代的经典片挺熟的，对《电影的一种孤独》书里介绍的从那时走过来的美国导演比如史蒂芬·斯皮尔伯格、阿瑟·潘（Arthur Penn）、马丁·斯科塞斯（Martin Scorsese）、罗伯特·奥尔特曼（Robert Altman）、斯坦利·库布里克（Stanley Kubrick）都很崇拜。

窗帘关闭了，讲台上方银幕落下来，我们看库布里克的《发条橙》（*A Clockwork Orange*, 1971）。看完了就在课堂上讨论，迈瑞特倚在银幕旁问学生：“注意到小坏蛋父母家的场景布置了吗？你们看他什么出身？”

我左右转动着，看老师，看同学。同学都挺狡猾，课堂讨论要算总评分数的，都琢磨着不轻易发言。教室最后一排中央，法官一般的黑女生举起手来。她很爱举手，爱唱反调，常带着抗议种族歧视的情绪，她每天换一身盛装衣裳和缠头，这天又换了一身衣服和头饰。

“他出身很有钱的家庭。”

“很有钱的家庭？”

“当然啦。”

“是因为他家墙壁的花色？我提醒过你们，这个片子的场景设计是高度风格化的。”

“你好好看看他父母房子里外嘛！”黑女生口气羡慕地说。

这个女生完全不知道，影片所展示的伦敦那些彼此相同的拥挤矮楼，是英国蓝领低收入家庭的典型外观，是很多英国现代片都爱用的。而她暴露出来的，显然比无知更多。她拼命力争，想要说明小坏蛋来自有钱家庭，她说到冰箱，说到洗衣机。我回过头，凝视着她每课一换的庄重衣裳，想象她的家庭里面。在亚特兰大市区边上，可以看到很多类似英国的那种矮楼，美国地方大，楼不那么拥挤，在楼中间晒着大片白床单，各色衣服，阳光下，飘着住户们没有洗衣机的内部标志。

校园左派迈瑞特缓和了，他甚至帮着她，跟反对她的同学争起来了。我猜想，他在为自己的教室现场制造着电影气氛，而他心里，也许和我一样，微微地心酸。

一百二十块的鞋，八块的电影票

下一节是小考，迈瑞特发考题的时候，我抱起书走了。老师不给我后背一个正眼，我毫不在意。我欣赏迈瑞特老师跟黑人女生争论，但是我不必陪考影评。

学写影评也许能找到一点活儿呢。影评的作用很奇妙，好莱坞市场调查发现，人买一双一百二十块的鞋的时候要比掏一张八块的电影票钱来得痛快。人们选择究竟这回看个什么电影，相当地依赖影评。

我也看影评。给《纽约时报》写评论的人跟迈瑞特老师一样有学院左派味儿，喜欢拿消费主义调侃，但是那人我觉得不如瑞迈特，太知性，太历史，太矫情，迈瑞特起码在让学生仔细观看一个场景的设计细节。

给《华尔街日报》写影评的几乎只欣赏外国电影。最好是黑白片拍的非洲故事，用法语对白，底下是英文字幕，哦，不，最好是非洲部落语对白打法语字幕，总之要比《国家地理杂志》的“异国情调”更远才好。我一直挺替他担心，报纸要解雇这家伙了吧？可是，翻开每周五评论，人家椅子坐得很稳。我终于明白了，这家伙的写法投这家报纸的读者口味，《华尔街日报》读者群右翼，保守，有钱，但是有教养，要读这种评论。好莱坞在这些读者眼里，过左。这位影评人是好莱坞出一部挑一部的刺儿，要是光读这一份报纸，根据他写的看电影，我简直没什么电影可看！

我对影评的微妙疑惑还针对着“两个拇指”。这是一对影评家，本来是金·司斯科（Gene Siskel）和罗杰·艾伯特（Roger Ebert），两人多年在电视上对谈电影，在全美二百多个电视台播出，收视率极高。一部电影广告中假如有这两人评论标志“两个拇指向上”，那么就是个值回票价的电影，他们的评论艺术并机智。司斯科因心脏病突然死了，搭档换了，关键不变，主看的是茹格·艾伯特的拇指，他因为写影评得过普利策奖（1975年），是电影评论家唯一得这个奖的人。虽然我每回跟着拇指走，但是总觉得他少着点什么。艾伯特对暴力片和色情片要求甚严，好像特别清纯。直到课堂上迈瑞特讲了他的小故事，说艾伯特是“吃不到葡萄说葡萄酸”，我明白了。原来艾伯特早年是暴力色情片编剧，每做每败，才改为写影评。听完这个背景，学生全都笑了，司令小胖子乐着问迈瑞特：“嘿，迈教授，那您原先拍什么片子啊？”

“监狱片，”迈瑞特回答说，“所以落到这个鬼地方来啦。”

美国影评家中有些是自己做不成电影的失败匠人，假如这种家伙多一点就好了。我只在国家公共广播电台里找到一次知音，那是对导演阿瑟·西勒（Arthur Hiller）的采访。他做了一部嘲讽好莱坞拍电影的片子，《烧吧，好莱坞，烧吧》（*Burn Hollywood Burn : An Alan Smithee Film*, 1998）。阿瑟·西勒也是拍色情午夜场电影出身，听他的声音，粗鲁，有点疯癫，快乐神经质。当他严肃起来的瞬间，对记者回忆说，想当年影评人要比现在的好，尽管人家从来没说过他一句好话，然而，过去的评论对一场戏的处理，不论是枪战，是凶杀，会作仔细分析，对一个景会详细点评。这个导演喜欢的影评人和我喜欢的一样，应当有着工匠般的技术目光，能够体察制作细节。这也是法国导演戈达尔（Jean-Luc Godard）说的意思：“评论一个电影的最好方法是，你自己做一个电影。”

美国影评现在是博学、历史渊源、道德立场、美学观点包括个性以及尖锐，要什么有什么，就是失去了两手泥巴。相当多写影评的家伙还不如拇指艾伯特呢，从头就没打算拍拍电影，他们不是实干者，缺乏触摸的热情。但这不是相当成熟的美国软商业评论的问题，天下所有的评论，再怎么深刻，深刻兼了具体，在我看来，最高境界还是就事论事，高的是用我们做的艺术产品又论出另一套他（她）的自我而已。没有哪个评论会说一句：“假如，这个地方要是这样呢，就像比方哪个片子里哪个镜头，那么这一切会不会……”孤独的创作者需要创造性的启发，需要会说“假如”的工匠同情者。会说“假如”的，而不会说的，在我看来，是创造与平庸的本质区别。然而，吃评论饭的，包括教评论的，对不起，可爱的迈瑞特先生也在内，都缺少着创造气质和磨炼，或者是本分地压制着，在工匠们干活边际优雅地盘旋，这就是吃软饭吧。所有（包括西方东方）软性影评都引导着大众（小众）的钱包，读这样的影评，提醒我的教养，我的口味，但是有谁点拨一下具体环节？难道我这样的读者太少吗？肯为我写影评的，是写情书吗？啊，不，一点不，在我们自己的文艺复兴时代，在比好莱坞电影号称的文艺复兴时代晚一点的我们的八十年代，我们在艺术学院里在社会上，到处地讨论艺术，小说具体到句子，结构，戏剧具体到每一个动作，电影，从一个朦胧画面的呼唤开始，我们彼此倾听，彼此指点，“假如，假如，假如。”那个时代，那些人，随风而逝了，自我钝化了，堕落了还是钝化了，还有的，就是以为在坚守文化阵地的书斋先生了，可怜的，既不操作，也不幻想，皱着批判眉头的少数之少数。（混体系成体系的混蛋完全在我眼界之外。）然而，剩了一个人，我绝不会忘记，茫茫创造之海中，我们曾经地，一小撮人仍然地，在说着“假如”，我与用“假如”开口的灵魂为舞。

还是在学生书店里的时候，翻看着《电影的一种孤独》走到缴款台，我能从影评课上得到的，全部都念完了。我还是买下了这本二手书，书里头有好多斜体字，是电影的名字，远比迈瑞特单子上开的片名要多，十三块五，是价格合算的寻宝图。

录像带店的下一个塔伦蒂诺

对世上任何一个想干点什么的人，我以为，就是看人家的成品。想写小说看小说，想演戏看戏。想拍片子，除了看片，看片，还是看片。从画面你能反着看出人家的心思、窍门和方法。创作苦恼引发饥饿，让你啃透人们傻看的材料的骨髓。迈瑞特开出了学生自己该看的片子，并且标明大学图书馆里就有，免费能借。正因为如此，就算上电影课的学生很少，我还是抢不到。那两页纸同时无声指点着：到录像店租借。

捧着提示我很感激了。我感觉一段时间里，在“大片”店里我可以找到北了。“大片”是全美流行连锁店，店铺空间巨大，长长架子按片种分类：喜剧片、动作片、恐怖片、情节剧、动画片，给外国片开专架。假如分店经理勤奋的话，还会为美国独立电影节圣丹斯开专架。所有新进的片子环行墙壁。当我第一次迈进巨大的大片店，心生颤抖：“哇，要是打小泡这里，我肯定库布里克了！”带着迈瑞特的两页纸，夹着《孤独》的书，我在录像带海中找自己。

在大片店干活的多半是少年人，在门外偷空抽口烟的胖女孩就是一个，是来挣点外快的。挣外快的和挣外快的不一样，我喜欢的是那种孩子，把片名问过去，不查电脑，顺口说出带子在哪个架子上。莫名其妙地，我会多看一眼那个孩子。这样，我看了看一个满头小辫儿的黑女孩儿。

是个周末的晚上，付款时候她没有零钱找我，等着旁边男孩店员换钱，她两手敲着柜台，好像击鼓，那男孩动作稍有点慢，她跟我说对不起，我就抽空跟她聊天。这女孩儿原来是学电影的，大学毕业两年多了，找不到干电影的任何活儿。“这一行有点慢啊，”她沙哑的声音好像唱歌，微妙得忧伤，她从外省搬回父母家来，“和父母的麻烦，你知道。”她搬出来住，打工养活自己。她发现我钻研电影，立刻自我推荐，“我会Avid剪接，我会写剧本，你有任何活吗，什么我都肯干啊。”

经理在她的背后打着哈欠，而小巧的女孩儿，笔挺地站在柜台后面，精神微妙得超群。

“你知道吧，”我说，“塔伦蒂诺也是从录像带店干出来的。”

“哦？我还真不知道！”

“他一边租带子一边看带子，从香港武打片看出路数。”

她轻微地点头。我拿着《穷街陋巷》（*Mean Streets*）带子走出门之前，她店员程序地提醒我归还时间，私人添上一句，“我很喜欢这部片子。”

后来，有一个白天，我在沃尔玛超级店的收银台前看到她，老远的，看到她挺着怀孕的肚子，我停下脚来，不知道为什么，换了一个柜台付款。晚上，我去录像带店，没有看到她，一种微妙的哀惋，说不出来为什么。我不轻看在录像店打工的人，一直不能轻看。

有个叫“好莱坞”的录像带店，店里空间比大片店更巨大，给奥斯卡得奖和提名片专开出一架，每回我都要捎带借上一个，就这样我看完了奥斯卡。店里有位一支耳朵的男店员，我跟他报片子的时候，他总是立刻回答，有，或者，没有。如果没有，他会顺口说出这个导演作的另一部不错的片名，或者那部片子主演的另一部不错的片名。我们俩从没说过比片名更多的话。他总是上夜班，等着他低头找零钱的时候，我便看着那只消失的耳朵。我把录像带店看作江湖，这里面是有异人的。有回到“好莱坞”找片子，一支耳朵不在，一个新面孔印度口音的店员殷勤地帮着我翻查询词典，就在这时候，一个老头走进来，走过去，顺口问，查谁啊？我高声报着追他身影，他响亮地扔话回来：片子原先都在哪个、哪个、哪个架子上，哪个、哪个没了，哪一个还在哪里……那老头巨高，瘸腿，一只眼，像个海盗，一转眼工夫从后门消逝了。

录像带和“好莱坞”，总是经历大动荡、大更替。好莱坞每年大约出产二百五十部片子，每礼拜三到五部新片进电影院，还有很多电影进不了影院，直接进录像带店，于是经典片也不会永远供在位的。录像带店每月清架子，租借率不高的老片子，什么时候你就会听到少年人敲着电脑键盘，脆脆报来："曾经有过，现在没啦！"

曾经，城里有家"牛津书店"，木头楼梯，热带植物之间，飘着咖啡的香味。这家书店出租欧洲片，封套破，架子拥挤，跟犯罪片情调相似。我曾经打定主意要把这里的欧洲片全看一遍。突然之间，书店破产了，等得消息赶去，新书在折价出卖，录像带架全空了。看着扫荡一空的架子惊憾地想，多少人怀着怎样的电影梦！

我怀疑，做电影梦最高超的主儿，藏在城里剩的唯一一家租外国片和早期经典片的店里头。这个小店挤在干洗店和快餐外卖店之间，有回我去找《夜班》（*The Late Shift*, 1996），是美国两大夜间秀主持人争夺收视率的真故事，我找遍各处录像带店都没有，于是想到，这个片子展现好莱坞电视节目制作的高级内幕，当好莱坞日益统治录像带店的生意，它会让大抖落内部的片子进门吗？我就是不甘心，最后找到了这里。一个人说有！欢喜着按架子找去，白欢喜了，没有看到，我又回到柜台问，这时候，一个脸色苍白的影子晃出来，回答精确得像是电脑员写密码，"哦，是崔德演的代理人欧威兹，这片子没进过任何录像店。"一想到他是在成千上万部片子里立刻搜索到这一个，我吓出一身冷汗。

仿佛不经心地，我凝视一下这个人，影子一般不真切。不知道为什么，我很想看见这样一个人的日子，不在录像带店打工的时候，他在干什么？

州立大学、录像带店和书店，让我在城外小区、城里联邦法院、移民局、无家可归者收容所和可口可乐博物馆之间勾着行走的路线，博物馆旁边是这座城市最老的建筑，大教堂，是《飘》影片内战大火中唯一没有被烧掉的地方，台阶上躺着醉汉，手里握着酒瓶。

我在炎热的正午走着，一阵一阵，心里忧伤着明亮。

（1998 年）

在电影院闹鬼

我几乎爱上年轻的迈瑞特教授。

他在课堂上问大家，读艾伯特的书啦？在课外必读书目里。

“老天爷！”同学全体大声呻吟。头号电影评论家艾伯特的书不是他自己写的，他只写了序，剪刀加浆糊，编辑电影人在电影院的体会，从无声电影看起，早期明星，新晋导演，景片制作工，录音师，灯光师，评论家，将近800页的书！想要念死我们啊？！

迈瑞特教授说，劳驾，我只是让你们念念艾伯特摘引的，威廉姆·卡斯托那一段自传。

教室哗然，茫然了。

谁？！在美国电影文艺复兴七十年代吗？！没听说这个人？！我们这么白痴？！

“在中学玩过戏剧小组的，请举手。”迈瑞特说。

课堂有十三个学生，一半学生举手。我犹豫，举还是不举呢。你们这些业余戏剧小组的，我可是戏剧学院的。我的手举起一点，举到脸旁边，托住腮，随您怎么理解吧。

“谁在舞台上演过戏，我的意思是，真正剧场经验？”迈瑞特继续问。

两人仍然举着手，小胖子和黑女孩。我把手从脸边放到桌上。我的表演经验，《茶花女》的“茶花女”，《培尔金特》妖怪公主，老婆婆，小男孩，都是剧场演出。幸亏小胖子根本没发现，我举手又放下来，不然，回头又要问我，日本中学生怎么演戏之类的，分不清东方人哪是哪的可爱问题。

回到家，我取下书架上迈瑞特提到的书。书是圣诞节时候斯蒂夫送我的礼物。我翻到迈瑞特说的威廉姆·卡斯托的自传，开读的同时，有一种类似爱情的感觉在内心升起。

威廉姆·卡斯托（William Castle，1914—1977）做的电影，不是美国20世纪七十年代精英电影时代的电影，他闹事的时候更早一点，而且是专做恐怖电影的，纯属“撒狗血”的玩意儿，根本上不了经典片的台面。但是，是他想出来，让电影院有保险，假如观众因为看电影当场吓死了，电影院没有责任。新的保险政策，随着他做的新电影，一起进全美电影院。观众还就心甘情愿被他吓死！这家伙在电影院玩花招儿。到职业生涯的最后，威廉姆是惊悚经典片《若丝麦蕊的孩子》（*Rosemary's Baby*）的制片人。这个片子我知道。

读威廉姆在电影院玩的，好熟悉啊，像我做过的剧场一样，电影院也是能折腾出戏的好地方！我明白迈瑞特教授的用意了，光学电影评论不够，你注意电影院原生态，电影院是片子的终端也是开端。

书里，威廉姆用第一人称，告诉读者他用自己的新电影，在影院继续推进的点子。

《骷髅》

“嘿，你能再整一个什么招儿吗，就跟你整的电影‘保险政策’似的，让电影院更有趣？”

问我的时候，我们在联艺公司总裁斯蒂芬的办公室里。

坐我身边的攻关经理强尼建议：“要不，来点音响动静？比方说，咱们在大厅闹鬼哭狼嚎？”

“主意不错，”我说，“不过现在得整出让观众觉得更刺激的动静。”

“要不然，让检票的人穿得跟鬼魂似的？”斯蒂芬说。

“伙计们，想一想，咱们要放的这个电影里，最刺激的场面是什么？是骷髅打水缸里钻出来了对吧？”我问，强尼和斯蒂芬都点头，我接着说：“骷髅从水缸里冒出来之后，要是，咱们让它从银幕上走下来，走到观众席里来呢？”

“这不可能成！”斯蒂芬嚷嚷。

强尼微笑：“你是在做梦吧？”

我顿了顿舌头，脑子可就跟着新主意跑起马来：

“得，咱们就在银幕旁边修个黑箱子，因为银幕边也是黑色的，观众看不见箱子，咱们用塑料造一个12英尺高的骷髅，把它放在黑箱子里，穿到一根钢丝上，钢丝通过观众的头顶，连到后头的放映间，当骷髅在银幕上出现的同一瞬间，放映员按一个电钮，银幕旁边的黑箱子打开来了，里面的骷髅眼睛亮了，被钢丝拉着，打观众脑袋顶上走过去，走到影厅不坐人的二楼消逝了。咱们要精确地计算骷髅出现的时间，啊哈，这样，观众还没回过神来呢，眼见着，骷髅钻进二楼黑暗中，它又顺着钢丝活活回到银幕里去啦！”

“你绝对是疯了！”斯蒂芬大叫。

强尼乐得停不住了。

“肯定能成！我保证！”我说。

“就算咱们能作出12英尺高的骷髅，可咱们还得把骷髅安装到各地的影院里，那得花多少钱？！”斯蒂芬问。

“电影院会乐意花这钱的。我已经给我的新招儿起了名字：嶷麻狗。”

洛杉矶金门影院，是我们实验的头一个地方。强尼跟着我去的。影院安装好了，观众进来了，我跟强尼站在观众后面，等着瞧我们的“嶷麻狗”出现。

“放映员知道什么时候按电钮吗？”我紧张地问强尼。

“我跟他说了三遍。”

“也许，我应该爬上去再跟他说一遍？”

“放松。放松。会成的。”

骷髅在银幕上出现了，它从水缸里出来了，它慢慢地朝观众走来了。我屏住呼吸，盯着银幕旁边那个黑箱子，现在——现在——什么动静都没有。

“老天爷！不灵！”我全身绷紧了。几秒钟过去了，还是没动静。

“强尼！究竟出什么事了！我非宰了放映员不可！骷髅在哪儿啊？”

就在眼看着完蛋的时候，黑箱子慢慢地打开了，骷髅好像有痴呆症，蹒跚地走出来，摇晃了几秒钟，一弹，又回到黑箱子里去了。

“强尼，这个狗娘养的骷髅应该是走出来，而不是钻回去啊，而且他妈的它眼睛也没亮啊！”

但是，观众叫起来了！因为黑箱子突然又打开了，骷髅又出来了，在钢丝上走着，走到一半，停下来了，被什么玩意搁住了，接着，它掉到观众席里了！孩子们从座位上跳起来，抓住骷髅，一起吆喝着，起着哄，把它扔到半空中。

电影院顿时成了疯人院。

到第三场放映的时候，“嶷麻狗”工作正常了。在黑暗中，我们的“嶷麻狗”表演得真美啊。观众爱上它了。

星期六我回到家，妻子怀着第二个孩子，随时会临产。电话响了，妻子抓起来，对我说：“亲爱的，是你的电话，从洛杉矶打过来的。”

我拿起电话，等着麻烦比婴儿先降临。

电话是金门影院攻关经理打来的，通知我说，观众正在发疯，我必须马上赶到电影院。

我简直无法相信自己的眼睛：金门电影院白天的票全部售光了！成千上万孩子排着大队，眼巴巴等着晚场，买晚场票的队伍，哈，长过六条街！

我赶紧找公用电话，给联艺的斯蒂芬家里打电话：

“斯蒂芬！我们全卖掉了！我们整成了电影院史上最挣钱的事！”

这就是我的鬼爱情——我对死家伙威廉姆·卡斯托充满激情。读了他的自传，我立刻奔录像带店，找《日戏》（*Matinee*, 1993）录像带。这片子就是表现威廉姆怎么在电影院闹鬼的！

电影上威廉姆，肥胖，叼雪茄，满嘴骂骂咧咧，正是我想象的传统美国电影制作人形象。有趣的是，他玩下一个把戏“刺痛”时候，是1962年，当时美国正闹古巴导弹危机。在影片里，上课的孩子一听演习空袭警报，赶紧鱼贯（！）走出教室，在过道撅屁股抱头趴好。而电影院里，观众在“刺痛”的惊吓中，往外狂奔，老电影院的二层危楼跟一层脱节了！

电影里，威廉姆拍着影院经理肩膀说，没关系，没关系，有保险公司给你担着呢。

反对胡闹电影的人——那些“有品味”的人，也在电影里展现了；当然，这些正人君子失败了。威廉姆站在自己的电影广告前面对观众我们说：“这个世界实在太糟了，电影再他妈怎么差劲，也比真实要好。”

回到威廉姆·卡斯托的自传，看他写的如何在电影院整出精彩一招儿：

《刺痛》

“这个刺痛长个什么样呢？”

“有点像龙虾吧，不过更扁，更平，不长龙虾那样的爪子，有着长长的，细细的触角。”

这是我想的刺痛的长相。我是在哥伦比亚公司艺术部门跟一位画家说的。

我的《猛鬼屋》（*House on Haunted Hill*）作好之后我到哥伦比亚，只有这一回，我有自己的独立制作公司，我有完全的自主权。

画家勾出草稿，拿给我看：“你瞧怎么样？”

“好极了！五年之内大家不敢吃龙虾了！”

在这之前，我先说动了演员维尼。

“维尼，你应当在这片子里演医生，你最合适了。”

“威廉姆，我可不愿意成了类型化演员。”维尼叼着雪茄，摆着派头。

“维尼，要是《猛鬼屋》成功了，我认为，你的演艺生涯会开创新天地。”

维尼犹豫了：“也许，可能，那，你多告诉我一点，这是一个什么故事？”

“你扮演的角色是医生，故事根据这么一种假设，每一个人脊髓里都有刺痛这玩意。越胆小的人刺痛长得越凶猛。好啦，朱迪演一个默片时代开电影院的女人，她又聋又哑，你在阴森的走廊上出怪声吓唬她，可是因为她又聋又哑，听不到声音，你吓唬不着她。但是，她脊髓里的刺痛越来越厉害了，她在走向死亡！你给她开刀，把她的刺痛给取出来了，你把刺痛放在试验室玻璃罐里，可是，刺痛逃跑了，跑进默片电影院里了！好戏现在来了，咱们要让人以为，在这个电影院，就是观众正在看电影的这个地方，刺痛袭击了放电影的人，然后，刺痛从放映机钻到电影银幕上了，哈，这将是一个电影里的电影！还没有完呢，当观众眼睁睁看着眼前的时候，突然觉着，这玩意明明就在电影场里！这时候，银幕上黑了，电影不见了，我们要把你的声音继续放着，在黑暗之中你大声宣布说，刺痛，丢在观众席里了！哇哈！现在就让观众为了求生嚎叫吧！整个全他妈大转向了！”

“你觉得，这个能整成吗？”维尼问。

“我觉着可以。”

但是这还不够。此时我已经以“闹鬼大师”出名了，人看我究竟怎么玩“刺痛”得升级才成。闹过骷髅之后，电影院都希望有更大的动静，我要整得更刺激才成。

有天晚上，我在读书，灯泡坏了，我到厨房拿个新灯泡，动手换上。“操！”我大叫起来，“把我给电了，这灯的电线有毛病！”突然之间，我为“刺痛”找到招了。我兴奋地摇晃妻子艾伦：“醒醒！嘿！醒醒！”

“现在是什么时候啊？”她揉着眼睛问。

“我要让全美国每一个人的屁股都被蛰！我要在全美国每个电影院椅子底下都安上小马达，当刺痛在银幕上出现的时候，放电影的人按电钮，观众的屁股就被电了，全以为是丢在电影院的‘刺痛’在自己身上。”

这时，艾伦完全醒过来了：“你是胡言乱语，十足说疯话！”

让哥伦比亚实现这个主意是一项艰巨的工作。这意味着要花很多钱做设计，还要做无数的小马达，要派特技工小组到全国每一个电影院，在电影院半夜关门时候安装这些小玩意，还得印一份如何安装的草图。等等等等。因为我的“骷髅”被票房证明非常成功，哥伦比亚公司居然同意跟着我干。

特技工小组散布到全国去了。总裁派他的秘书朵娜临时给我当助手，这娘们儿不错，要是没有她，鬼主意一时成不了呢。波士顿上演《猛鬼屋》的前一天，我和朵娜到了这座城市。天在下大雪，到半夜时候了，该进电影院安装了，可是特技工小组被暴风雪堵在半路上了。

“刺痛”必须立刻安装。于是，朵娜跟着我，爬到电影院椅子底下，拿着自己印制的安装说明书，朵娜一边干一边研读：“喂，这根B线往哪走啊？”

“我他妈的哪儿知道，看说明。”

“哦，这儿，穿过椅子背后去放映间。”

“你装了多少排的椅子底下啦？”我问。

“大概8排了吧。”朵娜报告。

“我装了6排了，还得再装18排。对了，装牢实点儿，别让孩子回头给拿跑了。”

整个美国！当“刺痛”一丢，人们大呼求生。在费城电影院里，一个开卡车的鲁爷们儿被电得太生气了，把椅子拔起来，朝银幕扔过去，5个检票人扑上来才把他给按住了。

《猛鬼屋》在华盛顿上演前的一个礼拜，放的是《怪家伙的故事》，放映员放得无聊了，想玩玩“刺痛”，他按了电钮，得，优雅女士都给电了！

最后算了算，估计我们一共装了2千万个“刺痛”。

（书中自有颜如玉，爱你，死胖子威廉姆！）

新波西米亚人

看音乐剧《房租》，电影院里，就我一个观众。我在百老汇看过剧，改拍电影了，我在影院又看。看了三遍了。

音乐剧《房租》的一个场景，概括了20世纪九十年代西方浪漫主义的基本元素：挣扎在生存边缘的摇滚歌手和受虐狂夜总会舞女相爱了，第一次接吻拥抱的时候，腰间呼机都发出提醒，两人都掏出药来吃，同时意识到，对方也是艾滋病阳性反应。再一次拥抱，同命相连。《房租》音乐剧来自普契尼的《波西米亚人》，是绣花女咪咪和诗人罗多尔夫爱情悲剧的美国新版。19世纪的女主角咪咪被肺结核夺去年轻生命，不同的时代，不同的瘟疫，音乐剧《房租》把游荡巴黎左岸的放荡不羁艺术家生活放在20世纪末的纽约东村。纽约东村也是流浪汉、吸毒者、醉鬼，靠预言混饭的城市游牧人生活的地方，还有“艺术家”—连乞丐都可以用轻蔑的口气这样称呼为艺术挣扎的人。这些人，不知道下个月要交的房租打哪儿来，不知道下一首歌下一幅画的灵感出自何方；不知道艾滋病幽灵的致命袭击会在哪里现身。音乐剧评论家认为，《房租》（*Rent*）可以视做三部曲的最后一部：1967年《毛发》（*Hair*），1975年《大幕线》（*A Chorus Line*）。这几部音乐剧用美国的方式，用六十年代花童音乐和百老汇兰领吉普赛舞，打破了音乐剧常规。在《房租》里，歌舞是寒冬里取暖精神和身体的艺术之梦。新世纪的美式伤感，更嘲讽也更甜蜜，新咪咪没有死，但是音乐剧作者强纳生·拉森（Jonathan Larson）献出自己的短促生命。

拉森活着的最后一星期还在工作，他像剧中人一样贫穷，就在死的前10天，为了买一张《行走的死者》的电影票，纽约票价8块钱，他不得不卖掉几本旧书看电影。他的健康在恶化，音乐剧在合成的时刻了，拉森和导演一块唱剧中的歌“我们正在美国死去，为了成为真正的自己”，突然，他停下来了，觉得心脏疼得受不了，哥们儿打呼救911，拉森被送进急诊室，没有发现心脏异常。一位朋友到医院看他，说他的病是心理上的，他曾经因为疲劳过度晕过去，醒来之后也说自己心绞痛。三天之后，当《房租》在舞台上彩排的时候，拉森在烂公寓里死于主动脉瘤破裂。他从来没看到自己写的完整的戏，更不知道它的巨大成功，戏在百老汇上演，热爱音乐剧的和国际旅客到纽约就要看《房租》。然后，好莱坞把剧拍成了电影。

我为音乐剧作者强纳生·拉森坐在黑暗中，为没有看到自己的戏上演的他在看。

我在纽约看过这个剧，在看剧之前，到格林威治街朝拜，这是拉森生前住的地方。拉森本是纽约郊外中产阶级小区孩子，中学参加戏剧小组还学吹小号，小良家子弟拉森跑了，跑到喧闹的纽约来找创作灵感。衮因威驰街有好多旧仓库，拉森住的仓库隔成三个卧房，分租人来着去着，门铃永远是坏的，来人在楼下大叫，楼上人把钥匙扔下去，淋浴喷头在厨房中间，房顶漏水。我看到一张拉森留下的照片，他坐在公寓窗边，消瘦，目光执着。他的朋友回忆说，有时候拉森试图在乱糟糟里整顿出秩序，给烂沙发铺上一块塑胶仿豹皮，不一会儿乱糟又夺回统治权。拉森去混东村 party，艺术小腕儿、电影工作者、演员、画家、舞蹈家什么的，人家问他是干什么的，他说在写一个九十年代摇滚歌剧，人就闪着他走开了。后来拉森学乖了，说自己是写摇滚歌曲的。

美国咪咪的原型，来自拉森认识的一女孩儿。但是读剧本的女孩儿说，不记得谁在你写的受虐狂夜总会跳舞呀。拉森幽默回答，“哦？我还以为我的朋友都在受虐狂夜总会里跳舞。”1992年的一天，拉森骑自行车路过东村，看到一个在修理的乱糟戏剧工作室，拉森脑袋撞门，环顾四周，“这里太完美了！演我的戏太完美了！”

这个完美是一个10米乘8米的极小舞台，能塞下150观众椅。音乐剧从这个小剧场开始。拉森写的音乐集合了九十年代各种流行元素：摇滚、灵歌、加勒比海和拉美舞曲，甚至探戈。音乐剧在小剧场开始工作，他给穷朋友打电话，请他们来担当角色，他对朋友说，“我太快活啦，我在剧场里有一个真实生命了！”

这些年过去了，在电影院再次听拉森的作曲，各种独唱，对唱，和声处理，都那么好。细腻，愤怒，悲哀，欢庆短促的生命。第一次看电影看的是下午场，票价六块半美金，我觉得，光是听都太值了，于是，接下来两天，我又在电影院听了两场。明天还要来听！影院的恶性循环中这部电影很可能一周就下片，因为《房租》影评不是太好。依我看，是影评人混蛋。凡是说不好的都一个腔调，说电影不如音乐剧现场，一股精英腔，多少人当年能到纽约看戏？到了纽约又能买到戏票！我买的是黄牛站票！说不好的说，还说电影用当年舞台演员，都年过40了，不够青春了。F——靠！所以，他们的表演如此饱含激情！嫩的真到不了这么深的份儿！矫情的影评人少一点什么，客气地说，少原生少诚恳。

难道我在替我们来看？为我失去的青春来看？

黑暗中，记得在衮因威驰街走着的时候，

一扇一扇烂窗玻璃，黄昏涂抹片片血红。

（2005年）

寂寞是美，比美更甚

在我居住的二等城市唯一艺术影院，《我和小杜》排在只演一周的片子里，还是放在极小众第五放映室，这个放映室有时候观众少到只有我和斯蒂夫两人，而那一次，观众多得让我吃惊。一对的，单个的，都是上岁数观众。都是养狗的人吗？影片故事是一个老人和他的狗。寂寞之爱，腐朽的主题？烂番茄高达百分之九十五好评，影评人多是少壮爷们，难道都是冲着狗狗给心情分？我不养狗，看这预告片，钢笔线，水彩，手绘感，在 CG 动画片大潮中，手感让眼怀旧，格外新鲜。那时候，我是冲着手感去看，因为在画绘本小说。

片子彩色手绘，飘忽的线，老式黑汽车，红色电话亭，绿罩台灯，棕色家具，光是这样描绘二战后的英国景象，看着也就那么着了吧，其中穿插“单色素描”，在淡黄底子，手绘歪斜细格子，这是英美流行速记本格式，上面画小人，小狗，小树什么的，用灰色铅笔画的，涂灰色影子，单纯到非常了，想象力，抒发力，增加了。奇妙的减法智慧！

我画的绘本小说《拍花子和俏女孩》基本是重彩，少数页面是黑底白线的阴刻碑文法，我很难知道，从这部小片受某种滋润吗？

而这部片子用色彩减法的地方，是表现老人给小狗找对象——直白地说——是老人给狗解决性欲问题，并从这一点引申，抒发人与性的关系。很赞，赞着，生出一点疑，我怎么看出片子潜藏着寂寞老人和一条母狗的情爱，不只是柏拉图式的，看的时候不敢多往下多想，人家养狗的不养狗的观众和评论家，谁有我这份歪念？直到前天读《纽约客》——果然。

这个动画片出自英国作家小阿克力（J.R.Ackerley）的同名作。此“公”作品不多，三十年磨三本书，他是编辑，是同性恋（主使角色这边的）。后来，他养了这条狗，给了他 15 年的美好时日。他在 BBC 上班的时候一心就盼着下班回家遛狗，每天一遛三小时，等退了休，天天陪着狗，而这条狗，一点不乖，爱捣乱，跟主人撒娇，独霸主人，不与人分享。但是阿克力觉得，跟这条狗相处，远比从前跟同性恋伙伴好太多了，“那都是多蠢多烦的交往”，他的文字就这么写出来。

评论家认为，阿克力最好的作品就是他和这条狗，好就好在色情感。有的评论甚至说，相比之下，纳博科夫的《洛丽塔》，一个中年人对一个少女的性痴迷，比起阿克力对狗的爱，太“正常”。当年阿克力与狗的书一出版，就有评论家跟我一样产生不正经的念头，评论家直问作者，你跟你的狗“干”过吗？作者答，没有。考虑到阿克力精美而稀少的写作是多么诚实，一生就三件作品（还有一个小说写同性恋，另一个非小说写他妈妈），大半个世纪后我读着，我相信他的回答。在另一处阿克力回答：有时用手指（“A little finger-work”）。

人狗恋，人兽恋，是这部清纯动画片的背韵，从表面看，这是一部影评都觉得极其可爱的小作品，文学评论甚至指出，片子太过可爱了，原作的幽默感没有完全融入。也正因此，因为这点阴柔的隐忍，这片获奥斯卡动画最佳提名，要是太忠实原作的话，会不会送到精神病院当案例了？

那天看完片，走出影院时候想，世上有一条狗有这么凝神的主人，可真有狗运！孤独中，人群中，只有自己知道自己真的要什么，能够知道自己要什么的人，可能是清醒的，而能找到唯一那一个的，是太值得庆幸的，管那是人是狗呢。

而写作这件事，也可以这般的私密，这般的真诚，只为自己感受而实写，个别的另类，偶然地出现，昭示观者的我们，喂，人世的隐秘边缘，远远大于通常的所看所感。

阿克力的狗，按照狗的自然岁数，比他小，先他老，终于，狗再也没力气跟他闹了，把头独自朝着墙壁，就这么去了。读到这行文字的时候，只觉得周围好凄凉，看到一颗人心，在葬了爱狗之后的人间日子，如此寂寞。

（2008年）

末日摇晃，孩子笑

“这六天，震撼美国资本主义。”《华尔街日报》头版文章第一句。

这六天，我仍泡电影院，看了动画片《霍顿和无名氏》。

嘻嘻嘻，孩子的笑声，抬起了黑暗。

周围的黑暗比任何时候更深。美国金融体系危机，上周五到这周一赶在亚洲股市开市之前联邦储备赶紧插手；华尔街第四大银行雷曼兄弟垮台了，廉价兼并让总裁律师加联邦储备主席全都通宵不睡；次级房贷问题使美国房价大跌！个人信贷危机！国际油价上涨！美元对欧元继续贬值！大萧条，失业率，购买力……“一时半会儿看不到底了。”经济学家全都说。

怀着天下焦虑，我看 3D 动画片，看一头大象逮着一粒浮尘，里面是一座城市！有市长，有官僚机构，有市民，大象鼻子尖顶着这粒小浮尘，随便一动，整座城市乱晃，大象一路护送浮尘到遥远山顶，只有那里是安全的。一路上，袋鼠，秃鹰，都觉得大象疯了，在被幻象指引，它们轮番攻击大象，猴子等乌合大众凶恶地追赶大象，小小浮尘城，面临末日。电影出自苏斯博士 50 年前的绘画小说，他是个伪博士，到牛津去念文学博士没念完回家了，这个笔名算是还父母的期望和投资吧。

在看电影的人里我很另类，其余是父母带小孩儿。经济衰退，汽油涨价，美国人在汽油和食品之间选择汽油，得开车上班挣饭碗啊，从前到外面吃饭免了，经济衰落之前中产阶级家庭每星期在外面吃晚饭两到三次。然而，经济再怎么坏，孩子照样有得玩，爸爸妈妈勒紧裤腰带也尽力满足孩子的要求，花在电影方面的钱丝毫不减，电影票涨价了，大人 10 块小孩 7 块，我悄悄数数周围，爸妈加两三个孩子，50 块钱就这么去了，还不算吃的喝的，而孩子对看电影的理解是，没有爆米花、巧克力豆、可口可乐，也叫看电影吗？

分个心眼儿，我猜猜周围洋小孩儿怎么看这个电影？伪博士写儿童书为 4 岁到 8 岁读者的，书在畅销榜首，到现在都在榜首。身边做父母的观众，小时候都听父母在床头念过这本书，如今都给孩子在床头念过的，而小孩子，听过了，明明知道故事的，为什么仍然笑啊笑？跟头一回听故事一样新奇地笑，因为故事符合了想象，为鼓励故事而笑？

这样看故事听故事的新奇感，我小时候也一样的，听了好多遍了还是要求讲，必须听出我的新满意度。给我讲故事的有我爸，没有我妈，妈妈是职业妇女，非常忙，爸爸写作之前，给我讲故事。但是我多半住在寄宿学校，生活老师关灯之后是不讲故事的，等老师走了，我就讲故事，突然，电灯大亮，老师笔直走到我的床边，原来老师是假装走了，躲在黑暗里抓讲故事的声音和位置，一抓一个准！狡猾啊老师，老师拎我到外面罚站，还抓听故事笑出声的小朋友一起罚站，我们先是站在黑暗，后来蹲在黑暗，再后来，溜回床上躺下来了，黑暗中瞪着眼睛等着老师再来抓，而老师，早就把我们忘记在黑暗里，自个睡觉去啦。

嘻嘻嘻，电影院洋小孩儿笑了又笑，有些笑点我跟不上，不明白洋孩子为什么笑，台词加了新成分吗？孩子的笑带精灵古怪，喂，洋孩子，您究竟得着什么真传了！得不着乐子的我，眼巴巴地妒忌。

我从来没在看儿童片时听到这么多小孩笑声，小孩了的笑声，“银铃般的”，应该是不会出错的形容，不过，仔细听，周围的笑声更尖，更嫩，嘻嘻嘻，倾听着心有惊异，笑声像荡在轻盈水珠的那座微城，黑暗中，嘻嘻嘻，我有一点感激世界在飘摇。我存着一点坏心眼儿，大象鼻子尖上浮尘市有好多好多孩子，光是市长自己就有54个孩子，我不由想《时代周刊》预计到2050年时候地球人口将达90亿，“一个人就是一个人，甭管这人多么小。”电影里大象人道主义地说，到90亿人的时候我90岁了，天呐，洪水滔天，人往哪儿逃，我最好死了，发愁的事，孩子你们面对吧。

黑暗中，孩子笑，我也笑，羊羔稚嫩的笑声中，听我的笑声，野狼一般。

（2008 年）

从《最后一站》我去哪儿？

雪后，公路寂寞，到艺术影院来看这部片子的观众，想不到的多。白发的，秃顶的，男的女的都是有岁数的。我，唯一亚裔脸，唯一东方的中国的俄罗斯文学艺术爱好者——黑暗中我对在中国内心流浪在世界各地流浪的我们的俄罗斯爱好者坦白，我是你们中间最不够格的一名。

哦，将俄罗斯文学倒背如流的人，遥远的同代人，想到你，但我不是你。

这部俄罗斯电影（说英语，英美演员）表现文豪托尔斯泰出走的最后时刻。对于中国60后70后80后和90后（电影时光网我的阅读者）来说：nothing。对于中国50后40后30后——不来电影网的，比电影展现的会煽起更多的情绪？我认识一位激情代表，川人王康，曾在凤凰卫视主持苏俄文化讲坛，侃侃而谈，坦诚从没去过苏联，不懂俄文，他滔滔地随口背诵俄罗斯文学，说记得阅读过的每一个句子（中文翻译的？）一定不是太夸张的。崇尚苏俄文学的中国知识分子，至今把精神信仰寄托在托氏82岁高龄离家出走，病死小火车站的场景。追求信仰到生命终结，摆脱过去的自我。我眼前看到的电影画面什么时候达到中国50后的眼前？

而周围上岁数的美国观众，都是二战后出生的“婴儿潮”一代。读托尔斯泰，还是读陀思妥耶夫斯基，是婴儿潮高中时候课外文学读书必选其一。托尔斯泰一千多页的《战争与和平》，对他们来说是“冗长到难以承受”的代词，“哦，简直《战争与和平》！”这些观众少年时代看过BBC制作的电视连续剧《战争与和平》。

对于我，电影里，托尔斯泰与妻子争执，留遗嘱，出走；借周围英语观众帮助我看清楚，这部电影用离婚法律故事说事；托氏年轻秘书的爱情副线也帮助说事，秘书是处男，爱从零感受开始，一男生的成长在两小时不到的电影得到阐述；所有这些表达，都为最后解决疑问：托氏最后出走的意义。

是的。意义。对于国际文学界，文化界和思想界，他的出走，曾经包含着巨大的意义。我使用曾经，因为，这位抛弃所有的，大孤独的大出走，在21世纪，对于我，同样抛弃了过去的小我，出走这个动作，还有绝对的意义呢？我出走了，是的，为崭新自我思维，不过，在眼前发生的旧日的诗意画面，白桦树，长把锄，老式火车，黑暗中眼前进行着一切，很触动我吗？另一个世纪的我，灵魂在出窍吗？

在他人他地一百年前的画面前，我观看，并行着思绪，为什么我的疑虑多于被煽动的情绪？我怀疑情绪被煽动。我在计算，是的，在计算：

托尔斯泰出走病死小车站的四年之后，第一次世界大战爆发，七年之后发生十月革命，俄罗斯从此彻底大变。周围美国观众也许和我一样，联想然后的苏联，斯大林内部整肃，想到前面有列宁和十月革命，美国观众和他们的历史认为十月革命和列宁都不是好东西，于是，我看着想，美国观众看托尔斯泰的“信仰”听他的电影台词，在这些观众的历史关照下，他是不是天真幼稚了？将要到来的大革命群众，他的文学和信仰的粉丝，也是摧毁俄罗斯文化历史的大小杀手？！

而“我的”——小圈子的，上年纪的，比我更有底蕴的中国文化精英，如今怎么看这部电影？假如我推荐人看，人是流泪？是反对？说“不真实”，“小真实丧失大真实”……带并行思绪的我，甚至没有情绪，我不知道推荐给谁。

谁是我的精神同志？我有同志吗？我，有着宁静的创作的孤独，我持有“大信仰”吗？

很多次，这里，那里，我读托尔斯泰的最后出走，最后的精神升华，得到消息的民众纷纷赶来，最后默默送哀。通过电影画面，我不难看到，那时的托尔斯泰，是位大明星，大偶像，作为一个生命到这时刻的人，托尔斯泰你最后到底要什么？电影像黑暗观众我一样询问了这一点。观看着最后的出走，我几乎要流泪了。是几乎，因为直到最后，我的思绪和情绪并行，阻止我被煽情而泪奔？

我自问，我发现，并非新的发现，我在“最后车站”的旧轨道上，一个新黑暗时代的怀疑主义者，带着疑问，走向我的终点。

（2008年）

极致宅人

能欣赏《月球》（*Moon*）这部惊悚推理片的人，得具备以下两点：

一是《2001 太空漫游》的粉丝。不是奔导演库布里克而奔科幻的，你可能更贴近此片。

二是你在默默琢磨：怎么省钱并且机智地拍电影？

你究竟有多宅，这部片子检验你是真是假。

《月球》的故事发生在不太远的未来，人类在月球背面发现一种岩石，它吸收太阳能量，储存成气氦 3，为了开发这种新资源，巨人公司在月亮上建立基地，挖掘矿石。山姆·贝尔是基地的唯一员工，陪伴他的是一名机器人戈蒂（凯文·斯派西配音，可比拟《2001 太空漫游》的 HAL2000）。在漫长的三年时间里，山姆靠着憧憬回到地球去过多姿多彩的人的生活，孤独地撑了下来。但是，就在当合同即将期满的时候，神秘的事情发生了。山姆救回一个人——跟自己长得一模一样的人类，他因此发现骇人的秘密……

我一边看一边推理：往下怎么编？三年的孤独把山姆这家伙整疯了？顺着这路子往下猜，我觉得不必往下看了，因为这类故事看很多了。就好像《2001 太空漫游》中的 HAL2000，机器人疯了——被人制造的机器人要杀“人”吗？

《月球》的故事没有这么编。它的故事机智，故事的机智，带来演员配置和场景设计的机智：电影基本是一个演员演下来的。电影景别：月球外景，工作站内景。在摄影棚搭个“月球”。面积是 20 平方米。在月球上一个人工作了三年，就要回家——回地球的时刻。这是故事的“规定情景”（编剧术语）。在这个寂寞的景里，一个宅人“玩”故事玩出几个自我。给宅女我几个可思考的问题。有的问题，看这部片子的时候解决了：

a. 理论上能够克隆人类的时代（只是道德问题了），“我”，不个别，自恋，自我中心，十分多余了。是你，是我，多一点，少一点，就那么回事。人道主义，个人价值观，抵不过数据化。

b. 人脑内植入芯片，也不是胡扯，我思故我在，更相对了。

c. 从前《2001 太空遨游》就预示，未来时代人的反应，人的表情将会很低调。而眼下，这已然成为现实。我甚至怀疑，现在还有几人有激情——有人类古代情绪表现。外表的低调是 21 世纪人类特征？月球上的这位宅男，看似比很多地球人更富表情？也可以反过来想，21 世纪的人表情全都张皇失措，心情反射脸部，而内心空空荡荡。

导演即编剧 Duncan Jones。电影做到现在这时候最极致的表达，是个人化的，是简约的，省钱，但不是简陋破烂（做的是太空舱啊）。世界上，这里，那里，有些人（包括我在内）这样做，或者在这个思路上想着，每个人从头学习，从头做梦，最机智的实现，就比如这个电影。它的制作费是 500 万美金，算小制作。估计挣不回来。我关心这些干巴巴的制作数字，是我之定义的宅人，想自己动手的人得想到钱怎么花。

黑暗中这月球，好一个巨宅。

这个月球没有失重现象，唯一的人类，走来走去，科技发烧友指出，电影设置不合理。

看电影的时候，我忘记失重，默认到那时科技解决失重了。失重的真实非这部电影的本质，我觉得导演和编剧有意地滤去了，试想，为表达“失重”，叙述节奏会发生延迟的。影片结尾的时候，主人公飘了一下，微妙地，像是在表达欢悦，因为要回“家”了。

地球，混账的，害了你骗了你的地方，但是，茫茫星空，human，不回你的地狱，你又上哪儿的天堂？

（2008 年）

猛料与少年

电影走暴力，走吸毒，走贫穷的时候，最好是走少年。这样，造型会前卫，画面酷出各种可能性，退到最底线还有纯真的眼睛与希望。巴西电影《上帝之城》具备所有这些猛料，取自里约热内卢 20 世纪六十年代到八十年代的贫民窟真故事。9 岁到 14 岁少年人从偷东西，玩枪，贩毒，到大规模枪伙火拼。电影有时候用新闻手法，一个烂公寓景两分钟，介绍——播血洗——播轮番做主的少年毒贩帮史；单是枪伙角色之多就无人可比。《美国往事》（*Once Upon a Time in America*）加上帮手不过 5 个人，英国的《两杆大烟枪》（*Lock, Stock and Two Smoking Barrels*）整出 21 个家伙，而这部电影人物 100？ 1,000？个个活灵活现，个个不一样；小男孩，小女孩，领把枪加入厮杀，挺尸街头，传神了武器泛滥的当代文明史。片子用新闻风格拍摄的时候，和人物故事十分契合，因为主角穷少年喜欢摄影，跟各枪伙从小一起，他能够拍到枪伙照片，卖给报纸，报纸卖暴力内幕夺眼球。快门按动，仿佛枪声，也为诠释生命的意义做定格做放大。这部片子也用传统拍摄，拉美的阳光，穷破的斑斓，自然与人造景观，互相挤压；而这部分很有调性的画面，与细致的人物刻画，跟纪实风格部分，奇妙地和谐着。

我很少看到这样一部电影作品：信息量这么密集，社会底韵如此丰富、结实，概括极为到位。天下残忍莫过少年。表现大规模的少年残忍。一点不放松，追究到底，并且是一件艺术品。

而美国一个小片《少年维特的成长》（*Raising Victor Vargas*）巧妙利用电影养眼的“色情”。

《少年维特的成长》（导演皮特·索莱特 Peter Sollett）故事放在纽约下东区多米尼加穷移民街区，老祖母养着维特和弟弟妹妹，看上同街区一女孩儿，想跟她好。16 岁男孩想的“好”无非是想上床，弟妹也小有色情问题，都是哥哥带坏的，穷祖母想把维特扔给社会来管教。色情戏用少年人作，在我看来，也是最讨巧的。肌肤稚嫩，小心思无穷，情窦初开身不由己，走邪道也无辜。

开场就是维特想上床，结尾时是温情相依。想色情想了半天，其实没有任何色情场面，甚至可以说，这电影根本没有多少故事，但是就会让你一分钟一分钟地想往下看，不是想看少年“色”得如何了，而是看这些少年的表演。传神，细致，多彩。穷到什么都没有，有着从头到脚一身鲜活生命！

跟《上帝之城》里众多的少年演员一样，这部电影的少年演员也都是非职业演员，是街上的穷孩子。素来低调的艺术影院观众一看完，好多人都出声地叫好。评论也直惊呼："瞧瞧这些孩子，好莱坞那些做作的少年片，简直傻得没治了！"

这是最让我琢磨的地方。为什么从里约热内卢到纽约下东区，这些非职业少年的表演这么精彩？演员出身的导演，比如我们的姜文，可能把自己的灵魂体验和技巧灌入一个主演体内，可能一招一式地教出一个或几个完整角色。张艺谋也起用非职业演员，所谓本色的，也是穷孩子。然而，跟这两部片子里这么多穷孩子焕发式的精彩无法相比。从导演技术说，这里面有些招数。比如《少年维特的成长》的导演在拍前面一个短片时候发现，这些少年最会表演的时候是他喊"action"（开始）之前和"cut"（停）之后，就是说，平常的时候最有戏。于是导演干脆扔掉写好的剧本，跟着少年各种生活细节来。拍完短片，几个有志的穷孩子去能兼学表演的高中上学了。

然而，读这样的介绍并不足以让我安心想：好，我也能做到。因为这些少年的表演用镜头捕捉并连贯构成的生活方式，太机灵，太小巧，太多样了。作为创作者，要有高度的活泼，敏感，还要有搏大的平等的心怀，才能温柔地拥抱到这些瞬间即失的生命流动现象，来构成不靠故事，而凭人物微妙关系和饱满的小动作递进戏的电影。这位导演也是编剧，在诱人观看的小动作之间，用拥挤着穷人公寓的都市大全景剪接。可以感觉到导演视野不小。

然而不是中国文人知识分子爱说的“悲悯意识”，不是俯视众生的角度，相反，传达在人类拥挤如耗子的现代蜗居里，虽然有着隔膜和疏离，也有着被观察出来的无限生机。

这个导演是李安的小师弟，纽约电影学院出来的年轻人。这是他第一部商业片。他在街上散传单找来的穷孩子演员，有的要进好莱坞了，有一个拿到纽约电影学院奖学金，导演直嚷嚷：“嫉妒啊，我还在还上学贷款呢！”

（2016年）

鹅毛笔，这才配「意淫真狂」！

在北京二渠道书市，我第一次看到萨德中文版。书市开在旅馆里，一个出版商租一个小房间卖一个主题书，灯光有点暗，不由联想到妓女卖色，招贴大写“萨德，性文学之王！”正在被哗啦啦撕扯下来卷在警察手中。带我逛的朋友笑眯眯说，萨德出版人被妒忌的同行告发了，招来了警察，没收招贴够温和了，还好没抓人没收书。

…

我想，假如警察读了书，也许会失望呢。萨德的小说老掉牙了，这位18世纪法国色情小说家的作品，今日读来实在不算黄，幽默而本色，是轻巧的社会风俗画吧。倒是作家的私生活更有意思。萨德本人与色情很有的说，因为萨德对妇女施以变态性虐待遭监禁，成就了电影《鹅毛笔》(*Quills*)。

隔世看“萨德”，一块原汁原味的好肉，但看如何下刀怎么添佐料。萨德在巴士底监狱写出《美德的厄运》，还写其他中短篇小说，后来以《激情的罪恶》为名汇集出版，法国大革命爆发之后，萨德从巴士底被转到疯人院。电影这种综合艺术形式，戏剧动作很重要，寻找展开动作张力之点是关键，《鹅毛笔》就从巴士底转移展开萨德的命运，从一座真疯人院奔向艺术疯狂。

电影场景也是历史真实：萨德在疯人院写出的文字，偷运到外面私下出版，小说在黑市流传，在街头朗诵，也是宫廷娱乐，高声地宣读。萨德的第一读者，也是他创作色情形象的原型，是疯人院洗衣女。除了这样一对人物设置，还有疯人院的主治医生，这老家伙，夜玩鲜嫩少女，白天道貌岸然用极刑“治疗”疯子，就是他惩治萨德；还有一个人物，主持疯人院日常运行的年轻善良的神父，神父希望改善萨德的状态并保护萨德，但是这位神职年轻人也爱洗衣女。这些交错的人物关系，在好莱坞编剧模式不难构想的。

然而，萨德，一个只有在创作中才能活着的疯子，是任何什么人能治——制得了的吗？！纸和鹅毛笔被没收了，萨德把淫荡故事用葡萄酒写在被单上；当全部生活用具被没收了，在空荡的监禁里，萨德用玻璃扎破手指，用鲜血十指将淫荡故事书写在衣服、裤子、鞋子上。于是他被彻底剥光，他便用口述的方法传递故事，他因此受酷刑，被拔去舌头，脖子上套八条粗铁链，赤条条关入地牢，他就用流血的秃嘴，在坚硬石壁上，大写淫荡。

娱乐制造业行话里，我们管这类过分表达叫做“洒狗血”。然而，这一次的电影，以血而色的萨德，不是假血佐料，是做创造性的颠覆。我甚至能体会到创作出如此萨德的人的快感！看电影的时候，我还想到创作界一个秘密说法：种子。种子是灵感的来源，是跟故事人物跟后来成形的玩意，不一样的东西。种子究竟是什么，学者论说如海，我想，种子，是沸腾的热血，是极端的气质，是疯狂的发端，是创作的起点。如果说，好编剧和好导演有这类潜质，好制片内心恐怕也要有这种东西？果不其然，这就是《鹅毛笔》制片人朱莉·柴斯门在读萨德剧本时候看到的。我听美国公共广播电台文化节目主持人问女制片，你为什么会做这部电影，故事让中产阶级观众看着够出格的，投资需要勇气，而你以前做的都是温情片和轻喜剧片。

女制片口气优雅地回答：“我看到彻底疯狂与创造力之间有着尽情发挥的可能性。”

我私心猜度，电影的部分构思是从《枕边书》（*The Pillow Book*）在人体上写字启发而来，我本来以为，在皮特·古瑞威欧 (Peter Greenaway) 导演的那部电影里已经将在人体上书写情色的构思赶尽杀绝了：从女裸体到男裸体，裸体大街狂奔，裸体描绘的文字传递现世倾诉，印书老板取下同性恋人的尸体，携带被文字镌刻的皮肤依恋着——得了！而在《鹅毛笔》，裸体与文字，这个构思被放大到一种人工化的原始状态下——放在疯人院里。如果说《枕边书》的当代日本场景给出那部电影营造的后现代唯美主义条件，让导演古瑞威欧画面里大框套小框，套出一道道观赏距离；那么《鹅毛笔》却是用传统电影手段，给我们某种自我疯狂提度机会！你（我是说我）不由得被煽动着，随着主角的疯狂推进的动作兴奋地鼓躁着，观赏者的疯狂被安全地点燃，看这部电影吧，测试一下你有没有这种潜质。

这部电影最辉煌最激动我的片段是：赤条条单独关押的萨德，剩下的唯一手段是用嘴来传递脑子里的故事，他对着石壁讲一个淫荡的句子，通过墙缝被一个单独监禁的疯子的耳朵接住，那个疯子奔向另一边石壁，复述给另一个被单独监禁的疯子的耳朵，就这样传递到代写淫荡的洗衣少女的鹅毛笔下，我想从观众椅子里跳起来！然而，这个最精彩的地方，也最让我迷茫，我发现我的精神分裂所在，我是在为原始构思魂出窍，而眼前的电影画面没有加倍地搅动我的视觉，也许，我在被古典萨德隔世感染，在还原剧本文字中奔放我的想象力。

公共广播电台女主持人是不是也有点疯劲呢，她挑了这个主题“政治不正确”的电影做采访，她追问女制片：“你不觉得结尾过分吗？你操心过观众不接受没有大团圆吗？”

电影结尾的时候，书写狂想的疯子萨德给疯人院带来大动乱，导致他私心最想“干”的洗衣女的死亡。这是电影里的萨德唯一表现悲绝的时刻，他口吞十字架，结束了自己的生命。（历史真实里，萨德后来被释放了，继续写出长篇《朱斯蒂娜或美德的不幸》。）

在我看来，萨德作品的真实命运在电影结尾时候做得相当讥讽，表达当时的也是如今的文字命运：伪善的主治医掌管萨德的出版和盈利，疯子们卖力地操作过程，制版、印刷、装订、搬运——疯子远比要钱要利的正常人的欲望更单纯，只要能够专心忙活着就成啦！

我是在一家中产阶级小区影院看这部电影，觉得这家影院也有点疯，在我们这个城市五十多家电影院中，它常放映些其他影院不放的“政治不正确”艺术片。看电影的时候我分心琢磨观众，猜度同在黑暗中的人（不超过20位）有几位具备疯狂——超常的潜质？

当广播采访追问结尾处理的时候，女制片反问主持人：“你看观众接受了吗？”反问的时候当然是胜算的时候，这部片子在拿准疯子探测之后，进了更多美国影院。

看《鹅毛笔》了吗——测试一下你有没有疯狂潜质？

（2008年）

根据真实

故事片的叙述在败落，整体性的败落，天下还有什么新故事可讲吗？ really ？于是纷纷做续集，靠老品牌卖票。在非虚构胜过虚构的年代，现在惊险片开头经常写这么一行：来自真实。我是吓唬您，我是有生活底本的。而记录片型电影，本来以记载真实为本，就出现超真实的玩意了。

记录片《*Catfish*》说，纽约一位电影男生，拍自己跳舞的照片放 Facebook，招来一妞儿，妞儿把照片画成画，也放网上，还把原作邮递纽约男生来表达崇拜；于是男生上更多照片，于是妞儿画更多的画，这小妞才八岁，住在密歇根；现在，小妞姐姐网上现身了，19 岁金发美女，家是乡间农庄（巨大马圈养很多骏马），美女姐姐是骑手，还是乡村歌手，自弹自唱的照片也上网，纽约男生顿陷情网，电话煲话，很快发展到，互送色情短信，虚拟上床了，这时候，美女妈插一手，紧接着美女爸照片出现，爹妈双双很养眼的模样，眼看着这一家天仙，突然，情况翻转，大小两美女都不见了，妈妈说被嫉妒的爸爸绑架了。纽约男生急于英雄救美，但不敢一人前往，于是招呼两哥们儿，三人手持摄像机——活活新西部片，开着一辆车——同骑一匹铁马，从纽约远道前来探底，探到一座凋敝的荒镇，见到一位皮肉松弛的大妈。

纪录片出现圣丹斯独立电影节，反响不俗，争议纷纷，立刻有买家，很快卖到我们这儿的艺术影院。我一路奔来，迎面碰一鼻子灰，售票窗口显示，这电影不能用电影证看，就是说，我买的年费电影证无效，得掏钱看。我跟卖票女生争辩，出门之前查过网的，你们影院网没说这片不接受电影证！售票女生认识我，却一声不吱，也是头一次。现实总是超过想象，真是天下俗话了。

大老远来都来了，掏十块吧。心说，回头找经理算账，这不是骗观众吗！进了放映间，看到昏暗中间站着一个中年胖子，正是影院经理，他正在说，“本片两位导演中的一位到咱们城来了，放映之后，有什么想问的观众请留下来，导演和大家讨论。”

记录片节奏不慢，5 分钟的时候网恋转折，看到 15 分钟的时候我觉得 10 块钱掏得不冤（破片子掏一分钱都想死），同时，我判定这片子，这个“真实故事”是怎么编出来的，我想好了回头盘问导演的问题。

虽然拍摄晃，故事散，以我的眼力，这是做出来的假记录片，妈妈爸爸大女儿小女儿，都是演员，三电影男生是真的，一位拍摄，两位导演，自编自导还兼表演，看我当面揭穿你们的虚构玩法。

片子完了，场灯亮了，观众都没起身。放影间有 300 座位，一般我最多能看到20观众，这一场70到80观众，很是壮观。

一位身材健美青年出现前排昏暗中间，手里拿着麦克。中年经理再次现身，介绍说，这是第二位导演叫韩瑞。导演补充说，我刚剪了头发，不像片子里那么长。

观众举手提问，被拍摄的人隐私曝光问题，你们是怎么考虑的？妈妈怎么反应？8岁女儿怎么反应？有观众质问导演，一路拍下来难道就没有任何道德犯罪感吗？我倾听着，心说，你们还按纪录片想问题，太老实了吧？

观众都是上年纪人，提问都蛮有教养，对电影对网络都不外行，有一个老女人赞记录片用Google、YouTube、Facebook、GPS、iPhone作为环境和道具，我特地伸头看看她，不由赞她的敏感。一位黑人中年举手问：“他们二位真的没有身体接触？”色情问题挺含蓄，听众都心领神会地笑了，黑中年笑着补充一句，“我是开玩笑啊。”

我憋着我的问题，插不上嘴。这时候，听到身后一位男人发问，片子拍摄经费是多少？

导演回答说，前期也就是租车费和旅馆费，三人一千美金，导演举起一个摄像机，比巴掌还小，我们用这个拍的，后期剪比较麻烦，因为我们不确定这故事究竟要说什么，而我们一共只有200小时拍摄素材，剪出90分钟片长，前期素材不够，后来想到，嘿，截电脑的图嘛，几个人色来色去，调侃的照片，这样剪了一年半，电脑修是要花钱的，也很有限，前期一共八千美金。最大的钱花在市场宣传。

提问短，回答长，听起来都有技术含量，要说，我们本地观众应当是俗人是外行啊，我听着，听不出破绽。这时候，后面有一个女声发问："你们这个片子是什么时候报圣丹斯电影节的？那时候你们对片子素材剪到什么程度了？"

我赶紧回头看，在最后一排坐着一个衣裳普通超级肥胖的中年妇人。她的问题，在我听来，最有玄机。导演回答，我们赶圣丹斯报名最后期限。

"这中间有时间差吧？听你介绍的，那时候你们片子还没想清楚，片子主题就报圣丹斯了！恐怕你们一开头就知道你们在做什么吧？"

这位素装肥女，简直是推理侦探！看来，我花 10 块钱看片还听观众提问，超值票价！我怀疑，站在前面的这位导演。我怀疑他故意站在昏暗，好让我们看不清楚他的长相，就算你站在我们眼前，我们能弄得准你真是荧幕上那个人吗，在网络时代，你不知道，屏幕那边跟你交流的是不是一条狗，这个纪录片的成功，响应的就是这个名句，而观众的疑惑，我的疑惑，焦点就在这个地方。但看这位"导演"怎么回答。这时候，经理出现了，说对不起，要放下一场电影了，更多问题请导演在前厅回答大家。

这一下近距离了，灯光明亮，白发观众团团围住导演，我只好站在远处。透过观众，我完全看清这位英俊青年导演，黑牛仔裤，白汗衫，腰间别一个褐色皮革小盒子，那是摄像机盒。我在前厅摆着的电影招贴堆中拿起一张，双手提着，满脸微笑，一副傻兮兮亚裔粉丝模样。

等人说，等人握手，等人告别，我走上前来，跟导演握手，祝贺片子成功，自我介绍在中国的时光电影网有博客，会是中国第一个评价此片的，然后自我介绍说，大学念戏剧导演，话锋一抖，我说，这个所谓的记录片，我认为是编出来的。

“你觉得，我是演员？”英俊导演看着我。

我看着他，感觉兴奋，还有点紧张，我不想打击人，尤其是电影人，我是电影忠诚卫士，管你是怎么做出来的，你正在做什么。于是，我保持微笑。

“也有人这么说的。”导演回答，并不介意，口气很平静。

他这么平静，倒让我的推断无以发挥了。

“要签名吗？”他问。

哦，我提着剧照呢，我没有带笔，我看看周围，剧照是黑底色，就像在黑暗中影片呈现效果最佳，就是能在周围能借到笔，肯定都是黑笔，黑对黑怎么好，当然，我可以请导演签在反面的白底上，不过，我怎么知道你是不是真导演，而不是请来的演员？

我继续微笑，面前这位俊男生，回答不露破绽，但我是导演出身，演员怎么答，我也教练过很多的。

于是，我说，不麻烦你了，我微笑，我们握手，手，是真实一只手，有皮肤，有热度，有骨骼血管神经支撑，握着手，他微笑说，“你可以 Facebook 找到我，请把我加为好友。”（Wow，完美的台词。）

“Oh，Ya。”我回答，微笑着。

一回家就打入名字，到上 Facebook 看“他”。一张起身飞舞的照片，脸和身材生动，我还是不确定这个“他”是记录片里网恋那个他。网上照片下面有一行新发布的短信：我正在亚特兰大推广电影。

四维世界，你，究竟是谁？是片中的演员还是推广电影临时雇的演员？此片在圣丹斯一出现，评论家纷纷质疑：这究竟是不是一部真记录片？但是评论都承认做得很好。而这个做法不是新的，十年前假记录片《布莱尔计划》(三个电影学生吓死在野山荒林)进入市场的时候，网络，电视到实体媒体一路帮着假造，那部买个业余水平摄像机、在包退期30天内拍完退货、一子不花制作的烂片，挣了一千万。于是评论预警了，个个神探了，这部纪录片如果造假，更进一步，在市场推广时候继续雇佣演员，拍摄花八千块，票房收入最终350万。

我疑问：制作者会承认这是一部假纪录片？我推论：Never。我想说：照这类思路去干啊，什么虚构非虚构，别傻。

（2010年）

预 言

卢卡斯还怕谁？

20 世纪最后一个夏天的美国电影院被卢卡斯（George Lucas）统治。5 月 19 日，3000 个电影院同时上演乔治·卢卡斯的《幽灵威胁》在“威胁”来临之前，它的巨大影子从高空笼罩大地，绝对的臣民，电影大众，早就通通跪倒在地：

头一年 11 月开始放预告，影迷花全票价 7 块钱，看过 2 分钟预告片，放弃开演的其他正片，神魂颠倒步出影院。网上弥漫星球混战，网虫乱猜高度保密的剧本，施展各自想象的画面。连专业读物《新英格兰医疗杂志》也拿《幽灵威胁》电影广告当做封面。ABC 晚间新闻预计，5 月 19 日星期三，将有 200 万美国人扔下工作，钻进电影院，投入美式酒神狂欢节！票房破历史记录不足以道了，因为这一天大逃班，全美雇主将损失收入3千万。

卢卡斯说他的《幽灵威胁》在希腊神话、中国神话、印度神话寻找灵感，不过，这是一个纯粹的美国神话。这个不爬奥林匹斯山，也不游东海的美式神话，建立在浩荡星空中。它非常年轻，从1977年《星球大战》（*Star Wars*）开始，幼年小观众也能怀旧，几乎每个美国人都会背电影开头说词，“很久很久以前，在遥远的星系里……”以卢卡斯光年传到中国观众瞳孔里，经历星球文化宇宙旅行，我们也早就认识两位机器人：金属人形的C3PO，矮胖圆桶脑门上不断闪灯的R2D2。

看这部美国神话故事时，你我也许想，这都什么呀，真正美式儿科！你不错。想想在作业本上涂着飞机大炮开火，嘴里嘟囔着音响效果的男孩儿吧。卢卡斯的想象，是典型的美国男孩儿的想象。20世纪七十年代末《星球大战》首次出现的时候，是美国电影自称的“文艺复兴时期”，电影精英导演们把美国电影弄得相当欧洲化，艺术化，换句话，一般观众看着挺费神。而在这个圈子里的卢卡斯，重拾三十年代电影，B级通俗，A级制作，横空出世，大众立刻都疯了，专业人士也全疯了——卢卡斯换招儿出手，可以看做是美国电影艺术探索潮流衰减，艺术片缩入精英小众的航标。卢卡斯不在乎地说，他追求的是13岁以下孩子看得懂，而孩子其实比大人难骗。

《幽灵威胁》构造的形象系统和系列产品的世界性销售，让卢卡斯建立起一个名副其实的神话王国，他用《星球大战》的盈利在绿色山谷中建立了一个电脑王国基地，专做电影特技的顶尖项目（比如泰坦尼克号的特技）。于是，这套建构幻想的“美国造”神话，在我看来，还有一种讲述方法：

当年的卢卡斯不能自由飞翔。七十年代开做《星球大战》的时候，好莱坞不给他那么多钱，他便从当时算下来最有效果的第三集做起。当时最让卢卡斯苦恼的是，他无法把自己脑子里的想象全部变成让人信服的，身临其境的幻象真实。

20 年后的卢卡斯，不用听好莱坞的了，自掏腰包 1.5 亿美元的制作费，自己统帅着两大套人马，一队人马做艺术造型，画 3500 个星球、飞船、城堡、沼泽、人物与怪物的形象。另一队人马全是电脑动画技师，他们自称是“卢卡斯的玩具盒”。这些人用电脑设计的场景来支持真实表演，做画面实验，做出 45 分钟的“故事板”。然后，正式拍摄才开始。电影的绝大多数画面都是用数码创造的，包括宫殿和元老议会大厅。最后昏天黑地的宇宙大战，仅仅搭了一个六七米高，演员能立脚的平台。演员有什么感觉呢？

演未来骑士——小奴隶的阿纳金，像童话故事“皇帝的新衣”里说实话的孩子，说拍摄简直无聊极了。孩子说得对极了。在电影的古典时代，演员的处境最糟不过是导演手中任意摆弄的牲口

（悬念大师希区科克如是说），而卢卡斯，明确地，把演员当做“可视性元素之一”。任何活人的表演在后期制作中都被再次修理。卢卡斯喜欢取一个演员一个镜头的第四次拍摄，取另一个演员另一个镜头的第六次拍摄，把两个材料修到一块，用电脑缝合出一个新镜头。

以星球大战系列的太空历计算，从77年的制作到99年的制作，20多年人类自我旅行进入了数码时代。如今数码技术的梦幻画面调色板，更精妙，更顺从，在新技术条件下你能直接看见你所想象的——只要你能想象的出来！并且，你能在电脑屏幕上跟自己的梦想反复地玩，不断地修改，直到完美为止。我在《60分钟》电视杂志采访中看到，卢卡斯用北京酒吧一条街小贩兜售的”中国制造”的雷射笔红光，点着大银幕上放映的大战场面，不断告诉身边的数码技师们：“我要这里再躺下一个，这里再去掉一个。”在一个典型的动作大片里，一般会有2000个镜头，其中也许有250个特技镜头，《泰坦尼克号》有500个特技镜头，《幽灵威胁》一共2200个镜头，其中只有250个镜头与特技无关，只有一个连续镜头是原始拍摄的。你不必是专业工作者，一般影迷都认为，大家将一目了然地臣服在卢卡斯的造型幻想里，醉入他的单纯神奇性。

《幽灵威胁》日益临近公演时，《幽灵威胁》的造型玩具、伦敦交响乐团做的电影音乐CD和原小说，在全美国儿童玩具店、音乐店、大众购物商场提前上市。玩具立刻抢购一空。美国最大连锁书店热销架上放着有原始构思构图的电影剧本。而小说的同一个故事，用 4 个主要人物做成 4 种不同封面，勾引追星族（谁翻译的这词？灵感版权来源《星球大战》再合适不过了！）一气买下 4 本。追星族全都卯足了劲。到开演 3 天前，网上开始售票，观众准备好排整日的长队，好多大公司本来抱怨员工会逃班，这时候索性给电影院打电话包场，有些公司干脆决定这一天放假，过“美国文化节”。环球公司发行总裁赶紧决定把准备上演的一部国际浪漫大片停下来——好莱坞明星与伦敦书店店主的才子佳人故事，环球预感这戏非让《幽灵威胁》撞得粉身碎骨，连零头都找不回来了。

《幽灵威胁》自天而降时刻的“动静”，逼近的影子和呼啸声，压得整个好莱坞无处躲避。好莱坞一致“对抗计划”。各大公司纷纷排出“浪漫喜剧”“艺术电影”的流星雨阵，跟天神《幽灵威胁》周旋，谁也不敢拿出任何大片“以卵击石”（更准确地形容是“撞天”）。电影评论家成了星象预言者，宣称：“1999，20 世纪最后一个夏天，绝非一个传统夏天！”

在我看来，这个美式神话故事，还有第三种讲述方法。

我的故事说，从星空俯视天下无敌卢卡斯，到底还会怕谁呢？让我从结尾讲起：

放眼一下电影未来的放映方式。《英国病人》的剪接和音响混录技师在一篇文章指出，未来的电影放映用数码盘，而不是现在的35毫米胶片。数码盘同样清晰，甚至比胶片更清晰，并且不可能划痕（下雨），弄脏，发霉，跳格“乱抖”。在他工作的领域，在电影剪接和音响方面，古老的35毫米胶片作业方法15年来被数码技术渗透完了。观众可以在《侏罗纪公园》《泰坦尼克号》和《幽灵威胁》看到这种技术登峰造极的视觉表现。不过，放映方式的数码化意味着，这将让19世纪末以来电影业坚持的两项基本遗产：胶片，以及制作方式，最终投降，放映方式的改变是终端表现。

整个美国电影工业正在电脑数码技术的变换之中。攻关之处是画面存储和放映。中国观众很有看碟经验，不过，小碟放到大屏幕，形象一放大，会放大出一个个方格，就是说，必须用更大量的数码密度传载画面，才能保持画面清晰细腻的同样效果。放映一部105分钟的故事片，以目前的数码技术需要用几百张盘。（放映员比迪厅骑士还忙！）如果在计算上找到压缩大量数码的方法，换句话，当我们可以用几张光盘输入电脑，在巨大屏幕上直接显示画面，就会不再制作拷贝，不再使用沉重庞大的胶片带放电影了。而一旦新的放映方法决定性地侵入电影市场，你可以想象，电影工业的传统制造环节，比如彩色印染技术，就全部改观——暗室不存在了。直到现在，这个行业还在美国获得巨大利润，一部好莱坞故事片有时需要五千万英尺的胶片洗印。一旦故事片用数码摄像机作基本拍摄，暗室将从电影工业中消逝。在不远的未来，当放映和摄影基本技术数码化，整个电影技术过程从头到尾数码化。整个电影技术结构就会改头换面，镜头成为望远镜。

有些推论我们可以预见。美国的放映计算转移将在 10 年里完成。电影业将失去所有的老伙伴：现场打板、胶片盒、挂带齿轮。而录像带、电脑、电影之间的界限，将大大地混淆。数码技术将使 1995 年的《侏罗纪公园》看起来像 1933 年的《猿人泰山》的水平。

有些需要想象：

请想象，我们将会在 800 个有线电视台里，看月球上数码摄像机拍的，关于地球的故事。也许，你儿子的儿子，坐在屋子里，在电脑上自己制造画面，自玩剪接，加音响，一个人做完后期合成。他使用了所有的大牌演员，但是片酬，他小人家是一子儿没付。因为电脑已经将活人的表演，将这个最终极的难题，在数码的精确控制下做了微妙变化。这不是“胡思乱想”，将真人表演电脑化，如今在卡通片已经做到了，《幽灵威胁》里真人表演和电脑做出的怪物“同台”表演。也许，未来还会通通换思路：以数据库里储存的人物表演数据，用数码的方式，一点一滴再现人的各种微妙反映。

这样的未来是真实的。卢卡斯自己也指出，电影技术的历史转换就像 15 世纪绘画材料的转换一样。数码技术在电影工业未来的转变作用，仿佛中世纪壁画和后来的油画。在泥灰上画教堂壁画的时候，画匠们要趁着泥灰潮湿的时候作画，颜色效果并不能马上呈现，要等到第二天才知道。艺术家需要预计一天的工作量，要小心地避免裂痕，这挺像传统电影工业对拍摄和冲洗的预计，取决于工艺经验。还有，壁画是不能移动的。然后油画方法出现了，画家能到室外写生，夹着画板，回来再修改，不喜欢的话，拿油彩用新画面做全部覆盖，可以变成别的画。这相当于数码时代电影制作的变化。对于制造幻觉的电影工作者说来，这是梦想成真的通道。

现在，美国电影工作者，看到一个人单干，既欢欣鼓舞，又恐怖的未来。新警世恒言说了，走着瞧吧，新技术要弄出无数的割下自己耳朵的疯子凡高！以我保守的想象，这类“大跃进”式夸张有一点幼稚。因为，电影艺术是合成性的，除了各艺术门类的合成制作，还有工艺集体性中间的“导演”，将众人劳动集合变形的魔力效果。（当然，在“好莱坞”这个流行加金钱的说法里，最终的魔力效果，要考虑掏钱的老板和大众的欣赏水平。）

有钱有势，天下无敌，卢卡斯究竟会怕谁？

其实你，独自缩在电脑前看盗版碟的你，卢卡斯怕的是你。假如，观赏者在电影院彻底改变放映技术的同时，彻底改了观赏方式，变成孤独的欣赏者呢？对于仍然涌向电影院的美国电影大众来说，你的经验可能有点前卫，不过，假如有朝一日失去大众的集体捧场，还会有卢卡斯这种美国流行神话现象吗？

我们不难推理：在数码技术扫荡美国“重工业”电影业的同时，在电影院看故事片的美国人的未来究竟是什么样？数码技术的发展虽然令人如此陶醉，它将会把电影院变成我们无法认识的什么样的现象呢？更好？更糟？

也许，未来的电影院，就像歌剧院如今的情景，是包裹着晚礼服的上年纪的观众看150年前的产品，不过我们将看用数码投射的《卡萨布兰卡》。而对玩着电脑电视一体化的星球攻击游戏的孙子辈来说，进电影院集体观赏的快乐全然无以体会。也许，电影院整个消逝了？被社会巨变彻底颠覆掉了。会有点像20世纪初叶曾经很流行的活动电影透视镜（把一系列静态照片装在一个用手摇曲柄转动的轮子上看），未来的美国新移民，像眼下逛迪斯尼乐园一样，在历史博物馆里，摇着把手，看着一幅幅祖辈创造的“电影”画面？假如还有实体博物馆的话。

这个在美国还是未来时态，在中国是现在完成时态的问题，已经不是卢卡斯的，而是我们人类自身的问题。

我们为什么要进电影院，要进剧院，为什么要凑在一起观看古老的、崭新的故事说法？我们是不是在寻找人和人休戚与共的交流方式？或者，你说，让地缘辽阔，空气新鲜的美国人找去吧，我不找了，因为大街够挤了，一个人缩在小盒子里看小匣子，在小模糊中萎缩放大想象吧。我习惯一个人观赏。再多一人，哪怕一帅哥，一靓妹，不爽啊。让我们再自问，挤在黑暗中一起观看故事的现象，和原始人在洞穴篝火边讲“神话”的基因，还在血液里复载流动吗？

（顺便报告我看卢卡斯的“威胁”：为了好座位，提前三小时排队，坐在影院通道地上，生生读完半本考古学。然后，我失望。在我看来，卢卡斯不是 Super-Top 视觉创作者。）

不过，我仍然坚信，在未来的新文艺复兴时代，无论技术方式和欣赏方式如何加速度巨变，我们真正崇拜和真正惧怕的，仍然是个人想象力加工匠式的超级体力劳动。正如《幽灵威胁》的出现，在两大队世界之最的艺术加技术人马的创造之前，是卢卡斯一个人坐下来，用铅笔把脑子里的画面勾在纸上。

卢卡斯，是你，是我，是谁的，一个过渡性代名词。

你觉得？

（2000 年）

怎么在网络时代活一个自己？

黄昏里，继续开车，去看望一个人。同行漫漫着红灯尾，对面茫茫着白灯头。一个念头，一遍遍盘旋，假如不是网络，不会找到17年前错身而过的这人，而那时假如相遇，路，也许全不是眼前景象？

念头和音乐CD迭着，没有终结，于是，改听新闻。听到美国连线和时代华纳并购的消息，听华尔街股市的反应，听报道使用着“历史”这个词。暗评价这词用得短促，无奇，极其准确。评价着，内心便从怀旧的茫然，跳回到生存训练，在电台报道里想些问题：这个并购不仅是“历史”，它振奋着最大的想象，不管谁买谁，这不是并购，是传统媒体向网络靠拢，是数据化暗中操纵控制一切的一个记号……

困扰我个人的一连串问题继续浮现，是文学与网络的关系问题。我不能靠文学吃饭，从来不能，但是，文字，和私情一样，是我生存的内心方式。在网络时代，世界越发飞速一体化的时候，文学究竟受到了什么样的干扰？我受了什么干扰？

在汽车旅馆里，读法国哲学家、城市建筑师保尔·维里利奥的一段话。这位《控制世界，最有害的政策》（1996）和《信息炸弹》（1998）的作者，在接受法国《读书》杂志采访时表达了文学深受威胁的观点。

“坏小说并没有等到世界化现象出现才传播开来，不过，我相信，今天首先是文学的存在本身受到了威胁。文学传递的精神形象，与大众传播新媒体作为工具的形象之间，产生了一种不平衡。我自以为是一个电影爱好者，完全意识到剪辑对小说写作产生的积极作用，但是，我不能不看到internet影响着文学诗意的危险。写作的时间是一种漫长的时间，每一个作家都用一种奇特的，我的意思是说，用一种他自己发明的语言来表达，internet网上抛出的是一种讲究速度的语言，是世界化的时间。

听听不愿意读书的年轻人怎么说吧：‘看得我头昏脑涨’他们希望读起来不费力气。然而，一个作家只能是奇特的，意思是说，他的作品里要有费力的东西，要有一种与世界化时间的无所不在和瞬间性相反的东西。

文学的时间是需要保持距离来进行思考和重读的，需要的时候要在头脑里把这些精神形象重新过滤。”

我带着另外一本书，《未来千年文学备忘录》，这是我常常读上几页的临时《圣经》，是意大利作家卡尔维诺的。他却告诉我，作家的想象力有另外一些前瞻性。他在1985年（微软上市前一年）来美国讲演之前突然去世，留下了五篇讲稿，合集成这本薄薄的小书，以神话故事、写作感受和世间剧变，预测未来世纪文字的功能和变化。

他说：“在广阔的文学天地里，永远存在着有待探索的途径，无论是最近的还是最古老的风格和形式，都能改变世界给予我们的形象。但是，如果文学还不足以令我确信我不是在追逐梦境，那我就求助于科学来培育我的景观。包括计算机科学。第二次工业革命，不像第一次那样，没有向我们展示轰鸣车床和奔流钢水这类惊心动魄的形象，而是提供以电子脉冲形式沿着线路流动的信息流的‘点滴’。我觉得我对科学的企望可能和诗学中一条古老的线索有联系……”

我好像更受到他的感召，会走上网，在与读者互动下，实验怎么继续写作的路？在这条路上，卡尔维诺为我留下了生存密码。那五篇文章，讨论了五个未来的文字手段，也是概括性的思维：轻盈，迅速，确切，易见，以及：繁复。

在发明 internet 的美国，我观察文学的奥林匹克峰顶，观察着诗歌方面，不难注意到一种新风格流行。这种风格来自穷困黑人街区，来自 Rap，是音响背景下，非印刷的节奏性口语。Rap 成为大众的诗歌。杂志型电视新闻节目《60 分钟》做过这样一个报道，介绍旧金山一个少年问题中心 Rap 风格诗歌比赛，以感化和改造物质和精神双双苦闷的少年。诗歌赛上的句子，简单，口语，个人化，不繁复，当然，也无精雕和“深刻”。

而在够段数的诗人那里，比如在纽约东村，十年工夫盛行起一种“Nuyorican”，诗人大吼自己的作品，握着麦克风，吼着，随着情绪晃着肢体。1999 年 4 月举行的“全美诗歌月”盛会留下一个让人深思的问题：未来新世纪带给语言什么东西？Nuyorican 这种“反美学”风格畅销？节奏以 Rap 卷土重来？

一位美国文学编辑说过我的观感：“短篇故事，或者长篇小说，在电脑屏幕无法读，而诗歌很容易读。”容易，也许，但不是简单。或者用美国地方战役形容：不悦耳。

美国在线出版商也认为，小说在网上不成功，短散文（非中文感觉的温和小品）比较合适网上读。

我以为有一点自救的短见：Rap 和网络写作，可能暗示着世界的新标准语言，这种语言，破碎，短促，还包括旧标准的错别字，可能是新标准的“酷”，在这种新音调下，我敢跳跃，我可以像写诗一样写广告，还可以走得远一点，我可以在网上文字和画面的张力之间，扩大表达的可能？

一些老相识，需要你暗中考虑着他（她）们的存在，人家也许用英文吃饭，用英文和孩子说话，用英文互相说话，但是，内心的中文时钟，停留在新白话文时代。人家企图在你的文字里怀旧？

看着地图上明天要走的公路号码，听着电视里公共台的争论，在手提电脑上写着一本关于我在网上遭遇的书。几个月在网上专栏得来的困惑，和这个傍晚的消息，让我排列出一些数字，好像数字能帮助自己看清混乱：

1. 看“读者反应”这段空间，这是网络文化 BBS（公共版）的延伸，不过有个不同的界限，你在明处，读者在暗处，并且不是开一个化名专栏，是一个有名有姓的“作家”专栏。网上读者的参与，使你丧失着平面写作的隔离层。究竟，所谓“作家”这种创作头衔的生物，要不要跟“读者”如此空前地贴近？得到的，失去的，落在最终呈现的完整作品里是什么？

2. 就是”我”不贴近——我不上网发表，作家的生存遭受着本质性的挑战。人的感觉，人的虚构与幻想，已经到了随意在虚拟空间里发表，并且无限繁殖天下（cc/forward）的时代，无论如何，都剥夺着旧定义的“作家”生存，人人可成作家，并当即发表，贴在读者栏还是正栏，真有什么区别？而反馈性的交流，在曾经热闹的 BBS，在仍然被情人们爱慕的 ICQ 上，无限穿梭着，延伸着，所谓一部作品的完整性，可能在新的阅读方法下遭到“破坏性”的彻底改变？

3. 无论怎么沉默，不回答此间读者，不因为争辩耗费更多体力，等待自己，修改自己，在读者误读的批评中，默默悟出读者永不知道的结构性变化，但是，21世纪恐怕根本不是纯文字阅读时代，平面阅读，是不是像老辈子人听戏一样，是小众的退化行为？盘根错结的文字编织术，是不是像十六世纪荷兰画派的精心工笔，一种太古老的手艺？若干世纪之后，也许能因为没有人做了，有了收藏价值？我是不是要和同辈人一起，随着平面阅读的最后习惯，写着发生任何变化的自己文字？继续制作自己的殉葬品？美国连线与时代华纳的并购，表达着谷登堡发明印刷术，马可尼发明无线电报，贝尔发明电话之后，一种新传播和交流方法的历史转折点？

4. 在未来的新时代，看书翻篇的动作，一个少数人的古典动作？ E 书不需要纸，屏幕可以扩大，而新形式的书，仍然是沉默阅读的？还是主看文字排列效果的？或者，是有声的？作家发声和沉默的文字究竟什么关系？是不是破坏了文字本身的美感？是不是像电视出现一样，声图俱全，使文化大流行并大流俗？或者，也是在回到文字之初，是游吟诗人歌唱的落定？而发声，是不是互动的？就像大人给孩子念童话，经常是互动的？是问答的，是猜测的，于是，一样的，讲了千百遍的故事，发生了新的预期……

临睡前，接着读法国哲学家维里利奥的访谈文章，像他的国人诺查丹玛斯一样，他预言着一场世界性的毁灭：

“唯一的文学，已经开始活动了，在我们头上笼罩着关于巴比伦塔的巨大神话。人把自己带到那里。而我们已知这种唯一的语言会有什么结果。不要忘记巴比伦塔之后接着就发生了洪水。在如今的情况下，威胁我们的，不是被淹死在波涛滚滚的洪水里，而是被淹灭在利用电磁波进行的破坏里。封闭。世界化。这就是世界的末日。当然不是说我们的行星要爆炸了，而是它已经表明着这种封闭。在一个有限的速度使人的处境变得像鱼缸里的金鱼那样的世界上，福柯所说的18世纪的监狱的封闭就预示着世界的大封闭。”

睁着眼睛，将自己停留在昏暗中，17年前，假如相遇，难道我就不会这么一直苦干到如今，把文字和找寻创作下去的手段，当了如此的生存方式？

（2000年）

画绘本

小人书画家历险记

成为小人书画家，是在我一生中最为百无聊赖的时刻。

什么都没得做，电视、广播、网络、戏剧，没有任何活儿逼我动手，而我完全不想写字，那么还活着干嘛？至少早上爬起来失去下一步动作。只好读报，《纽约时报》厚厚一叠够消磨好一阵。这是星期天，我先抓起它的周末杂志，主打长文介绍美国漫画书（comic Book）动向。从头到尾一字不差读完了，我的念头来了，好，那就画 comic Book，漫画书——小人书吧。

我有什么条件画漫画书——小人书？

嗯，小时候看N多《三毛流浪记》，三毛捡了个弃儿；三毛弄了件黑手党长马褂，扣子系了几个时辰，刚要抖擞，被警察踢个大跟斗……我肚子里装满中国三毛漫画，而美国漫画书，人住在美国，想要当“comic artist（漫画家——小人书画家）的时候，我还一本美国漫画书没看过！我家斯蒂夫从小看漫画书，连《伊里亚特》《荷马史诗》，他都是先看漫画书的，念法学院的时候，那么大的人了还在看漫画，《超人》《科幻侠》。家里地下室堆着好多薄本漫画书，我说扔了吧，斯蒂夫惊呼，很多是绝版的，很值钱啦！似乎这才发现，这边好像人人都沾点漫画业，斯蒂夫大学一同班是美国科幻漫画迷组织的发起人，斯蒂夫大学办幽默杂志的女督导兼开小人书印刷厂，跟无数小印刷厂一样，故事结束在破产。满世界人都诊断美国人“浅薄”，漫画书可能是根儿？但是有谁看到这些背景？

我立刻被“小人书”堆起来：根据《纽约时报》介绍买的，从地下室里搂出来的，美国分店印的日本漫画书，同性恋漫画书，法国漫画书的美国译本……我的Amazon购书单一时间只有漫画书。这辈子头一回，我从早到晚地看小人书。当看到Maus（作者的犹太父亲集中营遭遇，用老鼠形象画人，于是有了间离感，这本小人书得了普利策奖）最后一格的时候，眼泪下来了，静静坐在角落里，捧着本漫画书，岁数也不小了。你看这副形象有点离奇？我在暗自纳闷，小人书居然有这么大力量？我明明是怀疑主义者，对人的世界绝望，对各种媒体手段有着技术性的从容……

而画漫画书，我的知识是零，对话气球，分格跨栏，统统不懂。我的基础是临摹古典油画的名作，临摹有些年头，人体素描，景物，死临也临出一点了吧。这时候我临了一张几米《地下铁》封面，拿丙烯当水彩，看看还算“像”。在此之前我都没用过丙烯。专业画家说，油画能慢慢地蹭，丙烯干得太快，就你？

我就这么开画。画《我》。这自传体小说 13 年中我写了两遍，无法写下去了。而小说开头我的小孩和少年故事，应该合适画小人书？我用丙烯画水彩效果，东方成长故事嘛，有点水彩幻觉。加手工剪纸，我剪贴了好多小人，玩电脑的嗤之以鼻说，Photoshop 全能做，还要你费这个力！但是我不会 Photoshop。

每天早上起来就画，在斯蒂夫的法律废纸背面用铅笔起稿，手边放个小镜子，不时跟自己挤眉弄眼，画到纸上，咯咯乐着。画小人书，张扬着我，停手的时候，仍在小人书世界里。有一天，我对路边的树说，阿基米德说给他一个杠杆，他能撬起地球，请给我一道数学命题，我能画成小人书！任何枯燥的句子我都能变出形象！

哦，我还画我儿时小人书。小人书在我儿时小街里，我的小街在自传小说《我》里。这时候我看到，我的小人书不像斯蒂夫的漫画书。他的书一页可分多格，我的每一页就一格；我的不飘气球——我是不说话的，故事说明写在画页的下面；他的彩色，我的黑白，正如我那个非黑即白的地界。我为小街画了一幅长卷，我的小街，我的小清明上河图。

好像我是给身边斯蒂夫画我的遥远世界，用直观形象跟他说我的成长。我画神话，我的哪吒。当用小人书表达，出现童话味道。曾经天之骄子的哪吒，风、云、星星做衣裳，粉身碎骨了，天不要，地不要，小草都不跟他玩，河水也不载，只有不见天日的臭泥巴收留他。一边画，一边流泪，也是哭自己吗？不画到这一步，首先，不走到这地步，你画不出来，你想不出来，这只能是我的画笔下我的哪吒。

画我之狂放。群氓撕裂英雄，“文革”武斗年轻的丧生，我用丙烯泼墨！

买了复印机，买了彩色打印机，学了 Photoshop，我在南方《飘》的产地跟一位纽约的朋友学。

画者是要吃饭的，画是要卖的。漫画书——小人书，照《纽约时报》作者介绍，在美国图书市场正热门。《我在伊朗长大》英文版，西点军校人手一册。我画了一部分就开始找出版。我从前的英国代理退休了，宗教了，写自己的灵魂去了。在《纽约时报》上我读到一位女代理，代理百万定金超红年轻作家（Everything is Illuminated）并收罗超红美国漫画作家，不许一稿多投，全等她决定。我等了很久，等着画着，几个月过去，等得不耐烦，给她打电话。她把我夸上天，惊为天人，问我无师自通哪里来的，对我的对开页尤其大赞，我说，那是从电影场面来的吧。不过，她说，她要求她代理的作者按照她设想的画（包括写），她最知道出版人的想法，看我的画书大纲严密，她一直在犹豫，我会听她的话吗？哦，作者是代理人的影子写手啊。我要求退回画稿。我看到另一家代理。

这家纯文学代理机构在纽约，领衔代理也是华裔作家哈金的代理。我邮递样品加简历，没过几天，纽约来信了，表示很兴奋，不仅是这个作品，对我全部创作高度期待，预定电话约谈时间：一周后下午四点。一周后下午三点五十五分我主动打过去，我听那边，秘书口气慌乱，然后，好像有一大群人走来了，仿佛FBI遇到紧急状态。女代理劈头问，你认为你的读者是谁？！

嗯，我，我画但没多想。

“Young adults！”

年轻读者——高中生。这是个时尚词，在书籍市场飘红，甚至在《纽约时报》书评版这么老派的版面上出现，图书正受《绯闻女孩》《牛仔裤的夏天》的业绩煽动，都想拍妞儿的马屁？

“但是，自我中心的美国young adults对中国当代史和文化，相距甚远吧？”

这通电话面试，来得悬念紧张，去得无声无息。

没关系，我想到我的一度美国代理，代理《喜福会》一举成名，我跟她有过两年的合同，虽然早就失效了，但只要你有好玩意，任何时候都不迟。她的手下也惊叹，她对我的要求是，谁都不要送，等她决定。原来都是这一套。这位代理要求我跟美国作家合作，我画，别人写。而另一位代理纯漫画家的要我写，专业画家画（我立刻混账到才不老老实实等着独家看稿呢）。

我的小人书代理故事足够写一部长篇惊险小说，漫画书这么红，政治历史书代理人也插手。我接触到《出版周刊》的编辑，以及我的旧出版家、“万神殿”前老板（因为不卖钱被兰登踢出来），他在傍晚时分的家里接见我，茶几上放着我的样品，其实他自己的回忆录都很难出。

另一个华裔小说家新腕 Yuyuan Li 介绍我给她的代理，那位代理看着稿，跳着槽，惹出一场闹哄哄的官司，我的样品流落……

画小人书的最大好处是，夸张地改造了自我处境，至少把自己画成 Young Adult。美国小人书作者处境谁不艰辛，欧洲移民流落的 *The Amazing Adventures of Kavalier&Clay*，二战时靠给政府津贴画手册糊口的 Will Eisner。而漫画书——小人书里飞扬着一个个反英雄、黑暗骑士、自我英雄主义者，漫画界到处飞翔我的楷模。

我没有注意到为什么在纽约街头，在佛罗伦萨博物馆，我都会突然腿软扑倒；没有注意到走在威尼斯小桥上下为什么步履艰难。直到手臂不能动了，突然才想到，啊，颈椎，腰椎，伏案画小人书活活是旧日绣花女工嘛，这个古典职业病的新患者是文案白领和广大电脑员。

我继续画。

我有了粉丝的谦卑。当 Maus 小人书作者 Art Spiegelman 到我们这地方来讲演，我大老远开车去听讲（过去写作的我谁听谁啊）。大厅里人很满，我站在后面柱子边上热切地听他说漫画书的威力，虽然这些我都读过，他说他和《纽约客》的分裂与我何干？但我一直等到最后，排在粉丝朝拜的长队了。人家都拿着他的书让他签字，我说我有件小礼物想送他，我夹着我的《小街》，Spiegelman有点茫然，公关替他说，不接受礼物。我打开《小街》，我身后他的粉丝低声说，真美……而我对Spiegelman喃喃说，谢谢你，说不出角落里一个东方人读他的感受。我匆匆逃跑，开车逃远才想到，我没给他签名！

我从来没有请求作家哈金帮我跟他的代理沟通，一秒钟都没有这念头。哈金早期跟我来往，一搬到《飘》地主动请我和斯蒂夫去做客，送给我书，一得奖立刻告诉我。我大概是中文世界第一个报告他的。我们极少见面，在电话里长谈文学，只谈文学。到这部小说写过两道不知道怎么修，我问他能不能帮我看看。他回答，他没工夫。那时他红到《纽约时报》书评头版了，书评赞美带着颤音。他搬走时没有打招呼。不过，到了这时候，我特别记起他跟我说的，不断地送代理，不断地被退回，他和妻子都不敢去门前开信箱了。退稿是这么地摧残神经。好，我也亲历了，想来人家深知出版是一门艰难的生意（外国作家在异乡更要精通得奖的艺术），千辛万苦成了名，为什么该给你任何的方便？人家总觉得你太幸运，你自己也该这样想。

我是太幸运了，居然扛着画稿进了中国美术出版社，走进大门时候正好接朋友的电话，嚷嚷着大笑，“想得到？我和画在中国美术出版社里面！专业画家都不敢想！”照片编辑组长是我小时候的隔壁邻居，她把我带到美术编辑面前，美编翻着画说我是太漫画了还是不够漫，是说我人物比例对还是太不对，我都没太听清楚，因为光顾着笑了。听见编辑说我首先得译成中文，嗯嗯嗯着，我知道，我没有译的体力了。

我以为，画小人书不就是坐那儿，手能动就是了，而我，连手拿铅笔都难了。不能走，也不能久坐，身体就这么折腾完了，小人书还没卖出个影子，先搭上自己的命，画到这时候，好像是在彻底完蛋。

漫画书风过去了，谁都不想代理漫画书，居然坐着画了三年？空茫里带点怨恨，再看《纽约时报》那篇2004年7月文章（一向扔杂志却专留着这一份），对着作者名字默默说，小子你没说对风向！突然看见，这作者是查尔斯·麦格拉斯，是《纽约时报百年书评》的作者啊！怎么一直没看出两人是一人呢？这位是老精英，只看见精英类漫画书，纯是我自己想奔新出路，救自己创作命看走眼了。

我没有看错的是，漫画书成为大片的重头来源，电脑特效终于让《超人》的纸面狂想实现了。但是，漫画，在美国各地报纸缩减着，我刚到美国时漫画版都是好几大版，大腕全国连载，到这时报纸全都面临生死存亡，首先削减漫画版，《纽约时报》周末杂志的漫画页也取消了，那位代理头等漫画家的代理人饭辙何在？无数美国传统漫画家饭碗和出路何在？我替同行们（连行都没入呢）担忧。但我还在画，画一本黑白两色漫画书，young adult女主角，《少年犯》，用普通激光打印机就能出效果，制作便宜啊。美国法院对公共媒体开放了，曾经画法院素描的画家失业了，不过，美国的少年法庭还是不开放的，犯罪记录也不开放，为了给少年未来。保密就有了离奇泄密，于是，我的洋脸妞儿，在法院厕所里用口红满墙大画她目睹的少年犯，用手机传送到网上，画得我这来劲！

这个场面是斯蒂夫想出来，不过，作为刑事律师他经常看少年犯，本来已然麻木，偶然跟我说，少年犯总是用锁链串成串儿，从监狱押到法院，不知道为什么，我立刻眼泪迸发——画小人书的骨子里都爱哭吗？

一本亚裔漫画入围全美图书奖，赶紧买来看，哎，一百年主题毫无进展的移民故事（台湾的），但是用上了超人。身残心没死，我给这书代理写信，代理要我邮递我的画，两个画都给她。虽然，最后她回答无法代理我，我的美国故事构思对她接触的出版人口味太黑，她给我 Marvel 出版社（超人和反超人大本营）编辑名字和地址，让我直接送去试试，我送了，如石沉大海，我不够黑，不够超。

美国漫画书内容是极黑的，基本没有 happy ending（大团圆结局）。而我，画不动了，眼巴巴地，却看上最新的直触笔画板。斯蒂夫当生日礼物送我，对专业人士来说，这也是很专业的工具，于是，就抱着这块高级画板，我到上海，进了视频网，满心想着，为了对得起画板，得空坐下来练练。

一会儿都没空，忙了两个月，被请我来的 70 后 CEO 直接炒了（特别写这几个字为表达我的感激！），我这只狼混在 70 后、80 后视频羊群里逼问自己，如此一身体，如此一副命，假如时日不长了，最后一件活儿应该做完什么？画和写，两者只能选一，那，还是写吧。回到美国，坐下来，两个月写完《我》自传小说。这一稿写得飞快。是网络后台中文人声再次启迪我的内部音调，还是，几年画小人书不写中文，让我重启的文字变幻了？我更视觉了，更跳跃了，更简洁了？

也就是这时候《上海文学》约我写点什么。上世纪八十年代我在这里发表过（就一篇？）作品的杂志。虽然我跟文学圈子从来拉开距离，但我答应写；虽然我极怀疑人家怎么看我的文字，但是我珍惜让我发表画。我买了块素描板，把板支在胸口，拿卷笔刀削B2和B6炭铅笔，前一个拉线，后一个涂块面，用卷笔刀的动作我很久没有做了。

我艰难起笔——请不要因为我画点漫画以为我学会夸张了，肩膀疼，手哆嗦，拉铅笔线原来是需要气和力的，不过，我又开始画了，还是在英文法律文件背面，又从铅笔开始。

在杂志这个地方只能黑白两色，不过黑白两色我也玩过了，在这里我第一次正式出版画。我，是一个冉冉升起的漫画新星——编辑这么鼓励我。这就足够了！我的工作简历在导演/写作/影视/广播/网络经历之后，要堂皇加上“小人书画家”了，你尽可以说我夸张，但你无法指责我伪造，你不是在看我的画吗？我的长幅《小街》在编辑坚持下在《我》的书后印出来了。我心存感激，小人书劳作和漫长的跌跌撞撞，都教我时刻心存感激。

迅速地，进入E-book时代，书命变幻，漫画书也在变幻。经济暗淡的美国漫画书销售量大减，但是E-book让颜色和纸张成本不必作从前的考虑了；同时，传统漫画书无数匠人多年琢磨的每页分格效果，在手中视屏形式面前要变化了，我被著名代理人赞过的激情对页构图，还没展现，就过气了？我的长《小街》在小屏幕里失去横拉清明上河图的效果？不过，当宽屏大尺寸电视越来越每家每户，读文学在大屏幕上可能无法想象，但是，我的《小街》因此宽银幕地展示了？对页，可以电影般的切换，特写，给一个大全景！万恶 21 世纪数码技术破坏摧毁着古典欣赏的所有方面，不过，全部新手段全都给你了，就看自己了——

哦，不要，千万不要，生命千万不要就这时这么去了才好，小人书——童话——体力，魔镜里的我，请再给一点神力让我试一试？

（2011 年）

少年犯

画了绘本小说，投递美国代理，代理十分文学，不会看碟，于是买印照片的彩色打印机，印出来的画色调温和，不如我的原色刺激，于是再买激光彩打机，500美金一台，我说服帮着抬机器的斯蒂夫，这个投资是必要的。说服时，不由想起小时候说服爸爸给我买钢琴，爸爸很犹豫，钢琴太贵，而我心思太活，玩几天不玩了多少钱啊，就在那时候，“文革”来了，爸爸的挣扎被宽恕了。而斯蒂夫积极买各种打印机，他比我更信奉车库起家。

彩印挺贵的，贵在墨盒，一个墨盒14块美金，红蓝黄黑四色墨盒，印两套书稿，就耗掉90美金。美国出书必须过代理的手，投石问路，送出一套，送出两套，退回来了，回收再送其他代理人，在退回和送出之间，彩印在邮路中磨损，于是再印，就这样，印了10套，20套，30套，40套，继续送着，同时在想，黑白色呢？打文字激光就成啊。

画什么呢？

有天，到法院帮忙翻译，在法院大门口看到一队戴镣铐少年，这是从监狱提来上庭的。好一群悲惨世界小冉阿让，眼见着，这一串镣铐少年进了法院后面。我追到这间法庭的前门，一些成年人等在前门，还有少年人等着，开门了，他们进去了，我跟着往里走，被门口的警察拦住了。那些人呢，我问。成年人是家长，少年是上庭的证人。我非亲属也非证人，不得入内，其他法庭都公开，可以参观，唯一对少年法庭无效。美国16岁以下的犯人——少年犯，是不公开审理的，案件是封存的，在公共记录里是查不到的。管你是抢劫，是吸毒，是偷盗，是虐待同学还是放一把火，罪行别影响回头找工作时候的背景审查，要给少年人“光明前途”。

镣铐少年，好料！我觉得，少年（包括小孩）故事，最适合漫画，形象俏丽可爱，邪恶也可爱，秘密在于动作性，跳跃，腾空，日式漫画喷射线，黑白比彩色更给力，啊哈！

我搓着双手，在少年法庭门外急速踱步，这是偏执狂下意识的通用步态，眼看着，我家斯蒂夫走过来，问一声“你还好”，对着门里露头警察挥挥手中黄色档案夹，他就进去了。斯蒂夫是一位少年犯的律师。我继续急速踱步，脑子里跳形象，一直憋到吃晚饭我审斯蒂夫，在门里看到些什么？斯蒂夫说，有的犯人太小，囚服太大，把少年埋起来了，听着，我眼泪迸发，斯蒂夫挺奇怪的，也许看多了，他习惯了。我的故事，随刀叉入口，冒出来了。

一少女，为心爱男生和女生大闹，把人家眼睛抓伤了，监狱了，保释了，前来上庭。保释少女从家里来的，不戴镣铐。想不到，心仪的男生也在法庭门口，这男生迷拍摄，梦想拍电影。他来拍少年犯的，来拍她——我（哪个画家不把自己带入？尤其是少女）。电影男生的妈妈是首席法官（比斯蒂夫更权威），但是男生照样被拦在法庭门外。他用手机偷拍戴镣铐少年，警察命令立刻删除。少年法庭的画面是禁拍的，哪怕是在法庭门外拍的（这是真的）。于是从来没有人看到少年法庭的景象（这也是真的）。

而我的这个小女生，因为打架触法，我在少年法庭里面，眼见各种犯法少年，各种场面，少年扑法官，警察打少年。为了我心爱的电影男生，我把看到的法庭，用口红在法院厕所墙上画下来，拍下来，传到“外面”上网天下！画得我心跳跳。

铅笔，钢笔，白纸，电脑修，打文件黑白打印机。

这些画我没有送文学代理，我查导演工作室地址，邮递导演，漫画书不是故事版吗！我的少年犯女生也是独家侦探，她发现一桩和她出轨打架相连的谋杀案，她发现在谋杀案背后，是那位心爱的电影男生！我的故事如此，我的漫画是日式的，我还模仿日式漫画从两面翻开故事，手工做成书，投石问路，打电影导演。有日漫感的美国导演不多，但都比文学代理谦卑，回答说，手头在做别的……就在这时候，出现一位ABC（美国出生华人）画的“我和超人”，讲自己美国超人文化长大，父母是中国城文化，对我来说，这是老掉牙的玩意了，但人家得到普利策漫画书提名，而我看中的是漫画书的代理人，我送去我的《少年犯》，代理是一位上年纪女人，看过，回信说，对漫威（Marvel）胃口来说，

I see the kids arrested at school...
and...huh? Linebacker's in the chain gang.
SHERIFF
9 a.m.:
The courtroom door opens.
Dad represents the Linebacker now, so Grandpa's going to represent me. Conflict of interest. Yeah, right!

少年犯们进法院

CLANG! CLANG!
Poor hopeless Classic!
I'll help you!
Look at this Little One!
Tripping over his prison pajamas.

囚服太大的小犯人

In your seats! Prisoners coming through! Don't move!
CLANG!
A juvy chain gang passes through the waiting room.
CLANG!
CLANG!
Never see it on-line...or even old T.V. It's like...so...real?

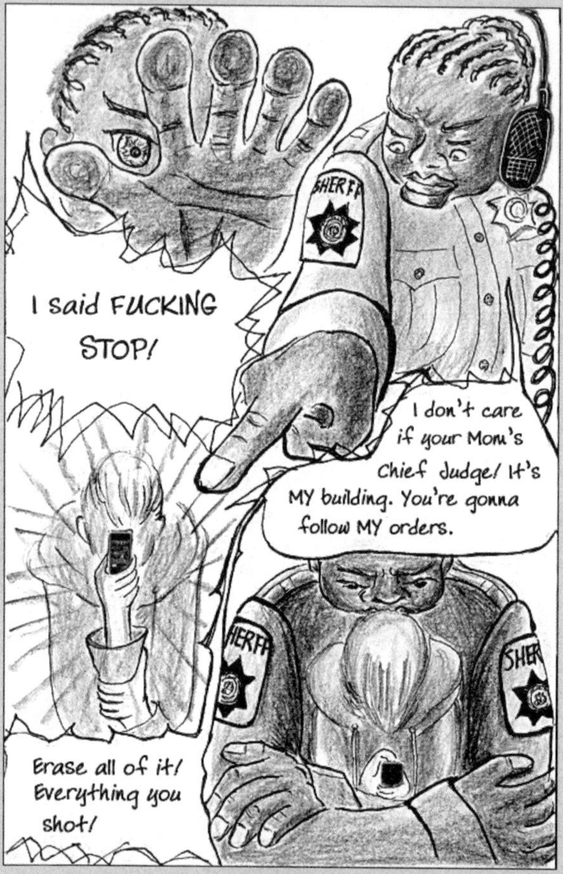
I said FUCKING STOP!
I don't care if your Mom's Chief Judge! It's MY building. You're gonna follow MY orders.
Erase all of it! Everything you shot!

不许拍照！

盗窃小女犯

爹不要妈不要的少年犯

警察打少年犯

画在少年犯法庭厕所墙上并拍照送出

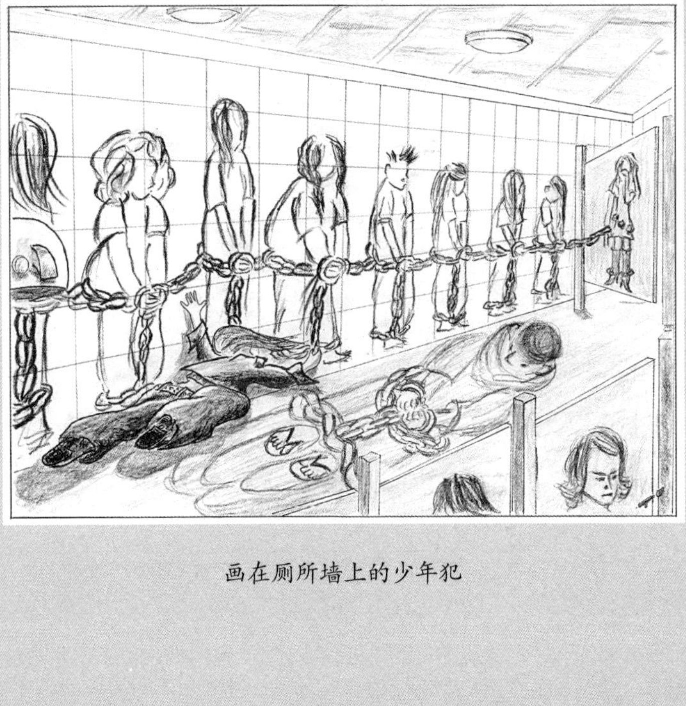

画在厕所墙上的少年犯

也太黑了，直接投漫威试试，这是一个编辑的名字。我试了。无回音。

黑白也无路。

在《上海文学》开专栏时候我最后试探：我画画配我的文字？编辑可能心说，你会画画？编辑客气地回答：只能黑白啊。黑白就好！俗话说，功夫不负有心人，发明这句话的家伙一定着实地练过各路功夫，一定也摔得鼻青脸肿的。我的黑白画，配我的专栏，害得我没能够成为画都放床底下的梵高，我发表了，每幅插图一百人民币。

你，就这样看到，我。

（2016 年）

后 台

哀悼，一个介入的观众

一束光追着，几个人影在眼前晃动，等着一辆永远不会来的公共汽车。然后，我们跳上了车，周围乘客听起来，这些家伙是不是刚从精神病院跑出来？话语亢奋，天马行空。晃过三站地，售票员一吆喝，我们便扬长下车，没有人买票，这是不成文的校规。对 104 路夜间电车自许免费是余兴节目，我们已然蹭了戏。拣个好座位坐下，对号入座的拿着票瞪你，得，换个地方，大大方方，又坐下来，又被人弄起来了。我们，中央戏剧学院的学生，常驻人艺剧场的波西米亚人，就这样看小剧场的《车站》，也看大剧场——白看他们所有的戏。当然，看《茶馆》。演员还没有张嘴我们就知道人家要说什么，知道哪位角儿要干什么了，要往哪儿走了，我们全都把焦菊隐先生对那几张桌子的导演调度图，背得滚瓜烂熟。就是这样，在昏暗里，看台上的角儿们喝茶，人家喝了一夜又一夜，我们看了一夜又一夜。在跟演员一样记牢的台词和动作里，每一次戏剧之夜，还是有新奇的玩意儿！

并非全都是这么轻松。看完人艺戏在电车上，每回我都觉着要被抓获了，挤在同学中间，说着戏来壮胆儿。只有一回，同学们跳上前门，我一人落在后面，于是买了票。五分钱的票。下车撕票的时候同学冲我大喊："叛徒！"那时清贫，那时坦荡，那些黑夜布满诗意，而那一切都意味着观众与舞台的关系。是希腊环形剧场，是宗教奇迹剧，是乡间社戏，这是普天下人类古今到处同一个神奇现象：我们安全地着卷入戏剧性历险，在浓缩的时间和幻化的空间里，摆脱庸常真实。经典说法：我们得到灵魂净化。而我追求：无以预期的喜乐瞬间。

那时候车上乘客听着学生们激昂，就跟自己说储存大白菜大葱一样亲切。那时候观众遍布京城灰色胡同，遍布京城四外竖起的高楼和大学。

光是看剧院门口拥挤的各色人，你就没来由地兴奋！除了京城的，还有专门从外地来看人艺戏的。一来就是一帮子，那是职业盗窃集团，分工导演、舞美、化妆和主要演员，分别看自己要干的那部分活儿，凭着记忆把戏搬到外地舞台组装起来。人艺的舞台人艺的戏，就这样放射着，不只我们这些穷干戏剧的小情种，忠诚地关注着那个地方每一举每一动，北京人民艺术剧院，全国缩说“人艺”，这是国家戏剧艺术的圣殿与象征。

然而，我们有谁从历史的观众席角度俯视过《茶馆》？当我们看撒纸钱的时候，看飘满白纸的舞台，看绕圈而行的蹒跚老者，当我们无数遍沉醉在戏剧的高潮时刻，是不是看出，预言了这座顶级剧院步向慢性衰亡？

私人恋情

在人艺五十周年金色庆祝时刻，我却这样地写着挽词，纯粹因为私人的终身感激。人艺一度收留了无处可去的我。1983年中戏导演系演易卜生的《培尔·金特》，我们在后台抢换各种服装：村民、海盗、肚皮舞女，同时我还主演“公主”，戴着猪鼻子，描着绿眼睛的妖怪。据说，来看戏的几大剧院头儿指着台上悄声对助手说：“这人集作家、导演、演员一身，回头要毕业生的时候就要她了！”到了第二年同一季节毕业分配来临的时候，因为我的小说不见容，各大报批判，院长们台词通通改为：“除了她，谁都可以要。”

人艺没有修改台词，因为从来没有开过口。人艺根本不要导演系毕业生。就我们学院派这边来看，这跟人艺《茶馆》风格有关。人艺虽然跟学院一样信奉斯坦尼表演体系，但是我们还热爱更多的苏俄流派，比如是斯坦尼的学生却反叛了他的梅耶荷德，何况欧美种种呢。被人艺挺难接受并造成大风波的《车站》在我们看来挺温和啊，它不要学院派的导演，因为在乎自己的表演。作为戏剧同行，我们理解演员，演员表演时候视线和感情秘密地投向第三排观众，靠挑逗前排观众情绪带活整个剧场反馈，让自己和戏越发生动，演员的真生命活在剧场里，也许因为这个缘故，以重视表演闻名，云集天才演员的人艺，站在镜框式深缩舞台里朝外看，视野有限。

然而，我是人艺历史上第一个被收进来的学院派导演。毕业分配的时候，为了能抢着进好剧院，同学之间下黑手，我反正是到处都不要的，踢过来，踢过去，虱子多了不咬，不过是没地方分住房，没地方凭医疗保险看病罢了，根本不指望任何人帮我的。但是那时候的人，会你不求他却默默为你操心的。人跟林兆华说到我的处境，林兆华是学院师兄，是表演系的，高我太多班，我根本不认识他，然而，他就跟于是之说了，于是，第一副院长于是之找我谈话。

那是我头一回进人艺剧场的后面。人艺给观众的圣殿印象，来自正面的苏俄建筑风格，一楼侧面是化妆室、制景车间，后面二搂是院行政机构所在。通道两面是一个个距离相等的门，到处一样的官办模样。阴森森的通道上飘着轻微的厕所味，还有炒菜的香味，那是从上一层弥散下来的，新婚演员的小窝跟烂景片一起，挤在顶层。院长办公室，一个小房间，木板地的红漆几乎磨光了。这是第一次，我跟观赏了无数遍的著名演员，于是之先生，面对面。

于是之先生用京腔问我：“您能不能先写个剧本让我瞅瞅？”

这一句问话把我想好的词全扫空了。

这句台词下面的“潜台词”，冷静地想，该说是最好的意思了。人艺高度景仰编剧，这个传统打那时代过来的全国观众都知道的。老舍先生的剧本是演员在排练场走着，说着，即兴发挥着，先生修出定稿本子。演员甘愿为好剧本作无名无利的任何奉献。演员出身的于是之院长一定也在为剧本发愁，剧本，一剧之本，也是剧院之本。但是我很不识抬举，回答说：“我到您这儿来，是作为导演来的，您何以先考我写剧本呢？”

沿着冰冷的楼梯，原路走下去，不免生出一丝悲凉，心想，怎么自贱到送上门来碰壁？！然而，被冲撞的于是之先生和人艺去跟上面谈。悄没声地，人艺味儿地，我这条小落水狗，被关在京城剧院所有大门外面，居然溜入了顶尖殿堂。

后台的观众

作导演在人艺排戏的第一天，走进排练场，院务递给我一个小铃。座式，顶上有个小钮。恍惚觉着，在哪部老片子老店柜台上见过。我不知道这玩意干什么用，接过来便放在脚边。派给我的场记小尹正打开空本子准备记指示，慌忙把小铃捧起来，轻轻放在我面前的茶几上，口气温和然而敬重地说：“导演，这是您啊。”

我大惑不解：“这是我？”

她悄声跟我解释：“这是导演在排练场里的声音，打焦先生开始就这样，您要是想让排练中的演员停下来，按一下这铃，您要是想发话，也先按一下。”她示意我应该如何作，她举起手掌心，悬在小钮上，却不落下来：“除了您，除了导演，旁人没权力碰。”

我用掌心试着砸了一下，小铃响了，清脆，不洪亮的一声，但是，巨大的排练场，所有的演员，全都静下来，齐齐看着我。

如果说，人艺是高度重视现实主义表演技巧的大本营，同时人艺也曾经是浪漫主义剧作家曹禺当院长，并有既学者又平民的老舍先生，总之是天才编剧的天堂。与此同时，在人艺的历史精神中，还有一类真实，一种神话，以一颗灵魂为代表：导演焦菊隐。

原谅我不历数人艺所有导演前辈，因为我太后进，无法，也不准备写一部人艺家谱。不过，有机会深入后台观察人艺对导演的那种情感，至今我都深觉离奇。

进人艺之后，我发现跟演员有一个共同分享：吃安眠药。只有在人艺医务室里我们一次可以拿到整瓶“安定”。这在其他任何地方都是不可能的。这儿的医生跟正常地方的医生不一样，能够理解这里人的正常需要。演员每晚戏卸妆后，仍旧处于高度兴奋状态，长久地沉浸在刚刚演过的戏里，自我赞赏这一晚微妙表演感觉，觉得哪个小地方没演好，哪句台词没说好，观众可能根本没发觉，但是就后悔地啃着自个儿心！所有戏剧性的心理振荡的余波要靠安眠药做自我镇定。前台观众看不到比后台更为深入的内心波澜。从外表看来，观众很可以认为，天才演员也是疯子。这样看也不算错。作为演员，必须相信假景片、假道具全都是真的，相信一千年前的日子和外国故事，是正在发生的真实，而自己真实生活里最憎恨的对手，真的是热恋中的情人。以假当真，进入状态，滔滔不绝，超发挥着一切。在“正常人”眼里，演员难道不是疯子吗？不够疯的，天生不是演员材料。而我看演员，也是天真的，永远的大孩子。

你知道吗，演员是相当依恋导演的。演员跟随导演对整部戏的立体规划，因为导演无论怎么说，到最后上台合成，是看不到全部的。在创作过程中演员信赖导演，犹如遵从精神首领的信徒。人艺的天才演员们虽然从未把这种深情廉价地抒发过，但是，在多年排练场里，他们一点一滴地，每时每刻地，表达着这种深深的心理依恋。据说，当年“焦先生”（一直这么叫）在排练场是不多指点的，只说，“你们开始走吧。”演员便根据对剧本的体会，自己说台词，自己走调度，演到不知该怎么演了，还是继续演着，一直演到那个小铃响了为止。演员眼巴巴看着焦先生，而先生可能只是说，“再琢磨，琢磨吧。”

这个幽灵故事，多年来徘徊在人艺排练场里，我听着，恐慌，感动，挺可怜演员的。老一辈人艺演员自己揣摩导演意图的味道，真有点像孩子揣摩和讨好大人的心情。而我不是那样排戏的。我不敢，也不能。我进剧院了，于是之院长还有考我的意思，不考剧本写作了，改考导演能力。人艺给我的第一批演员是学员班的。我导演的是苏联剧作家罗佐夫的一出社会伦理戏。我自己选的戏，原是两个独幕剧，我把两个剧拧到一起，让每个演员在戏中分别扮演性格相反的两个角色。自然，我是想表达人性自身并存的善与恶，也是很想帮助我的演员。这其实是一个很有效的小魔术，也许并不是灰姑娘有多漂亮，是水晶鞋跟她形成了反差，当演员演着对比性的角色，能够遮掩并提升只演一个角色的表现。很可惜的是，我的学员演员基本上在只会演自己的水平，生活里瞧着挺机灵的，一上排练场，傻眼了，对脚下的地板缺乏历史感，对自己先准备戏的人艺传统一无所知。你就是跟他们明说了，他们还是不知道，不明白究竟怎么才叫自己准备戏。焦先生当年也许不发脾气，不过，据说他会对站下来不知该怎么演下去的演员幽幽地说，“那是谁啊，站在那儿挡眼，劳驾挪挪地方吧。”我不能这么说演员，我知道这一切有多可怕，一个无助的创作生灵，在小小表演空间里渴求指点，犹如在失去方向的汪洋大海中想要扒到一块木片，新手演员尤其很难自己走戏，于是，我每天讲小故事，激发灵感。一人演两个角色，我有七个演员，于是十四个角色，其中六个演员我要一一替人家想怎么演。有一天，连我弟弟都对我发出警告：“你可不能对演员太厉害啊，我在去外地出差火车上都听到乘客说，你在排练场骂演员来着。”

我笑：“何止是骂啊，我给演员跪下来呢！”

给演员作表演示范的时候我跪在地上，我那位学员演员看着像是导演，他高高在上赞叹，“嘿，您是怎么想出来的？我怎么就没想出来？”

我仰头回答：“想？宝贝儿，光想够吗？在来排练场的路上，我差一点就在公共汽车上演了！”

跪在地上看我的年轻演员，我有点茫然。想象力，表现力，这些表演艺术的要素，需要一颗高度灵敏而通透的灵魂。而这颗灵魂怎么开窍？怎么才能懂得“用心捧活”这句艺术小匠人奉行的行规？戏剧表演艺术是一次性表达复杂完整的人，一粒飘浮的单薄的心，何以沉浸并爆发多重人性层次？我请他继续演，他动了一下，又站下来了：“得，您说我该怎么办，我就怎么办吧！”

七个人十四个角色，只有一对角色一个人，不用我操心。剧院开恩，给了我一位老演员，韩善续。他闷头琢磨自己的戏，排练结束了，他悄悄追着我，讨教自己琢磨的对不对，然后第二天排练场上试给我看。当年轻演员笑场和打闹的时候他都不吱声，像人艺许多好演员一样，要是不理解他（她）的内心，你会以为这就是人艺，是真茶馆，树叶掉下来怕砸了头而不吱声。就在年轻学员不知道该怎么努力，非叫我指示的时候，韩善续开口了，他没有批评顶撞导演的学生，而是温和地给那个男生一点实在的招儿：“比方说，你能不能这么走一下？”

那男生回答：“我不会那么走。”

“你敢说不会！”我勃然大怒，“你狂的可能还知道你姓什么，你知道不知道你面临什么？明天出了学员班你能不能进人艺，你有没有这口饭吃，都是大问号。一个好演员，一个好心人，肯教你在这个混账世上好走一步，你居然会不知好歹，我要是你，我就给韩老师磕头！”

骂演员是导演的诡计之一。学员们管韩善续叫“老师”，导演我是不必叫的。不由想到如今的风尚，少的老的全管人叫“老师”或者自称“老师”。在落伍者我听着，经常误会这是嘲讽，是骂人，是吹自己——贬自己。我是韩善续的导演，第一次在人艺排戏，我默认他是亲密帮手，是现场老师。有时候我在他琢磨出来的表演中，观察我能够改进的总体方面。

在人艺后台当高级观众，当导演的时候，我使用那个小铃的方法在人艺历史上可能属于最个别的。我总是先说“停”，演员都停下来了，然后，我也许想起规矩，多余地按一下小铃，除了惹得场记小尹抿嘴笑，她的场记本上没有什么可以记下的。学院派导演不是书生，我不需要场记，我不必假装深沉地指点身边的笔说，“哪里，哪里，如何，如何。”然后让场记宣读我的思考。我观察着排练场，分析着全部调度，同时体会着演员的潜能与困境，让演员停下来的时候，我把所有方面都作一一的调整。我其实也是反学院派的。在学院的时候我们会把一个戏研究排练8个月，而我不认为，戏必须排练到百分之百完美再上台，应该高度尊重、保留并且坚信演员的创造潜能，要相信剧场！绝不必让演员在排练场里耗费才华，上舞台，有了观众，演员会激发到人生顶点！把戏改名为《今晚我们照常演戏》，一个半月排练，我们的戏上演了。

2002年初春时候在网上游荡，我遇到一位当年的读者，一个曾经的铁路工程师，如今在美国写程序的电脑员。他写道，那时候只要到北京，必定去看人艺的戏，他至今生动记得演员谢幕后我走上舞台的样子。读我的作品，他想象这人很孤寂，很尖锐，而出现在舞台上的是一个生气勃勃的小个子，戴个大眼镜。噢，这就是“导演”。他想。

他写，记得我跳上舞台的那一瞬间，记得观众对导演的掌声。而他保留在回忆里的我全然不记得。我根本不记得跟演员一起上人艺舞台谢过幕，但是我记得自己的笑声，是在观众席里的笑声。演员总是会对我说，“导演，我知道昨晚你来了，我听到你在观众席里的笑声了。”是的，我非常爱笑，我太容易被吸引了，我天生属于最好的剧场观众。而作为导演，当把一个戏送上舞台的时刻，导演都知道要坐在观众席不同的位置，从不同角度观察并调整舞台效果。有时候，有的导演还会站在通往休息厅的侧门口，躲在丝绒帘里，一只眼看舞台，另一只眼悄悄看观众的反应。我从来没有站过那个可以双向监视的位置，你只要能坐在观众席的任何地方都对啊，这是技术观察，也是纯粹享受，你跟普通观众一起欢笑，一起凝神静默，你沉入在观众的呼吸里，你体会着人心所在。

人艺高度倚重导演，对我个人来说也表现在级别上。我进剧院不久中国开始评级制度。竞争之激烈，同学个个痛苦挣扎。而我，不争，也根本不想，觉得没给人艺什么啊，而人艺给我二级导演（所谓副教授级），想夸耀历史虚荣的话，20 世纪八十年代中期，无论在同学中还是全国戏剧界，都是唯一例外。

在我这个人艺晚辈来看，老舍，焦菊隐，是人艺内部的神话。人艺的老人提到两位含冤辞世的大师时，好像在瞻仰活圣像，敬重地冠之“先生”。而人艺的古典，精美，优雅，缩到最短，全部在此了。我的作派和言辞方式跟人艺格格不入，不过，我发现，我似乎本该就是人艺的人。也许在这个地方，我意识我的有关“古典"的最好定义：激情、忠诚，永远勤奋于操练手艺。

私仇

人艺这个茶馆，是聚人的地方，聚各种的异人，也是不那么容得了人的地方。我这样写着，想到人艺一位优秀演员董行佶。他是我的台词老师，而我是他的末等学生。尽管学院和人艺美学观念不很一样，我们请人艺最优秀的演员作表演指导。作导演需要掌握表演的全部技巧，包括台词技巧。当听说董行佶要来给我们上台词课的时候，同学立刻如数家珍地夸赞并模仿他的表演。我得羞愧承认，那时候只有我不具备对这位老师一丁点了解。我只是发现，这是个十分低调的人，声音低沉而温和。关于台词的魅力，他并没有说得很多，或者我什么都没记住，我只记得，他即席朗诵了《绞刑架下的报告》。在光线惨淡的小教室里，我从此悟到什么叫"朗诵"或者"台词"——随你任何说法吧，我懂得了超越世俗说法的总之美妙的，精微的，一气不歇地激昂慷慨或者全然静默——无数的表达可能性。直到董行佶老师自杀了，我这个被教过的学生没有跟他直接说过一句话。我选的台词考试材料，其他台词老师都不认为能当材料，说太文学化了，缺乏仅凭声音技巧来张扬的情节。唯一他没有说话。那是作家张洁的散文《拾麦穗》，描写一个贪嘴的傻丫头，一心想嫁挑担走乡卖麦芽糖的孤老头。我觉得太有故事，太好玩了，我坚持要说，可是台词考试时候，刚一开口，我自己先哈哈大笑起来。对于一个戏剧工作者来说，再也没有比"笑场"更可耻的非专业行为了。我被赶出教室，然后，被拎了回来。董行佶老师（以我对这个称呼的最大敬意）坐在第一排，他坐在一边，没有鼓励的表情，也没有丝毫的反感。我想起他用低调口吻表达一个人英勇就义之前的内心世界，我安静下来，控制住心里对故事的欢乐，也控制住傻丫头听到老汉去世时候的悲哀，我安静地“说”完了，安静地退出考场，路过董老师身边的时候，我听到他低声自言自语：“很美……”

那是我一直珍藏着的对我的最高奖赏。而我能被他肯定换来一个真实：接下来几年里，《拾麦穗》成为考戏剧学院的一种秘密标准，能念好这篇散文的考生有气质，会被优先考虑。然而，低调的，诗意的董老师自杀了。关于他自杀的直接原因我不清楚，我拒绝打听，我受学院派的机密传授：只专心想艺术，绝不介入剧团任何人事纠纷。于是，我在人艺的时候甚至不敢到食堂和演员一起吃饭，怕人家给我夹口菜，回头就欠着演员想要角色的情。我躲避任何闲言碎语的场合。就是这样，连我都听说，董老师自杀跟对自己的表演艺术不满意有关，也和剧院的某些做法有关。

人就是通通回避，却很不难想到人艺还有种“自杀”的传统。在表面上和气到好像旧日茶馆气氛的人艺历史上，自杀，也许是人艺的另一面形象。老舍自杀了，焦菊隐试图自杀。激烈的性格也许不能上台面，我也被剧院茶馆式地温和赶走了。想来也挺滑稽的，出面的是刘锦云和林兆华。一个是编剧出身第一副院长，一个是导演副院长。就在人艺旁边小饭馆里吃着说的，由我掏钱——住国外的人嘛，理所当然的，你们都是有钱人。我能体会同时当行政干部的种种艰难，我想跟他们诚恳交心，又想到舞台已然为我们演完的人性。人艺里的大小怪物们，张扬的，文雅的，用各种方法自己走掉了。就连林兆华也得出走。而人艺跟到处一样，按部就班地换着不温不火的茶馆“掌柜的”。遥想当年，老舍写戏时候，先生再怎么紧跟形势，再怎么积极自我改造，内心想必是深知大清国本质的。

然而，这点“私仇“丝毫不影响我对人艺的私心之恋。只要回国，我第一件事是奔去看人艺的新戏。差不多都是白蹭的。人艺大小剧场看门人微笑的熟脸，让我每次都感动得心颤，他们丝毫不在乎我是升是落，对我一如既往的友善，仍把我当作自己人，把我放进剧场，给我最好位置的票。我不提他们名字吧，无名，也许最能表达人艺剧场的优质基石。

我继续从前台和后台观看着人艺。

“迟暮之年”什么时候降临的？

在如今作电视剧和写书全由着掏钱人喜好水平，由市场决定《谁动了我的奶酪》这样纯粹垃圾的时代，回想人艺对导演选择剧目的尊重，想想人艺给过我的自由，我简直有点不敢回想！迟迟地，我知道我实在太不够珍惜。排完头一个戏，接下来我选了《安妮日记》，一个犹太女孩躲藏纳粹不见天日的生命记录。我排了一点，临时原因停戏了，接着我选了《军用列车》，送上那个剧本的时候，于是之院长又召见我，台词又让我吃一惊：“丫头啊，你救人啊。”

我救什么了？

他指点我，全天下演员都面临着男演员有更多上戏的可能，大量优秀女演员却没有很多机会。而《军用列车》这戏是苏联二战时候一辆向后方撤退的车厢满载一大堆娘们儿，只有一位男角，女人们大打出手，争风吃醋，悲泣着，哭嚎着，大笑大骂，到最后，背起唯一男爷们儿，浩荡徒步跋涉纷飞战火。我和演员见了面，谈了构思，也停了。然后，我又选了《迟暮之年》，还是苏联戏。剧院继续为我起用最好的演员，郑榕、朱琳，我排了开头又停了。虽然有些具体的问题，比如老演员生病之类的原因，实际上，是我巴不得停了。我自己整个创作（包括写作）陷入危机，我高度怀疑自己在重复。不过，我最后选的《迟暮之年》剧本的名字以及各种迹象，是不是也在说，人艺重新启幕时刻的暮年将临？

20 世纪七十年代末，当人艺重新复兴的时候，假如我记忆的错误也是观众的正确幻觉的话，可以用苏叔阳编剧的《丹心谱》作为标志。为了那个新生代如今读剧本简直不明白我们瞎激动什么的戏，人艺演员帮助编剧作了许多细活儿。又十年过去，人艺排苏叔阳写老舍自杀的《太平湖》。大夏天，流着汗，名演员还是照着老规矩，继续帮编剧改剧本，一边改一边唠叨，“真想跳太平湖啊。”这也表现着人艺的生命吗？是直觉里明知着，却继续在困境里顽强挣扎。我从内部感觉着人艺，好像一个成长着也自然会衰老的人，一个早已失去精神父母的孩子，孤零零在世上摸索地活着。唯一能够坚守，能够继承，不让自己走失太远的，就是为编剧默默改剧本全不记名分报酬的遗风。只要舞台上还有好戏啊！只要能捧住自己那份戏……

听说前年人艺开谁的悼念会，于是之先生中风了，口齿不行，人替他念稿子的时候，在场好多人流泪。我在异乡听到时也落泪，遥远看到真情出演，深深卷入不在的现场，撒纸钱的手也抬不起了吗？难道人艺的灵魂在渐渐飘逝？

究竟谁是剧院的灵魂?

一个有过最好的剧作家，最好的导演，最天才的演员，有最雍容气派的剧场，并且是坐落在古老京城心脏地带的剧院，究竟谁当为这种剧院的领头人？谁该对剧院的如此历史负责？当我由衷地感激、赞美、哀惋人艺的时候，我跟无数老观众一样在想：如此人艺为什么会在重新开幕的高潮中慢性地衰落？

一个剧院想要不断地保持舞台魅力有这么几个要素：剧本创作、优秀演员、导演风格、剧院建制、观众群落。学院派出身的我信奉过“导演中心制”的理论。世界各国的好剧团可以支撑这个理论。法国太阳剧社有导演姆诺奇凯恩，前苏联莫斯科剧院塔什干剧院有留比莫夫。自然，如果靠一个导演的个人风格左右整个剧院，也许太独裁统治了，（历史之余只留一条鱼刺的时候，我胆敢问吗：焦先生时代独裁吗？）但是，以大手笔导演为中心，会成为剧院各部门创作者奋斗的明确目标，落实到舞台上，一个剧院便有鲜明独特的风格，时尚词“品牌”，国际通用“icon”。

舞台，镜框式的、突出式的、街头的，不论是什么样的，总之是有个地方演戏，是集中并形式感的。导演非常重要。在戏剧导演内部，我们赞美世界各位导演的绝妙处理时毫无同行的妒忌之心。同一个苏联，《罗密欧与朱丽叶》最近的导演表现，你能想象吗？在各种各样美轮美奂的朱丽叶中这一位是个大胖丫头！然而，情人眼里出西施，在著名的楼台会戏中，在上下接吻时刻，深陷情网的罗密欧和朱丽叶，嘴唇吸在一起，罗密欧被吊起来，全身“悬空”！

所以，在谈“后人艺时期”，我很关注林兆华。不是从副院长角度，而是导演林兆华。

林兆华与“后人艺时期”

允许我跳过其他著名人艺导演都不谈，我把林兆华当作“后人艺时期”的符号。因为林兆华的导演风格在相当阶段体现在人艺舞台上，一步步诱导着广大观众对人艺的期望与茫然。但是，就是从批评的角度说，在我看来，林兆华对人艺的贡献超过任何用现实主义手段在舞台上完成任务的导演。用导演行话说，有些导演是“完成任务”，是把剧本“搬”上舞台。林兆华不是。而这也是他的问题。

林兆华的导演道路，在中国，在人艺，都相当的不易，从演员转导演，在墨守成规茶馆习气里够离奇的！他从小剧场实验开始，然后是大剧场一系列各种表现，到《三姐妹·等待戈多》，虽然他出走了，不再是院长了，戏仍然在人艺演，他掏钱，他失败，他也使得观众继续当场走散着。《理查三世》使新老观众都失落。作为导演，他顽强的个人搏斗，霸道到不准备跟观众好商量的导演风格，从头到尾（还没结束！）是相当英勇的。

无论评论怎么褒贬，我读他和吴文光访谈的说法，觉得他十分诚恳。他说自己其实没有特定风格，随戏随自我感觉来，这不是所谓谦虚，是一个导演的机敏与才华。他说他不前卫，不是先锋派，也说得非常好，很有智慧。然而，一位导演的舞台体现不是学术论文，也不靠事后谈话，是以舞台总体表达实现的，是要被观众当场反应的。观众在他的导演历史中究竟为什么走散着？

当然，我们可以对观众作点筛选，比如摘除电视连续剧的最大受众群——以中年妇女为主体，她们是电视广告商的大目标。也摘除我自己——摘除“学院派”，也许特别要摘除学院派，就因为我们和林兆华一样深深感知着和追求着：如何才能不断保持剧场生命力。而保持住观众成为“回头客”的方法之一是：不断地，不断地，要让进剧场的观众感到新震惊。

于是有过“先锋派”。这种流派不是一个风格，是世界各地导演都挑战观众情绪，企图保持观众的各种不懈努力。古老的“先锋派”还能做什么？它过去的主要功绩就是使观众一次又一次地感到震动。而震动观众的最简便的方法是打破禁忌，无视常规。1896 年阿尔弗雷德·雅里的《乌布王》首次公演的时候，开场说了一个“臭大粪”就引起全场骚动达十五分钟之久。1968 年《哦，加尔各答！》剧中出现了男性全身裸体的场面，粉碎了从古希腊到那时的一条常规。玩到今天，台下还是台上，还有多少条常规仍然在起作用呢？包括演员说话必须听得见吗？至今人艺和所有正常演出方法，当然是要把台词送到大剧场最后一排观众耳朵里的，但是在上个世纪二十年代这个常规就被玩弄了，达达派在苏黎世的伏尔泰餐馆演出时，演员完全背朝观众说话！戏剧必须有情节吗？1966年彼得·汉德克导演的《冒犯观众》，观众受到挑战：四个演员用戏弄的口吻直接跟观众说话，调侃观众，戏基本是现场见景发表议论，没有想象的成分，也不展开情节。

然而，想震动观众越来越不容易了，虽然剧场里的花样越来越多了。在基督教世界包括对宗教的大不敬：一对装扮成红衣主教的孪生兄弟跳起探戈舞。可惜，接着在阿姆斯特丹的荷兰戏剧节上，《跳华尔兹舞的人》便遭到嘲笑和嘘声，观众因为歌曲太慢生气，当演员调戏地跟观众说："你们谁能让我快活快活？"戏到了无法控制只好关大幕。曾经的"先锋派"做法到后来，"激怒观众"，要比"震动观众"更容易做到。导演们作着另一种努力：1982年柏林剧院上演长达六个小时的《哈姆雷特》，导演的主要意图是要么把观众完全置之度外，要么就是想让观众自己爬到舞台上去看和去听：那里究竟是怎么回事？那个剧院有三座相连的剧场，两个剧场的隔墙为这个戏拆掉了，导演不是着意填补更大的空间，而是用来衬托人物之渺小，于是观众犹如被迫用望远镜的另一头观看整个戏的演出。同一年另一个世界性戏剧节上，一位导演作易卜生的《群鬼》，在教堂地下墓室里演出，长达四个小时，那出戏同样表明导演决心考验观众的耐心，观众被安排在离舞台远到不能再远的地方，演员的动作慢得像梦游，台词和手势都是惹人讨厌的矫揉造作。总而言之，虽然各自埋头，互不商量，让看戏成为一种难以忍受的摧残，也是导演用形式来“震动”观众的刻意追求。

所以，林兆华后来无论怎么摧残观众（包括剧本和演员）都是十分可体谅的，是世界通行的戏剧在挣扎的中国表现。到《三姐妹·等待戈多》的时候，林兆华的舞台上，天幕用镜子，地上用水。演员在水中踹着，湿了裤子，溅起的水，引出“间离效果”，但没有引起观众思考“意义”，而是可怜演员湿得不值，因为无戏可演。林兆华打碎了两个戏的全部结构，使两个本来各自有戏的剧本，碎到全然无戏了。休息的时候导演系老师把我拉到剧场外面，万分困惑地问，“难道这还是戏剧？”我安慰老师说，“咱们把林兆华当做装置艺术家看如何？”

学院派私下诊断：林兆华局部超群，小花活大于对整部戏内涵的笼罩，损害着呈现的总力度。导演派问过：他的导演历程如此，是不是跟他演员出身有关？观众诊断说：林兆华越来越“端庄”——端着，装着，像中国后现代艺术许多作品，根本不打算感动大众，只关心国际参展记录。也许，他也是自己在最近这个访谈结尾叹息的“整个社会文化不够”的表现之一例？是他的文化底蕴也不够丰厚？不过这种老早就存在的看法是不是公平很难论断。文化深厚的余秋雨，写过厚厚666页《戏剧理论史稿》，从戏剧开天辟地，全世界似乎都说到了，他就能排出一部让观众我们感动，还不要说“震动”的戏吗？

而演员出身做导演，成为大导演，不仅根本不是问题，有着最好的例子：莎士比亚、莫里哀、关汉卿、诺贝尔得主达里奥·福，都是演员。也可以是诗人并戏剧理论家成大导演，比如布莱希特。半生都在全方位地不间断地大胆试探着（包括试探如何把观众赶出剧场）的林兆华现象，也许也在引导我们回到俯瞰的问题：全部条件最优的人艺，究竟在什么样的关键之处迷失着，无法掌握自己的命运？

乌托邦

我们还能假定一下吗？究竟什么是一个剧院的理想结构呢？人艺把我请走了，名字除了，而我给人艺选过的剧本保留了十多年之后全都上演了。我的选择不过时。我是该夸耀自己的目光，还是应当悲哀？当年选剧本时候我是有考虑有观察的。我一直认为前苏联的体制和生活让他们的剧作者在讨论道德伦理以及人与人关系方面，和我们的观众最为接近。当然，苏联剧作比我们的更浪漫，更诗意，更能激动观众而不是让观众感觉沉甸甸，笑不起来，也哭不出来。

陈颙是老一代导演女豪杰，曾做过青艺院长。八十年代她很直率地跟我说，她不认为我能当最好的导演，但是她几乎找不到第二个人像我更适合剧院里的一个位置，不过这个位置中国还没有设：剧院艺术经理。她是在欧洲剧院制度中观察到的，她认为一个理想的剧院必须有一个剧院艺术经理。这个人懂舞台，懂观众，有文化修养，一边要帮助剧院决定当前演出的剧目，还要不断地思考剧院未来的演出剧目，这样剧院才能保住整体文化形象的长期提升。

她的提示让我做更多的观察。后来，当我在各国看戏的时候，除了看节目单上这个戏的演职员表，我还要看看那家剧院的结构页。在一种理想结构里，剧院最高领导是“艺术总导演”，这人自己排戏，也可能请不同的导演来排戏，以保持舞台风格的多样化。这个人决定本年度包括下年度的剧目，却不一定一辈子待在一个剧院，但是要相对固定，这个人了解同行的工作以及古今各种剧本，知道电视和电影与流行视觉媒体在干什么。最近我看了一个美国小戏，讲一个幽闭症女孩儿，默默完成了发疯而废的数学家父亲的天才推算，以及她跟父亲的怪头怪脑学生的恋情。由于患妄想型精神病的诺贝尔经济学奖得主纳什的传记片《美丽心灵》刚得了奥斯卡，使得这部三个文疯子的舞台小戏越发绝妙无比，我敢说，这出仅一场简单景的小戏比那部大制作的电影动人力量一点不差！我惊叹决定此戏的艺术总导演的眼力，从剧本文字读出未来的剧场魅力，也许还想到其他媒体辅佐造势的可能性。谁来决定“艺术总导演”的聘任呢？是由董事会决定的。在美国，就我的观察，一个剧院上面的董事会大到30人，小可5人。这些人是政治家，是大商人，有其他公干，同时爱戏剧。美国职业剧院很多是非盈利性半公共事业的，靠地方财政支持，也靠地方大商家赞助演出，所以也可说剧院是私营性的。剧院其余创作人员，舞美设计、灯光、化装、服装设计基本是本地的，也会外请，而演员有本剧院基本演员（人不多），经常是每一戏别处请来一两个。美国戏剧演员绝不因为“走穴”瞎糊弄，每一处舞台，每一场戏，都是口碑，我到处看到太多名不见经传的上好演员和表演，在各地流浪的演员是被剧院艺术总导演注意到的。

如果你知道提出“乌托邦”的托马斯·摩尔的真实下场：因为坚持个人信仰被国王送上了断头台，那么，我用上面的个人角色来生动烘托某种理想剧院的蓝图，你根本不必在乎我有任何虚荣心吗，我（你也行啊）纵然准备好就义之心，想为一个优秀剧院比如挽救人艺，给她当艺术总导演（管它是司局级干部，有专车还是骑自行车喝凉水，真热爱戏剧谁在乎！）

然而，你很知道，想瞧我们上断头台的看客，舞台下面曾经的我们的基本观众，已然瓦解了。

新观众和新经验

这是我看近年最火戏剧《切·格瓦拉》的个人经验。本来我是请《南方周末》记者朋友看人艺大剧场《风月无边》，看了半幕不到，记者来回扭动，一秒不停。我觉得是镜框舞台这种大盒子怎么都救不出来了，换幕时候我只好带人家悄悄退场，刚出正门，又哄着人去小剧场看《切·格瓦拉》。这戏不是人艺的，租人艺演出场地，这个制作班子应当说对我十分混账，偷了我关于格瓦拉在世界商业化中孤独英雄现象的分析文章，连人称都懒得改一改，就登在精品购物报纸上替他们做广告，我指出，他们就爬到我的网页我的读者专栏来骂我，同时利用我的专栏继续大做广告。而我去看戏，非但不找他们算账，还买了一大把上百块一张的票送给当时我工作的博库书网站新生代。不说我在剧场的反应多狂热多兴奋，也不说记者觉得这戏简直是“活报剧”，挑逗简单对立情绪，只说，第二天上班，网站看过戏的小子全都结巴着激动地跟我说：“原来，戏剧是这么的玩意啊，原来，您是导演啊，导演原来能整这个啊，您有这么了不起的手艺啊。”

看着新生代，与其说感动，不如说发现荒芜新大陆：原来下一代不知道剧场是什么到这一步了？！早在上世纪八十年代末戏剧就面临危机，有时候舞台上演员的人数多于台下的观众，演员给观众谢幕时候眼泪汪汪的。而如今，送人戏票，好像是给人上刑。

不难问也不难回答：戏剧观众到哪里去了？观众坐到比镜框舞台缩小一千倍的电视机前，年轻人可能不看电视，看碟，他们的剧场知识没有阅读古典剧本这一说，对我这种年龄的观众全是玩剩的玩意，他们偶然参与到现场，对他们来说这就太酷，够刺激了，代沟成了一个问题：亲爱的孩子，您知道什么叫刺激？但是“刺激”的定义自身，也成了一个问题。

分流。分散。观众年龄、观赏兴趣、观赏方式，高度转移并高度分流。这是全球消费文化面临的现实。戏剧能怎么办呢？

剧院外围的理想结构

有时，回顾戏剧史我不由感叹，在文化生活单调的欧洲中世纪，人民看戏的热情高过如今球迷和追星歌迷。文字记录：“中古时代城市里演戏是一件万人空巷的盛事。地方官告示各商店关门停业，一切有噪音的工作全部停止，家家户户都锁了门，街上一片静悄悄，只有巡哨来回巡逻——所有的人都到公共场所看戏去了。”生在那样的观众时代干戏太幸运了！能活在曾经的京剧观众时代也行啊。小时候我常看京剧，看旦角化妆，看武生背上插的大旗，看热闹的开打，其余都看不懂，就扭头看观众，看人们赞赏唱腔身段的微醉神情。理想的戏剧观众，不是栽在电视前的一棵菜。至少要懂一点点念、唱、作、打，才能体会演员每一招手艺来得多不易。还没说调度、灯光、化装、音响。看戏，是高度灵敏，全方位的积极参与的行为，我胆敢说，做一个理想的普通戏剧观众，比对球迷和歌迷的要求更高！

戏曲死亡着。戏剧也死亡着。叹息天下无处不在。50年来戏剧（在美国包括电影）受到电视的巨大挑战。但是，一切也许并非这么凄惨？如果我们继续把目光放大，把对舞台的定义和想象扩大，就把戏剧扩大到电视表演和写作。为中国专业作家不耻的电视连续剧，实在是古典戏剧方式的，可以看做连台本戏。无论读英国莎士比亚，读法国马里敖，还是读中国关汉卿、李渔、汤显祖，读古典戏剧全台词本时我都会受到这样的鼓舞。演员在电视连续剧中的表演，要比两小时电影表演连续性更长，而中国电视导演尤其不易，得把20集一次拍完，在长度和立体观察上，挑战着导演总体把握驾驭的脑力和体能。当然这是就最好的可能与要求来说的。狗屁“演员”和“导演”多了去了。又不过，中世纪街头闹剧可能也就是那么回事，观众是不较真的。

戏剧失去新生代的替补观众。宠爱《泰坦尼克号》男星莱昂纳多的，可能不知道谁是罗密欧，一位歌星？一种新款汽车？我们这一代又比他们深到哪儿去呢？大量的世界经典戏剧，因为文化距离的缘故，因为生命体验的不同，早已存在着，但是我们无以深入欣赏。戏剧这种人类文化创造形式有着它的区域性。观察纽约、伦敦、巴黎和我居住的地方，观察我一直预订全年戏票的地方剧团，都有相对固定的地方观众群。如果说电影日益在全世界无脚走动着，戏剧的活力和地方化也有关系。戏剧还活着！活在现场反应中！林兆华说，他在外国到处看戏，听不懂语言，看人家的形式也就都那么回事，于是大长信心，于是有了今天。我实在不想跟林导过不去，因为文化之间的误读，是会带来新想象力，但是戏剧语言是如此重要！导演甚至会深藏在没有花招的台词处理里，感动并震动观众。在英语的还是中文的世界里，坐在观众席里，倾听观众对台词的当下反应，听人笑，听人微妙叹息，感觉着人们听台词时候呼吸的韵律，你能够感知并探测到天下人心深处秘密的相似地方！而戏剧观众的反应跟当下情与感，跟历史文化的厚度关系密切，在我多年看戏的亚特兰大当地剧院，从同一个偏后偏侧的座位，我不断地看全场观众，大部分是白发与秃顶的头颅，我要算是年轻人了。

继续追查：戏剧观众被谁培养？被谁毁掉着？

新媒体手段——电视和新生存方式——日益扩大的城市和日益郊区小区化的生活，当然对毁掉戏剧观众是有责任的。如今肯大老远坐公共汽车看戏的观众，跟舞台上的演员一样，可说是“疯狂”。而好不容易奔去看的戏常使最热情的人感觉上当。我是不吃不喝也肯追到任何剧场看任何据说是有意思的戏的观众疯子之一，以我在中国看戏的感受，觉得人艺包括中国戏剧演出甚至在失去着我这样的忠诚观众。看着戏不断想，也许有两个半原因：

第一，专业评论家根本不说真话。有一次，我干脆问一位著名批评家："老师（真是我的老师），您为什么不说真话？"

老师回答挺可爱："以我的身份怎么能说真话？我并不是一点没说啊，我把真话发表在港台报纸上了。"

"稿费您是赚了，但是应该读的观众永远看不到啊。"

老师同意地和气微笑着。

或者说一半真话。如今读戏剧评论要有间谍般的训练，要会解读文字之间隐藏的密码。这是全世界的业内通病，或者说，是一个正常现象。文章既不伤和气，又不跌自己的份。都还得在这个世上继续走动啊。

第二，说真话，但是缺乏一点专业背景。这是报纸文化记者的问题。有激情，正直，想在版面上兴风作浪的记者为数不多了，值得致礼，但是经常说不到点上。这事本来也不那么难，多读点书，读戏剧里外的书，所谓功夫在诗外，或者认真采访行内人。然而这就分外难了，文化记者极忙，要写的范围非常广，能让如今读者眼睛保持兴奋的长度，要比抽羊角疯的时间更短促，记者没功夫钻研任何问题。考虑到非常躁动的社会风气，最有良心的文化记者是最不应该被批评的？因为比根本不想说真话的学者专家和记者好上天了！然而，我们也许有理由（只有理由）谴责这些记者，只因为他们有良心。批评并不只是为了表明自己多透彻，多尖锐，版面多豪迈，报纸卖得好，批评也是慢性的渗透，是跟学者一样的孤独建树：在短促的，表面的消费性文字中，培养观众的文化目光和底韵。

半个问题：还是专业批评家的问题。这些人可能是正直的，是严肃的，是根本不想撒谎的，但是太过严肃。这种专业批评家以学者姿态看待戏剧，一辈子是以书斋方式来看戏的。此种批评家因为学养和年龄让人景仰其权威性，而这样的专家参与教导并长期误导了观众看戏的方式。假如你还是一个在进剧场看戏的观众，请你感觉一下身边的观众，看看周围的人是不是板着脸，端坐在演喜剧演闹剧的剧场？在我不断进中国剧场的感受里，这种可悲的现象，真实到，严重到，倒胃口到，远比听呼机不断，听发出酣睡声更糟！

而让观众让演员都难过的剧场现象，还和导演有关。作为一个介入的观众，我从头到尾用我的看戏体验，这里是两个半例子：

第一个例子，人艺的《等待戈多》，人艺副院长任鸣导演的。任鸣是我师弟，胆敢这么说，因为我不打算像电影学院人说老谋子一样准备跟他套瓷，我是直接进人艺小剧场，没和他打招呼，我看戏的第一感觉是，他把剧本改得挺有些意思，两个男流浪汉改成两位现代女子，扮相有一点色情。不过，接着看下去，他越是玩的抽象，玩的玄，我越是找不到现场兴奋点，我开始感觉到牙疼，而我的牙没任何毛病，因为看着实在难受，我想悄悄溜出去，但是我坐在小剧场长条窄座位中间。当你无法走开的时候，就体会到一句形容："真想找个地缝钻进去。"第二天讨论，人艺也叫我去参加。我去了，看到学院时代戏文系老同学，如今也是戏剧批评家，啊，我想起来了，这是我们人艺的一个传统，剧院通过讨论帮助戏作宣传。我没有谈导演处理，而是直诉感觉："能不能请问，观众为什么要来看戏？这是一个喜剧，为什么观众都不笑？观众究竟是来承受看戏？还是来享受看戏？"

开完会，老同学抓住我，我猜想他要批评我说话的方式，没想到他追着我惊讶地问："你怎么说《等待戈多》是喜剧呢？这是一出哲理剧啊。"

在北京春天大风中我深受古老的感动，老同学很真诚，我也很坦率，大学时候读剧本我一直不明白这戏何以轰动"外国剧场"，演员就两流浪汉，剧本明确提示，除了一棵枯树，没什么布景。难道外国观众都比我们深沉一万倍？都有被虐狂？都乐意来被艰涩的哲学课折磨？我不明白，也没假装打算赞赏。后来，自己到处流浪，觉得明白了。请想象，你就是一个流浪汉，你想拉住行人，想要人兜里的小钱，你必须每一秒钟都让过路人觉得新奇，好玩，不由驻脚看，这当然是喜剧，这必须是喜剧，好看，好玩，是手法，也是本质。要不然我们干嘛来看戏？！

在风中讨论着，老同学和我不是与风车大战的堂吉诃德，不打算让人体会到娱乐性的戏剧，已经现实到太荒谬，太庞大，太有体系了，而准备着好玩一点的我们太渺小了，无法抗争。于是看下面——

第二个例子，20 世纪最后一年全国戏剧汇演。现场看戏的全体是内行。我们几个老同学坐在一起，我们简直无法相信眼前，全国调演的戏糟到，毫不夸张可比“文革”戏剧调演。我们羞愧，替自己，替戏剧羞愧，我们积极替在演出的戏合理着，因为是“自己人”，我们替戏任何一点有彩的地方卖力地笑，我们好想刺激并帮助演员的表演啊。我跟老同学在剧场里相遇，来不及交流私人生活，在叹息和笑声中理解着彼此最热情，最天真的部分。但是，坐在我们前面的人，某地剧团的专业人士，十分严肃地回头看我们，带着充满正义感的愤恨，小声警告：“笑什么笑？要笑出去！”

我们全都感觉到牙疼，我们很想出去，但是除了我这个自由职业者，老同学都是有头有脸的大导演，都不敢随便出去，怕被万一守在门口的这个戏的导演撞上，那就太不恭敬了。于是，大家派我出去侦察，问题是我根本不认识那导演，同学们形容了模样，我出去看了，回来报告说：门口有个人，但肯定不是那导演。于是，不能够自由欢笑的同学们悄悄地退场了。倒是没碰上导演，但比那更糟，门口站的是我不认识他们都认识的，带戏进京来的剧院院长！

半个例子：是导演加学者的。林兆华导演的《浮士德》。林导用机智的狡猾坦率声明，他没看懂剧本，请演员按不懂来演。这戏从德国到中国的功劳当推歌德学院院长、汉学家阿克曼。我也是跟老同学一起去看的，在我们学院的剧场。学者阿克曼先是坐在观众席中间，在我们旁边，然后，他挪到我们很懂的内部位置，挪到侧门休息厅出入口，监看舞台和观众。

而我们感觉牙疼。我们十分理解《浮士德》的难度。这是一个说着好听但是很难啃的戏剧骨头。剧本提供国际游走的漫画，在剧场里要被真实挑战着，相当难解决，这戏在国外上演的时候，剧本后半部必须作大改动，敢于推荐这部戏的国际学者和敢于接戏的导演，内心之英勇，之冒险，不亚于跟随浮士德下地狱。我们惊愕地观看着现场解决的无力性，我们极小声讨论原作存在的问题（谁说伟大的歌德就没有问题？这戏上下两部，他写了六十年，这表明他一直没解决好。），然而我们仍然笑着助兴，我们为导演每一个值得赞美的处理笑，为同班娄乃鸣演的浮士德笑，我们笑她所有的微妙处理，因为太懂老同学了，光这个都值得助兴大笑！坐在中间的阿克曼，高度愤恨地瞪着我，瞪着我们，当他挪到侧面，边看台上，边看台下，继续愤恨地瞪我并示意我们：“不许说笑！”

去你的吧阿克曼！你不会没有历史文化知识，你不会不知道，观众不仅是允许在现场说笑，而且是被鼓励和被制造要求观众说的！你的德国19世纪讽刺喜剧《穿靴子的雄猫》，历史记载的演出现场：

国王（问外国王子）：“请您告诉我，您住得离我们那么遥远，怎么能把我们的语言讲得这么流利？”外国王子：“别说话！”——国王：“怎么啦？”——外国王子：“别说话！叫台下观众听见，会发现这一切太别扭了。”——果然，一位观众插嘴问：“为什么就不能让外国王子说点外国话，再让他的译员给翻成德语呢？你们这戏整个是在瞎胡闹！”

能引动观众说笑的，是天才，是复杂的设计，而大导和大学者连剽窃一丁点历史的雄心都没有。我们不说了，也不笑了，因为没有什么能使我们惊叹的，只觉得心在渐渐干枯萎缩。我看到一部未来的历史著作，一个辉煌的国际性记录，看到新马可·波罗吹牛皮时候资料绝对真实：《浮士德》飞过大海，由伟大人艺最叛逆的导演作过了。然而，没有任何人在阅读未来那个历史事实的时候，能体会到我们经历着的可悲的现场体会：观众感到牙疼，并且不许说笑。

我们为什么要看戏？！

“教育”“净化”“升华”。劳驾，请忘记亚里士多德、狄德罗们说过什么！

戏剧，是用个体生命在一个空间里彼此交流着，燃烧着，同时熄灭着，同时又燃烧着的激情瞬间，是肆意的奇妙，是人们聚拢着，凭借各自想象的无形翅膀互相烘托着，一起飞翔着。也许，我们谁都没有必须承担这么多时代变迁的责任？也许，如果戏剧和剧场的狂热不再了，也是我们这些参与的观众没有能够不断地，足够地，继续地给出心——我们愚蠢而古典的迷爱？

如今，人艺新剧场建立了，外观跟周围的新豪华匹配着，而人艺的新内涵何在？外观华丽的人艺有救吗？曾经的对头戏剧学院有救吗？保利剧场，天桥剧场，国家大剧院……假如，我们无以救回并护养着观众的心，真的，就把“戏剧”放入历史博物馆吧，至少，我们可以不时来参观一下，就比如现在，再比如到一百周年大庆的时候。当然，那时候我们全都不在了，我们无法缅怀这里曾经有过人，有过激情，而那些迟到的人类，隔着玻璃，通过考古剧照想象遗迹现场，也许他们发问：“那是一些什么样的人呢？”

（2002年，庆祝人艺建院五十周年《中国艺术家》杂志特刊）

我译

THE SWERVE

解析《战马》魂

木头、尼龙、铝合金，这些无生命的材料构造了英国剧《战马》的灵魂，这副灵魂在征服英国本土观众、德国观众、荷兰观众、澳大利亚观众之后，将登上中国舞台征服中国观众之心。

我最初是在《纽约时报》艺术版看到一只棕红色马眼，瞳孔投射行进的士兵。马眼占据报纸一整版，我没有留意到马眼下面的飞驰木偶马和骑马男孩。《战马》从英国舞台登上美国舞台是 2011 年，戏囊括美国托尼几大奖。中国国家话剧院推荐英国让我译这部戏，也许更看中我曾是舞台导演并做编剧，我也是童书作家和画家（这部戏和被戏启发的电影来自同名英国儿童小说）。在接剧本之前，读到观众评价说，这戏比斯皮尔伯格做的电影更棒。可能吗？我很怀疑。影片中英军进攻时刻，马匹穿越草原，飘逸的高草，潜行的马群，暗藏的精致战刀，在我看来是有关古典战争能想象出的最美画面了。舞台能干过电影？尤其这是 21 世纪，在电脑帮助下电影无所不能（只有想不出来没有做不出来的）。在这种狐疑下，接翻译活儿之前，我特地到美国影院看卫星转播的英国剧。

一看，深深震撼。

作为编剧和导演，自然地，我想象过这样一部儿童小说如何改编舞台剧。小说是用马的视角叙述故事，舞台观看是全视角，无论怎么做都要改变叙述角度。比如说，从马的角度改到人，让男孩儿当主角。用儿童小说做底，哪怕是表达残酷大战，儿童性可以给出诗意基底。用戏剧术语说，儿童小说能够给舞台“假定性”好多可能性。不过，这么说等于什么都没说。因为“假定性”的各种元素和利用，比如场景自由变换，比如群众即歌队，等等，总之戏剧早就把“假定性”衍射发挥到极致了。而这部戏也都做了。转场、天幕、歌队，包括战场、家乡、歌队三场景一起出现。然而，在这部戏中，所有的假定性发挥，来自“马”。

这出征服世界的戏剧，从小说改编到戏剧的时候对原作有着颠覆性，颠覆在于使用“马偶”。

这是某种起死回生？古老的木偶业在世界各地都处衰落状态，我小时候看的中国布袋木偶剧团都倒闭了，我居住的美国城市有提线木偶团，看卫星转播英国剧的时候剧团的人全来了，都是上年纪的人，提线木偶在本地三十五年，在衰微中，手机电游孩子谁还看木偶？而制作《战马》马偶的“掌上坤”在南非，之前做出关节能动的木偶，做了狗偶，此次制作是大偶，三人操作一匹马，一人牵头，两人当腿。我看戏，关注故事，关注舞台调度，关注演员表演，同时不由地，我高度留心“马”的每一举每一动，喷鼻，嘶鸣，各种反应，全靠三位演员无声合作，脚步的，身段的，气息的，以自身为马合力输送生命。韵律，马和人的，构成舞蹈，是惟妙惟肖的舞，是激烈的舞（马高高扬起！马奔驰！）。饱看舞台的眼睛还是会敏感到这等地步，呼吸持续屏住。“马”渡我回到多年前我的职业，我的生命，我的空间，舞台，只有舞台，只有舞台的“假定性”能给出这样的创作。这是改编一部小说的最好方式，是电影（加电脑）无以比拟的！电影真马也许是骏美的，但是美到真实到我全无记忆，而木偶马太别致了。

一看到这“马”我有相见恨晚之感，又一次恨自己有眼无珠，早干什么来着！中国耍龙，耍狮子，从各国唐人街耍到迪斯尼动画片，多人耍一个巨偶，是“中国元素”一大视觉标志，咱怎么就一直没有耍出“战马”这样的玩法呢？

马偶，南非——伦敦，距离遥远，牵连来自第二导演的妈妈的一句话。他跟妈妈说在读《战马》小说，妈妈便提到看过一出戏里的斑马偶（那是《战马》之前“掌上坤”制作做的最大偶）。就是这样，遥远地，奇异地，简单地，一切就是这么链到一起。我以为，创作最重要的是想象力，而想象力，包括对不相干材料的自由链接能力。我们也看到了，为什么就没有链接起来呢？

一匹“马”决定所有的假定性。小到小鹅偶和乌鸦偶的配套设计。人物表演是实在的，人造小动物帮助舞台“假定性”。一匹“马”奠定舞台的诗意基底，给出“歌谣”的铺陈与发挥。

这部戏用“歌谣”串场。歌谣有十多首。看卫星转播时我感受到，在翻译剧本时我被“歌谣”直接冲击。民俗的，军队的，有一首“奔回家”我在美国民谣听到：流淌牛奶和蜜糖的地方，神之福地。风情不同的歌谣让剧本有着史诗韵味。翻译的时候查戏用到的歌谣，都有不同版本，唱过又唱过。德语版戏剧上演时，德国观众跟着大唱英国歌谣，第一次世界大战的敌对国歌谣啊。我译歌词很投入，其实我并非这戏歌词译者，歌词要跟音乐对上，我不过是先把剧本缝在一起的垫底工匠，但是换了谁都会入心的。单唱，村民合唱，大兵行进曲，都是诗，风味不同的诗，变调构成戏剧时空跳跃，翻译——缝歌的时候，我自己先醉了。

何止醉，我泪奔。马偶在前，歌谣铺底，诗意贯穿全剧，给出舞台设计、灯光设计、音响设计的现代性。戏是一战时代，是古典战争，而设计是冷的，简的，以少为多的，为天幕出现大屏幕展现时续的大炮、铁丝网、血红罂粟花，留足了冲击力。单为设计效果我就泪奔了。而舞台设计的开头一笔是，剧中人少校在速写本上的画出现在天幕，而这是一战战士留下的一幅真画！当时英国战士中不少剧中人少校这样的，绅士出身，身先士卒，牺牲前线——我为人家的舞台使用怀旧材料而泪奔！歌，还是回到歌，戏开头的歌和结尾的歌，是同一首歌，在大战在毁灭的轮回之中，小民我们得到什么？歌词唱，反复唱，“唯有记住……”

每读，每下泪，因为中国我们无以记住？

我一边译一边想：中国观众怎么看《战马》？这是第一次世界大战时候，台词“战壕脚”“防毒面具”（工业化时代战争，第一次使用毒气，战士和平民伤亡三千五百万）；台词提到非洲地名（是英国殖民主义时代的疆土）；跨海峡到法国跟德国人打仗，台词中英国乡下人说法语小词儿，套马的词，耕地的词，都是古典农业社会术语……而中国剧场的观众，我想象，是年轻的，90后，80后带孩子，70后带孩子带老人，一百年前人家的战争和人家的历史，中国观众将如何共鸣呢？我们会跟着唱英国歌谣吗？我想象着中国的舞台与观众。不是完全没有忧虑的。

马，在水泥都市成长的中国孩子，对马，对动物，有多少生动感受呢？对野外、战争、和平，孩子有任何感受吗？我是剧场出身，爱戏剧，深爱剧场效果，当我这样解构“马”的时候，“马”正在北京上海购物中心走动，吸引无数眼球，我在美国乡间看视频，我关心有多少的孩子手摸这“马”，孩子比大人更能跟马对话，孩子更投入“假定性”。把英文变中文，把《战马》一行行转换、分解、合起的时候，我一直在琢磨：“马”最标志动作是，根据伙伴少年的手势，学会扬起一对前蹄。英文词意“溅起”，是制做奶酪的工艺词，一百年前乡下少年说，中国观众纵然天天吃酸奶，人家的土词老而偏了。我注视这个动作，注视人与马，想，何不更直接，少年两手扬起示意并命令：“宙伊，高高的！”马宙伊立刻听从，高高扬起一对前蹄。我进一步想象，如此而来，在我们的超级市场，游乐园，在幼儿园，见面时候，一方扬起双手，另一方说："高高的！"也扬起双手。《战马》在中国舞台奔驰，我们成就一个新见面礼。

马偶，遥远的，直接的，神奇的链接。

（2015年为《战马》中国—亚洲巡回演出而写）

我「译」

我敢跟翻译家及老同学你，说说我对翻译的观察和体会？后来天下流浪，日子更单纯，彻底避开无聊的人与事，无所事事中我羡慕过翻译家你，这么多闲时间，大可从早到晚做翻译。而当“写作者”是不成的。作为原创者，我是从零开始，翻译是在作者从零搭建起来的建筑上再做，比起原创的困苦，我觉得，翻译家更方便，在五线谱（原作）前坐下来，弹奏眼前的曲调，您还能离谱多远呢？

从北到南，从西到东，易卜生的《培尔·金特》，你啊（也是我吧），从原乡逃走，到海外冒险——当年在学院我演这个戏、你研究这个戏的时候，谁会想到我们自己将要经历：财富、海难、疯子、死神、年老孤独回到家乡，乡人再把你当做旧日传奇拍卖。你逛了半个地球，我一直在原地，本要去北欧，却折断了脚，一把椅子里坐了两个月，骨头好了，腰坐坏了，四个月来，我看两条腿来回迈步的同类生物，充满惊讶。眼下我划舢板，健身房的舢板，每天划五千米，原地划着，想象自己在剑桥河中或者是哈佛校队的。

你说，翻译对你来说，好像是《培尔·金特》里培尔那种“绕道而行”的行为，本来已经在索尔维格这里了，但还要到海外去闯荡，才能再回到她身边，找到自己的自我，通过当翻译开始往不同语言去游走的时候，你才对自己的母语有了更清晰的认识，不绕到外文里去转，你可能在中文里找不到自己。你说，我们到了西方之后，能够更理解中文。

我在想，“绕道而行！”好多年我反复地想这个行动命题，演着这个戏我曾想，培尔这无赖无法面对自己的失误，就绕着走了，易卜生可真能给他找辙。而我，是在所谓的创作高潮时候，在电影、电视、戏剧、广播，还有写作都做的时候，知道自己创作完全危机，就出走了。这些年多少绕道而行。继续做广播——国际的，在数码书网，混视频网，还有什么媒体我没有干过？我看到的世界是多维的，自我认识是多维的，我最好不要描绘得太光明，跟唱主旋律似的，绕道而行，可能是自我失落。瞧瞧我吧，读读我的语言破落吧，师兄，够一个女流浪汉的无耻自白吗？

而我，除了翻译英国剧《战马》，在美国法庭给同胞做翻译，我还做过“原创翻译”呢。看到中国移民由于对美国法律的无知，很多不该发生的案子发生，好不容易挣的钱丢了，生意破产了，于是我请斯蒂夫写本书：《中国生意人在美国》，专为在美国的中国人写。作为律师，斯蒂夫接触跨国买卖，国际追债，跟顾客打交道的时候，对文化之间的误会深有观察。斯蒂夫用英文写，我译成中文。老实说，我请他为中国人写法律书，也因为我想学法律，林肯总统时代人可以不进大学自学法律，通过法律考试成为律师（现在不成了）；而我，除了想近水楼台学美国法律，用中国文化细节当小桥，帮着中文读者理解美国法律，还有个私心眼儿，我想用一点双语感的俗词，修车铺巨无霸老板娘，光脚丫长发基督范儿的年轻律师，想用中文描述《孙子兵法》的美式矛与盾如何互相攻击。后来有读者网上找到斯蒂夫买书，由不懂中文的美国佬给斯蒂夫写英文信，替中文读者说，太太（或先生）口口声声说想读这本书，在哪里看到书，写出了两种文化的碰撞。作者斯蒂夫一头雾水，因为是我翻译时塞进去的，英文原文没有。这本英文写中文出版的书，我是一边译一边加。

如果说，我不够忠实斯蒂夫的原著，我对翻译还有一个更混账的看法：人说可译不可译，我请翻译随便地译我。我这个看法来自咱们念的戏剧学院，来自我的导演系，导演系传统来自苏俄，我们管导演一出戏叫做“二度创作”（一度创作是剧本），我们认为，导演是在忠实剧本的基础上进行再次创作。但是，苏俄的梅耶荷德不这么看，也不这么干，他可能改剧本结构，改变风格，改变主题，我的毕业论文《导演是一度创作》，就用他当例子，说我们导演可以走很远。你知道，梅耶荷德 1940 年被斯大林枪毙了。1984 年我的毕业论文得了 A，但那时候我属于“精神污染”要犯，没有剧院要我，那时还是“分配”制，于是我江湖游走，听口述实录，写了《北京人》，我对口述的喜爱跟我学戏剧有关。当然，今天这都不是新鲜玩意儿了，经典戏怎么导演都不为过了，不过我的旧日看法贯穿到我对待翻译家和我的作品。我有七八本书被译过，多达十多种语言，翻译家有问题我回答，同时我告诉人家，随您的便。我是悲观主义者，对不懂的语言和翻译，我没有任何控制力。往好处说，我看翻译很有一点像导演，导什么戏，怎么导，要看他（她）的观众，他（她）的舞台——不是所有剧本都能上演的，这种认识我是好多年在咱们戏剧学院图书馆里得到的，看那些扒了原封皮的剧本，统一的牛皮封面，被谁读到呢？我把翻译——把换个地方再现的可能性，看成他人的“一度创作”。

你说，你读我的《我》吃惊地发现我保持着语言的活力，你判断，因为我不像你，不在大学教中文。哦，我在大学教过中文的。在美国康奈尔大学，我和博士学生做中文对话，当然那教学不能算数，我的学生去过中国，说流利中文，中文阅读力很强。在美国南方佐治亚大学比较文学系的时候，我跟本科生一对一教学，就两个学生，其中一位的家长还是中国人，是来混学分的。使用七十年代教材，幼儿园水平的，教了两次课，我罢教了，我害怕这种幼稚的但是不具备儿语鲜活的玩意儿毁了我的语感。我是有榜样的。在康奈尔待过的纳博科夫就拒绝给学生上课，写了讲稿，派太太去课堂上念。他叹息道，满嘴婴儿水平英语，为生存不得不用二流英语写作，哦，我那优美的俄罗斯语言啊！

我不能说，躲开“熊孩子”洋学生，我就保持了我的“中国贵族”语感。我经历着文化的生活的震荡，医疗保险（包括雇员和他们孩子的）、房屋汽车贷款（每月——总算付清了）、办公室租金（合同多少年最合算），跟会计师做纳税表雇员工资与成本之前，要把每一张收据分门别类弄好，免得国税局什么时候找你算旧账。在临时生存里，我磨损，我失落，我得不断地警惕我遭遇的新雾霾。

不知你在多种语言里如何自处？我在双语（英文与中文）的歧义和多义里“绕道而行”。本来我出走就为一个心：不甘心。不甘心当井底之蛙，不甘心等待被喂养的咨询，不甘心传说“魔幻现实主义”，新小说，新新闻体，口述实录，迟迟飘到——被介绍到眼中，何等误读！现在，我读着天下变幻，我都在判断，这是他世界观点。而什么是我的呢？我不黑白二元对立，我甚至没有“立场”。不说立场，只看语言，在多义中享受复调，但是用一种语言表述的时候，一个状态的指向，在那一个瞬间，究竟是什么呢？这也是我答应翻译《战马》的原因：寻找另一种指称，哪怕是暂时的，以锻炼我的精神分裂的辨析力。我听看英文时都会分裂地想：中文什么字？反过来，读中文时想英文可能用什么？读外国文学包括英文译中文的，我猜原文用什么字，这也是我读英文的中文译本的一个原因，读你的各种翻译的原因，我看你试验你涉及的词汇的范围，这是我读你的秘密原因。

你说中文出了问题，中文编辑也跟我说到的，我在想，如今中文书写缺乏张力、缺乏意义的背后，一定有着思维力的问题。思维不能活跃，日益被弱智，于是，语言无法透彻，不清晰，水了吧唧，缺鲜活度，同质化，少人气——据说这叫“炫技”，别扯淡了，承认少灵魂得了。中国当代文学有这些问题。当然我读的不多，读几行，读几页，不敢读了，怕害眼，损害心与情。

语言的质地，语言的基底，我以为表达着观察和体验的个性深度。有时候，不在用很多词，甚至很少词，词之间形成歧义切面。比如特朗斯特罗姆的诗。比如奈保尔的旅行。那么，因此写短？也不一定。我读奥威尔，读他写的书评和回忆，都巨长，边读边试图想象我是编辑，给他句子删点？发现删不下来。他的句子非常结实，背后是他的思维密度和张力。当然了，读者也要有这等思维密度和张力——比如我了（呵呵）。

你说，通过翻译可以看出，中文语言有时多么空洞，言之无物。你说，一位我们都认识的中文作家，研究了不同中文作家翻译成英文后读者的接受为什么不同的问题，他认为有些作家的中文是没法翻译的，主要是因为空（当然还有的就是地方话语言进入不了国际化语境）。他分析咱们认识的一位“名作家”的语言就是风格夸张的，形容词太多而不达意，所以难以翻译成好的英语。你说，英文是讲实在，不堆砌形容词，而中文作家，确实很会浪费形容词，堆砌得很，因此难以准确或精确。

我在想，说到“形容词”。很多年前去葛浩文那儿给他学生讲中国电影，你还别说，他跟我说到这词儿。当时他在翻译莫言的一本新书，我还是从葛浩文那儿知道写了这本书，葛浩文关心我们怎么写（也是回头要是翻译怎么着吧），我记得很清楚，他看看桌面那本工作用到卷角的书说，“少用形容词，写明白了就成。”

这话让我琢磨了一阵。难道英语写作就不用形容词铺张吗？根本不是吧。他们一个句子后面跟一长串呢：（他是）孤独的，古怪的，夸张的，但是这份夸张这份古怪，是这么的孤独，就是说，无人注意。（彻底无语，呵呵，我模仿制造的。）我以为，小形容词堆起来，可以切出更多棱角，给出状态的不确定性。前些年，读过厄普代克（愿他老人家在天堂写作如在世时候一样一帆风顺仍不被网络世纪打搅）在《纽约客》上评一位中国当红作家的新书，说读不下去，因为文字“味同嚼蜡”（原文用的是“吃竹子”）。他因此说到，从译成英文的写作看中文写作，如此缺乏语感，缺乏张力，无出击力，于是描了半天，词不达意。

我敢说吗，英文大字认识不够多的我很有同感。中文是什么时候出问题的？从前什么时候写好了？相比说来，我读到的英文，的确更清晰，更有逻辑，英文在不断进步，增加词汇量，中文也增加的啊，但是，旧八股之后，新八股泛滥，“文革”话语再现并“众声喧哗”——你必须更大喊大叫，好像在外国旅游狂购的我们？中文常用字量好像大于英文报纸阅读用词，但是，书写中文的我们，在表达并扩张自我方面，拢着这么多字，究竟在如何珍惜？

文字空洞化和灵魂路窄有关，也真的和环境污染有关吧。久在压抑的雾霾下，换了我，早就疯了也说不定，于是只能提前出走。你也是吧。出走者需要相当长时间才能镇定下来（相对地），于是，在我看来，行走海外那位中文作家的文辞夸张，可能跟不断经历重大灾难也有关，惊讶地回不过神，感叹号就多。我们的朋友批评的那位作家，最近我偶然听到，他开七个小时长途去看另一个写作者，那位在大学教中文，办公室里学生和杂事纷纷，他就等在一边，讨论了文字，再开七个小时回家去。不知他们讨论的合不合你我的心意，但是我受到无名感动，也许因为我没有讨论者，也许我不需要这样讨论，我和你一样，到处寻找，到处倾听，到处拿来，回到镜像不断自我观察（画家是这样做的，而我也画画）。我不断经历文化震荡，一直有回不过神的感觉，有颠沛的惶恐。看自己从前写下的句子，叹号好多，心镇静一些，修成句号了，现在，我的问号多了，对吧？我有些羡慕特朗斯特罗姆（们）生之优雅的距离，有时候，我闪过羡慕那些选择被供养的养尊处优呢——可以从容于文字修炼，那未尝不是一种机智的选择？或者叫机灵的生存？我无以那样选择。句号。

流浪中，在任何的临时角落，你在给学生上课去学校的火车上给我打字；天冷了，我把电脑从地下室搬到长餐桌，继续给你打字，一次次自我练习，敢说在寻找“语言特质”——特别的气质？在语词的迷雾中，不断抵达自我清晰？各种各样的词，是“不可译”的创作可能，词替换词，删掉又删掉，做着自我的“翻译”。而我们在读的翻译文本，我以为更是翻译的原创，是翻译的词汇，翻译的思维，翻译的语序。

我知道，很多作家，比如在话语霸权中心单一语境下的写作者，不问翻译只有“我”。二十多年前我在巴黎见到一位旧友，一位新小说腕儿，眼看着他把翻译训得孙子似的，而翻译乖乖儿的！后来，作家回家了——回“中心”了——在“中心”更得关注，得待见，得到翻译。自我中心的作家想，译我，出版我，我在中文再版前言提到这书外国了，至于怎么译，那些文字什么道理，什么讲究，什么节奏，跟我无关。毫无贬义地说，无知，未尝不是创作自信的来源呢。

当你强调特朗斯特罗姆的音乐感受和他诗歌创作的直接关系，我在想，我们，弹琴，看电影，读书，翻译——是的——翻译，包括读听一种文字的时候找另一种语言的对位，在做什么呢？我以为，都在扩展在锤炼自己的音调。

你提醒我，别忘记《培尔·金特》最后那个铸纽扣的人，别绕了一大圈，又被重铸成一个纽扣。多妙的意象！我演过的戏又生动起来了，可别在流浪路上又成一个纽扣才好。哦，纯洁的索尔维格，请原谅我的混账，这是被各种复杂音调“托”起来的，她难以独立地完美存在。你知道吗，当年我们在学院排这戏的时候，咱们院长徐晓钟（也是此戏导演）排到最后这里真就没有招儿了，因为这里没有戏剧最重要的“动作”，他让同学（我们都算是副导演）想招儿。我说，让舞台转动起来吧，让索尔维格在转台上逆行，索尔维格也在寻找。我们就是这样演的——你一定记得吧。《培尔·金特》这戏，震动我的，让我铭记的，不是“索尔维格之歌”。从来不是。是年老天涯流浪汉培尔·金特回归家乡，在无人之处剥一个洋葱那段戏，剥到最后，面对一个空心。过去读剧本，我一眼看到长途跋涉的徒劳，而现在这时，我在意经历语言的惊涛，我在意过程，一步步接近，也许，永远没有达到。So what?——又怎样？

（2015年）

我 的 骇 客 帝 国

不仅我有一个梦

5G？不错，移动通信4G还在全球发展之中，你也许用智能手机靠4G技术掌中读我。而5G，第五代无线传输技术，更大数据更快速传输，五秒钟能下一部高清电影的传输技术？你手机换了三部了，5G还在向你手掌走来的地平线上。下面，你将读我在1999年的时候，如何DIY数码朗诵，请想到，那时1G勉强，电脑连网小蓝条速度慢得像是乌龟爬，传送一句（！）声音文件，犹如蜀道登天。

这是夏天时候，我在博库中文书网开专栏小半年了。博库在硅谷起家，被谷歌做数码书籍图书馆的宏大构想引动，想要做中文数码书馆。起家三位都是中国70后，一个是业余画家的职业销售员；一个在念书；一个麻省理工学院毕业但辞去大公司高薪职位，三位之外的博库人，是他们的太太和女友，打IT工，都不拿工资，许以股票期权。他们找到我，要我的书，要我的文章，给我写了专栏程序，于是我就以一天一篇的速度写专栏。照读者的说法：我是中文网专栏的大姐大，是头一个写中文专栏的。博库干将都在硅谷，在西海岸，只有我一个人住在美国南部，每天在我的东海岸时间把文字送过去，博库副总裁帮我贴，那时贴专栏还属于IT技术活儿，我连怎么对付电脑都还发蒙呢。他们给我做了读者栏，读者栏发表各种意见，读者多数是美国的，辩论的，骂人的，骂我的，于是有当侠客的，当战场教师爷的，有批评我居然读科幻小说，经常看电影，失去旧日的先锋性，纷纷对我进行最后挽救。网上读者像是闻到血腥味儿的鲨鱼，从文学城、新语丝的网海扑来，用词越来越激烈，越来越下流（不乏文采）。我不是没有见过阵势的，一些年前因为写小说，被各大报连续批判，文化部等部门都约见我谈话，我一个人对一个处的人，从处长到中文系大学毕业分配生，大伙团团围我坐着，对我进行挽救。挽救我的包括我念的艺术学院，我们校园极小，一共没几个学生，每周六下午，各系主任加党秘书跟我一个人开会。总之，说我见足了批评阵势是一点不过分的。何况我专业是导演，我本能地知道，网的舞台广阔，手段无穷。但是在之前，我没有见识过网上纷争，各种无脸人跟一个有名有姓的我这么个斗法，而再半年之前，我根本不知道社交网络是怎么回事呢！匿名读者太汹涌了，每天早上开着电脑，我都提心吊胆地想，今天会遭遇什么？

我想撤退，想关闭评论，不想写专栏了。不打不成交，我和几位网友成了朋友了。混战硝烟散开的时候，我跟几个对手说，“别就走啊，我有个梦想，能帮着实现一下？”

“高粱”回答，说他上网也因有梦，于是，我告诉“他”（我猜想是男的），我想做语音。

“高粱”招呼“黄豆”（又一个粮食网名，小时候“三年困难时期”都挨过饿？），黄豆就招呼“大头”：大小姐想出声这事儿，诸位看怎么干？”（“大小姐”是他们给我的网名。）

黄豆发来信：“你浏览过 BBC 吗？如果没有，请试试这个，www.bbc.uk/mandarin/。点击带喇叭符号的，就可听到几十分钟的‘广播’。我想你要搞的就是这个。”（黄豆在评论栏挑刺我挺刻薄的，但是从提示我按“带喇叭键的”这个细节，猜他是很细腻的，他能感觉到我对网很不熟悉，对 IT 一窍不通，他可能在 IT 干活。）

这个链接是英国 BBC 中文网站。我听到普通话报国际新闻：谁挨炸，谁跟谁谈判什么的。高粱来信：“这个更精彩！你一定要听听这个 www.bbc.co.uk/mandarin/china20。听听别人的，就知道技术可能性和可行性在哪里了，怎么做到是第二步。”

这个也是 BBC 链接，用声音做的《20 世纪的中国》，还加音乐音响，很多真人回忆的声音。想起来了，BBC 这个节目我知道，记者飞到美国来采访过我。我听的节目做到 20 世纪八十年代之前，在据说有我的部分，声音停住了。网站报告说，还没有完成。

大头写道："我翻译了马丁·路德·金《我有一个梦想》中文，诸位觉得有用吗？"

"咱们就做《我有一个梦想》的朗诵吧！"高粱立刻回应："先用金博士声音铺底，然后张辛欣开念，最后有黑人教堂灵歌，天啊，出声的建议一来，我怎么就打不住地直往下想？"高粱的口气兴高采烈，和在我专栏打架时候一样，文字热血沸腾，然而，我的直觉是，在真实世界里他是一位温情而悲哀的白日梦幻者，无休止地在网上飘荡。真正悬疑是：也许这人是女的。

"用什么做呢？"我问，"MP3？"我操心歌手在数码时代的生存，于是知道 MP3 压缩知识——我也就知道这么点吧。

黄豆写来："据我所知，MP3 是专门下载音乐的，网上有些声音，就比如你听到的 BBC 的一篇中文，是一个声音文件，用现在电脑里一般都有的软件叫 RealPlayer 来 run 这个文件。如此而已，我认为不是太难的。大头，你说呢？"

"RealPlayer，真玩主，大头你怎么翻译？"我问。

我以为不难猜大头这个人，因为网上跟他逗过翻译的贫嘴，他报称自己有一对小儿女，在中国科技大时候学高能物理，在美国继续学，找不到对口活儿，蹲家做翻译，翻译范围从天体到地理到政治。当然，一个貌似守家男人的形象，网上说的详实，不敢全信的。不过，大头玩电脑的水平显然比黄豆、高粱这类粮食作物高一筹，因为大头继续分析：

"做法是用 RealAudio，不过文件量会很大，下载时间会很长，所以要等一会儿才能听到。《我有一个梦想》中文稿是 2800 字，要念半个小时？”

高粱问：“下载听传输会不会打‘咯愣’？”

黄豆立刻报告：“我听了半小时 BBC，一点不打‘咯愣’”。

我觉得黄豆也是一个女的，感情失落在渺茫地方，当然，你必须同时往反面预见，真人可能是红脸关公像。

关于电发声，八十年代我票过专业广播，在中央台主持《北京人口述实录》短剧，和相声演员姜昆、录音演员李杨一起坐采播间；在 20 世纪末这一年，我在给国际广播 VOA 打工。和编辑工作的时候我在书桌上完成录音，对电话说，乡下家中电话和在华盛顿 VOA 机房的录音带接在一起。面对电脑，我想，换一种思路，麦克直接电脑录成“文件”？我写给诸位，大头立刻回：

“我试了。录一个质量尚可的 Wav 文件，每秒约 100K，以 2800 字说 30 分钟计算，要 180M，压缩成 MP3 后每秒只需约 4K，等于原来的 1/25。附上一个 MP3 文件，请诸位听听看。”大头好像会计，计算的一板一眼。

听到了。我们都听到了。我确信大头是男的。他念了一句《我有一个梦想》的翻译，口音很标准，带一点懒洋洋的少爷味儿，我判断他是京城人。大头说是的。

接着，高粱也传给大家一个声音文件，我下载，没有听见声音，我询问，挨个询问，黄豆和大头都说听到了，可我就是听不到！不仅如此，连我听到的大头的声音也没有了。SOS！我给大公司电脑维护的一个行家写信：“我的电脑听不到声音！我的 RealPlayer 也没有了。”

对方写回："你是不是没开喇叭？"

？！我的电脑屏幕是一片宇宙，太空人斜飘，带超现实音响，让我感觉太虚幻，于是把声音钮旋到底了。看着旋钮回报：真是啊！你怎么知道？

"我们公司设计师刚在加拿大那边说，他有大麻烦了，说印不出来图像了，叫我马上飞过去援救。我问他：你是不是没开打印机？"他报告："Woops！辛欣，这种事常发生。"

我旋转按钮音量，等着下载高粱的声音，心情有一点异样。声音出现，是一段音乐，音乐剧《毛发》，接着是人声，一个男人的声音，很温和，很松弛，稍带吴语腔。他是用麦克风直接把话录到电脑里，铺了《毛发》当背景音乐。

于是几人电子信件总结：做成 RealAudio，方法：先制作一个 wav 格式的声音文件，然后用 Real Producer G2 压缩，成为 RealAudio 文件，而且体积大大缩小。这种文件格式现在是网上做 Sound Stream（即一边下载一边放声音）的最常用格式。

现在，我很有学问地给博库网技术总监写了一份报告："计算了一下，《我有一个梦想》原文加音乐大约 17 分钟，以每秒传输 100K 算，用 MP3 压缩 1/25 后还有 5000K，做成文件送哪个电子地址？个人信箱容量有限，这么大文件会不会被踢回来？"

总工程师 Alex 谦卑地回答："我对声音文件格式不熟悉，马上做些研究。一个方法是，你这样做：念一句，做成一个文件，再念一句，再做成一个文件，用许多小文件送过来，我来对付它们，实现你要把声音放在网上的梦。"

“不成。”我写，“我不是做电子数据，是朗诵，一句句做，最后接起来，听着会不知所云。你也接不起来的。”

Alex 乖乖地。一开始他说服我开专栏，专为我开发专栏格式的时候就说，IT 只是手段，你有任何想法请告诉我，我帮你实现。这会 Alex 说，我走在他的前面了。据说 Alex 是天才少年，在中国念了一年大学，跑到麻省理工学院来了，在大公司干着，在家中车库做博库，然后辞职了，丢掉高薪干自己的，硅谷的生存哲学是：早上玩命为上市，干到半夜只为激情。

而我们眼下的干法，比硅谷车库更超现实。至少人家还有个车库，一开头都是一起坐在草地，握着啤酒瓶，对天空侃想象的模式，我们这是不照面，凭网联络，交流技术问题，包括对马丁·路德·金演讲稿《我有一个梦想》的推测，这是一篇事先完全写好照念的讲演？临场加了什么吗？身为神父的马丁·路德·金讲演中有黑人教堂布道风格，听众人应和与响应的不断高潮重叠给他任何现场发挥吗？

黄豆问：“哪里有金博士的原声带？免费的？要是录一开头一结尾，辛欣朗诵的整体效果又会好很多？我外行瞎说啊。”

“可以开说了吗？”我着急，我不知道，他们都在担心文件太大了，我念下来估计要 180M 等于 100 个普通 3.5 寸盘！他们在为我朗诵的结果操心，因为还没有找好编辑软件，没有找好混录软件，是一次性合成吗？这样长的文章你一气能念下来吗？中间出错，停顿，你怎么办？大家都问我了。

我保证尽量一气呵成。我说。我可以感觉，在各自电脑后面，大家都不太信我。

我不全知你们，你们不很知我。你们不知道，导演专业意味着职业朗诵训练。你们不知道，我对天下好文章一直有着不仅自己阅读，并且愿意与人分享的热情，愿意念念，我能把法国新小说派萨洛塔的论文给一起喝面汤的朋友念得大浪滔滔！虽然，这时候，我连一个真实呼吸的分享者一个中文观众都没有，但这不妨碍我真实想象他（她）的存在。天天网上亲密接触，谈网，谈心，也许比跟自己丈夫或者老婆的话都多？

大家决定，最现实的办法是，先从话筒录到带子，从带子转盘，转电脑，大头用家庭卡拉OK这样录成一句声音，转电脑，送Alex。Alex一并我们听到了：文件质量很好，我能在这边玩，你们制作这个rm文件的时候请一定弄准用的是28.8k的Modern option。

不懂。我回。大头说，OK。我们决定到大头家录——到这个时候我发现大头和我住一个地区，要不他是马丁·路德·金的钦定翻译呢，他的翻译挂在马丁·路德·金博物馆了，他把翻译版权送我们了。

我到一家收集偏冷录像带的店，借了一盘金博士生平的黑白纪录片，看他在华盛顿讲演实况。我还用CD听教堂灵歌。高粱翻出买电脑时候免费送的《大百科》，里面有一句马丁·路德·金的声音：“我有一个梦，我的四个孩子……”他不必抄句子，我们都能背下长篇讲演了。

我们比硅谷车库干法更抠门儿，一个RealAudio网上价格 150 块，博库可以掏的，但大头突然统一回复：“噢！ Real Producer G2 是免费的！我们能不花钱制作 RealAudio 音响的！恕我不一一回几位信，有空时候写几句，要干养家糊口的活儿。”

我们还要等上几天。因为大头在糊口之余，自费去外地讨论翻译问题。电脑后面的大头人很清晰，认真练活并真实待人。他的机票又出了一点毛病，等到星期六半夜时候我们发现他回家了，因为他统一回复一个“嘿”。后来我们知道，“嘿”之后，他趴在电脑上继续修改译作，一直干到早上 4 点，又统一回复大家最后译稿。

这是星期天早上，大头让老婆带孩子到中文学校，这是星期天早上，西海岸的 Alex 还在梦中，黄豆说他也在大头家！我到了大头家，看到大头（头真的很大），还看到高粱！果然温和哀伤的男的，黄豆呢？大头腼腆地笑了，我就是黄豆。高粱也笑了。他早知道！大头调整卡拉 OK 话筒，我就朗诵起来，朗诵了一半，停下来，问两位怎么样？高粱问，节奏稍微快一点？网上听者耐心短。大头说，我有耐心的。

我重新开始，一次全部说下来，我们听了一遍，有些地方“喷”话筒，有些地方情绪不够。当然，两人都说，这样很可以了！我又来了一遍。然后，有一阵安静。

过了一会，黄豆喃喃说，原来，朗诵是这样的。

我们一起又听，一个段落有一秒半的停顿是不应该的，以我们车库笨办法，要不，我全部重来，要不，试图剪接。

我们抠门到家了，用的软件是 30 天试用 Wave Flow，把三个声音文件，金博士声音、我朗诵、结尾灵歌合在一起。大头立刻下载，立刻剪接，专心对付声音振幅，他听他剪，我在他背后看，感觉很难判定大头究竟是干什么的，科学出身，翻译养家，但节奏感这么好。全部加在一起不到14分钟，压缩下来一共1.8M，比计算和想象的小100倍！大头传Alex，Alex在博库办公室一直等着，他在西海岸，我们在东海岸，天，都在傍晚，在暗下来了，车灯照亮路，我们分手各自上路。

尾声有一点小惊险。我们各自回到家，来听Alex放在网上的声音，但是我们都没听到任何声音！我立刻给他写信，比电子信更快，我打电话了，是第一次和Alex说话，吓他一跳，我听出他是东北人，Alex觉得非常奇怪，因为他自己上网听了，声音是放出来了啊，在电话背景里，我听到自己的声音，但是我这里没有声音，这次我检查了，我开了喇叭的！大头和高粱都说没听到！过了一会儿，突然地，有声音了，原来Alex发现他连接的网络是他本地区的，所以我们都听不到。

接下来的余音是，因为网络拥挤，专栏读者听到几十秒声音，中国那边很多听众不知RealPlayer如何免费下载。后来，我一度做了博库艺术总监，博库从硅谷车库搬到北京，租下写字楼一层，我招了一些传统媒体朋友进博库，我教媒体记者（挨个地教！）怎么写网、写数码出版，我还写了一本书《独步东西》，写我从零投入网，和博库一起干活儿。文字多，节奏快，怎么做书才好呢，技术总监Alex出了一个主意，何不A面B面，从一边翻开，是你的专栏文章和读者反应，从另一面翻开，是你如何从零入网，你对硅谷对美国 IT 发展的观察。这让我对 IT Alex 由衷佩服！

那是 2000 年，博库收购了很多中文书版权，用来做版权证据的实体书堆满一大间，来不及整理，各种人来博库，包括王朔网的花瓶女孩，在北京博库干了一个月我辞职了，不到一年博库投资烧完，办公层空了，那段声音消失了。不过，有些时候，比如每年六月时候，总有人把《我有一个梦想》的我的中文朗诵放到网上，听众说，听众又说，听了哭了，哭着听着。

现在，它在喜马拉雅网上，你听听？

女书秘籍

你是我的读者？你也是写作者？你遭遇出版危机？你和我同感？你和我不同！

我的出版遭遇更痛楚，更精彩。不，我独一无二。你说，好狂好自恋，谁还记得你！

有人记得我。甚至当我不记得我。

从茫茫新浪微博冒出个 @ 挖海龟，说一直存着我的《这次你演哪一半？》，那是上个世纪 1988 年我发在《收获》的中篇。故事讲作家“我”（就是我）给女友带孩子，给孩子当爸爸，同时还是绝望的恋人。挖海龟刚到豆瓣网做数码编辑，在实体出版社时一直想出这书，进了网终于能实现了，说要把《收获》杂志自己打字供网上出版使用。

“千万别打！”我对 @ 挖海龟说，我 4G（移动电信）+4D（四维空间）地在美国地下室作坊对北京海龟说：“你手中的杂志文本落后了！”

小说在杂志发表不久，我就流浪了，趴在谁家桌边我修改整部小说的结构，出了繁体版，然后法文版是根据繁体版译的。二十五年过去了，小书埋在我的阴森地下室库房，从旮旯里找出来，抹去灰尘，翻开来，看着书装订缝隙的糨糊旧痕。居然没把这本小书扔掉，也是扔不动了。扔掉了忘记了太多的自己了。看看自己写什么来着吗？我还在意出版！管它是实体版还是数码版。

我正在所有出版方式的深度沮丧之中。我都做了：实体的，数码的，数码画 + 声音的，DIY——我自己动手做。我的实体书卖得不好，很不好，比如你知道的《我》，烂在库房。我做的中文多媒体数码版被苹果折磨，八个月做了一版又一版还不能上架，我就差凡高最后一手没有做：对着自己开一枪。

但是，谁能不被一个突然从虚无里冒出来的 @ 挖海龟携带着一本旧杂志旧文字感动呢？你能吗？于是我赶紧 4G/4D 回答：“我复印我手中的修定版我航空邮递你，繁体字是一百八十页，你不要自己打，到街边请个打字工打，我支付。哦，美国和中国之间邮件非常慢，航空会慢出地球到月球飞行时间，一点不夸张。请慢慢等。”（谁的遗嘱写得这么啰嗦？）

我的回答被 @ 甘云 119 看到。她是位在成都的 IT 女侠。当我自出版 iPad 绘本英文版之后，我遭遇在中国看不到欧美都能够看到书的奇怪问题。她从网上下载资料研读，她分析是因为中国没有进入美国信用卡支付系统，中国和欧美 iBook 市场是分割的，于是中国买不成看不到。遥远川中女诸葛分析得头头是道，我俩便成了网上至交。她帮着我管理并发送中国数码公司给我做的书的免费兑换数码条给新浪好友，并且教得到数码书的人如何兑换，如何下载。

“你丈夫律师斯蒂夫的办公室一定能够扫成 PDF 文件吧？”川中甘云遥问美国我。

“？”

“做成 PDF，从信箱点过来，无须航空邮递。不过街上孩子如今谁认识繁体？我帮你打吧，就是慢点哈。”（我发现川中甘云爱用“哈”语气助词。）

斯蒂夫把书带到办公室，请助手扫成 PDF。文件太大，分四次扫，工头斯蒂夫自己一次一次传我的信箱。接下来我又请办公室那边扫“自序”。因为书前自序表达出我为什么要修改结构和我个人的情感转折，我的写作流浪是明知自己要脱离中国光环背景的。对于中文盲斯蒂夫和助手，那只是三页他们无以辨认的象形文字，而他们手中的繁体书的页码是独立内容，各自从 1 算起，我又用 iPad 拍张“自序”画面，遥送十英里外的办公室，请洋鬼子们看图不识字地扫 PDF，然后我分次传给川中甘云。

好友纷纷现身：“我认识繁体！”“我打一部分！”“我也打，因为想看你的书。”

@童年沙龙写来：“先让我用软件试验繁体转中文。请等着我。”她是在上班路上看手机。

半小时后，童年沙龙把转好的一页送过来并分析：“转一页只需十秒钟，但是百分之二十五的错字，要对照 PDF 原件修。看来做法律文件 PDF 清晰度不够，建议找台湾出版人要出版用的 PDF。”

出版社早就没影了。这繁体本是孤本呢。

新浪好友立刻分头抄——分头打。你打我打重复了，立刻再分工，各自多少页到多少页。

这些好友的新浪雅号有点怪头怪脑？@一桶迷糊，看上传的照片，身段妖邈，衣裙超酷；@信阳湘妹，人在信阳，如何湘江，携带身世？@甘云 119 后缀 119 就是代码吧，她是 IT 人。我的新浪粉丝——好友不很多，八万多点，比上亿大腕明星，我们是沧海一粟。

也许你不上新浪？也许你根本不用微博？你要是在中国出版界我哀怨你！你要是美国作家，如今出版人——代理人根本不搭理你！

如今美国出书，特别是新作者，代理人、出版社不是看书稿而是先看您 Facebook 多少好友，Twitter 多少随从，你和各种网的关系如何，你会不会利用网络。换句话说，您要是不会在网的各种社交媒体做自我推销，您就把写作当作自虐自恋自逍遥全自宅好了。过去作家要是嘴皮子特好特人缘或者特别牛，就得推销员似的跟着代理人到各地旅行累死卖书，但是，美国旅行签字不灵光了，因为作家签名的地方实体书店在关门之中。

美国两家最大连锁店，Borders，Barnes & Noble，前一个有家分店离我住的地方开车二十五分钟，我爱到那里看摄影集、画册，特别是绘本书，喝咖啡吃三明治，在飘渺音乐声里混上大半天。三年前这家分店倒闭了。晚上开车路过，夜色中那一处黑洞洞的两层楼散发出莫大的凄凉。而它周围的药店和衣服店快餐店依然长春。后一家大店 Barnes & Noble 追赶潮流，自开发数码阅读器 Nook，战略设想是有着大小出版社供货，可以和亚马逊网的 Kindle 拼搏。Nook 基本完蛋了。一年半前 Barnes & Noble 宣布减缩全美分店，我附近一家分店书，书减价百分之八十招贴糊满了大玻璃窗，并且呼喊卖掉所有的书架！这家书店的隔壁是一家有机食品连锁大店，雅痞白领熙熙攘攘，推着吃食进进出出，没有几人来抢几乎是白得的书！我也不进去。我已经好久不进书店不添新书架了。

有好几年了，我读周末版《纽约时报》书评有趣的书，立刻上亚马逊网，买精装本是运输免费，两天运到，比跑书店更方便更快还便宜。好多书我从 Kindle 购买，立刻下载。亚马逊还有自出版业务，不审内容，交稿，缴费，帮你设计封面；还可以做按需求出版，就是说，读者买一本印一本。我这样买了几本书呢。有的作家玩自出版，火出半边天的比如 *Dance With Dragon*，直接电子书，卖出几百万册，铲除中间环节——代理人、出版社和实体书店，作者版税高达百分之七十。

《纽约时报》商业版去年的时候总结说：美国的代理人—出版社—实体书店的一条龙（恐龙吧？）出版制在历史灭亡中。

虽然，做出这个总结的美国报业自己也在飞快灭绝之中。牛气报纸比如这份一天一出版的《纽约时报》说法跟不上世俗一时速一网速的出版变化。而亚马逊的数码书销量在最近几年连续翻倍增长之后，目前（当你读到我这时）速度放慢了，不增长了，因为读电子书的读者饱和了。做电子出版物的大户比如 iPad 也如此，Nook 能不完蛋吗？读者市场的需求量决定命运。

在游戏、电视、网络阅读短文和短信碎片瞬间（“时代”“世纪”这类词太飘渺不够靠谱），“读书人”究竟还有多少？握纸媒读者是一种最后的贵族姿势吗？举着 Kindle 和大鞋底（三星大屏手机）读书的，比如您，是不是时装的遗老遗少？

又不过，美国的独立实体小书店和二手实体书店眼下有一点喘息机会。因为总有小众市场的需求。就比如我（跟你比我简直不能算读书的人）。我在网上找到一本中世纪中东教会史，跟网上书商定了书，书邮递来了，您猜怎么着，书店和书商跟我在同一个城市！账单里附一串花哨的手写字：“致以特别之谢！”我是个保不住密的人，我必须得憋住自己，不到写完小说，我不找上门看那位书商，呵呵。

我还有心思笑！

上来就跟你说美国，而不是说我遭遇的悲惨与决绝，因为死到临头我也笑，我的心地还算善良，想免了你浪费自己哀叹自己，以为就你活在悲惨世界。我先张开天下潮流大网，堵住你倾诉中国书店倒闭（！）中国网书争相低价挤压出版社及盗版之徒哎哎哎。

天下出版业全都艰难，读者和书写者同处历史转型4D/4G十字路口。

但是，中国出版业还有某些特别？

我给出版社头儿写信，信件原标题是“阅后即焚”。有关《我》的出版和后继问题。头儿遗憾出版后市场反应不理想，主流评论界集体噤声，同时对现在中国的纯文学图书市场大叹苦经，一本新书上市，市场的机会可能就那么瞬息即逝的十几天，一开始起不来，很快就只能被新品挤到后台；除非有新的话题或事件（影视或获大奖）出现，再也难以出现转机。

我报告他我继续用《我》在做的：

1.《我》带语音带画的数码版，正引起豆瓣注意；

2.《拍花子和俏女孩》绘本小说iPad版“出版”（英文），中文多媒体在审查中；我如何做这书的文章，上《纽约时报》中文网，这也是间接宣传，对吧？

3.《拍花子和俏女孩》绘本小说中文纸媒版，大约下个月出版；英国《卫报》在征集“国际童书”，英国翻译在等书出版送去；这也是间接宣传，对吧？

4.书出成两卷（造成更多经济损失？）却让读者不断地问：第三卷什么时候出？！（我和德宁讨论过，我有大纲，我继续想，写不写，怎么写得好看……）

我想说，我用各种方式保持创作，我疑问自己是不是真在创作？是不是值得你们的珍惜？作为一个工匠，我还在别的行业做事，我从来都希望投资人赚到钱，至少保本，这本书赔了烂掉，我感觉惭愧，我做错了什么事？我还没做到位？

——我请问，多少“作家”这样想事？

我不是中国特产的“专业作家”，但我和中国出版业打交道也很多年了。最近十多年里为出版书，我和国家出版社、地方出版社、品牌编辑和二渠道结合、二渠道最大腕、出版业最大个人投资老板，以及不同年龄的第一线编辑，从 30 后到 80 后都有实在接触。最近为了另一本我的书的封面设计，我给中国一位出版业资深朋友打电话，他说刚去书展回来，说我已经太幸运了，能遇到的几位编辑，都是异数！目前中国编辑状态是，有些书进书店了编辑没看过稿子。

我也不是一只被娇惯的作家鸟。现在我替小编作业写书的前言后语，上世纪末我一个一个地教新闻记者如何写网络出版词句，我跟你写着字，同时在一个个询问拿到免费数码条的人（六块钱就是不自己掏！买衣服吃饭六块钱您眨眼吗？）：你有 iPad 吗？你有安卓系统手机吗？请到 AppStore 下“多看阅读”（免费的）然后……做所有这些我一分钱不挣，我倒贴，你和你们，看我流落江湖多自贱！我是杞人忧天，忧自己，忧所有。

我的信件标题是“阅后即焚”，因为我非常害怕小编，远比怕出版老板和总编怕太多了！就我对中国出版业的一点观察，好多文学硕士和博士生好像不爱文学？美术编辑做外活远比干工资活出彩。是不是一旦钻进国企出版社当编辑，就是偷奸耍滑，油盐不进，也炒不掉了？你也许比我更知道业内风景，中国国营出版社要养退休，还得养优雅的混混？你不知道，我不知道，在出版业绩的压力下“聪明的编辑”是怎么混日子的。出版业大腕跟我叹息，百分之八十的编辑靠少数能力高的编辑混（这是新闻写作法，我引用的说法三来源以上），国营出版业不完蛋天不容啊——业内腕叹息。

我也害怕老编辑的，缺少新手段，基本不回信。（沉默是金？出版是文化也是商务，有来有往是这个世纪的礼教，收到稿子了？收到画了？）我替人家难，想到人家忙各种稿子，打字慢，我打国际长途谈文字，一处处谈字；我怕的新编辑基本都有现代联系能力，有各种器材，有回信的良好教养（虽然不一定细节），但是我无从知道编辑对一件产品是什么个人感觉！作者和编辑的碰撞，是产品的第一至关的环节。还需要我勾画接下来的操作流程吗？第一编辑修字，第二编辑再修（修错了作者和第一编辑碰撞好的，哦，再修回来就是，反正是发工资的活计），校对——三校，下厂，纸张，装订，封面，请原谅我错乱少环节，我看实体出版一道道环节我充满对古典手艺的敬意并恐惧：一个环节错了全完。而最大的环节最重要的环节，是把一件做好的产品如何推出？这好像我接触的做电影产品。

比起电影制作，书的制作还是比较简单的吧，做出书只是产品的第一道环节，推产品是更重要的。但是我观察到，往往推书部门关系单薄，《中国图书商报》？就是铺他十家二十家报纸有什么用吗？我上新浪本是《我》的宣传妞推荐的，然后，她自己都再不跟进，再不出现新浪。会打字会上网的编辑没有谁上新浪推书，做完自己这一块，其余的不是我的事？你们全都比我优雅！

编辑难而苦，小桌子拥挤稿件，内心告诉自己，做编辑是临时糊口，写出自己的小说；在告诉自己，为才尽力；在告诉自己，平庸之徒策划躲着吧；在告诉自己——要我替编辑们漫画？我看编辑内心是世上最不平庸的！为作者和读者玉皇大帝王母娘娘小心地伺候着，每当我看到编辑写出的一个长篇甚至一个灵透的短句，我都胆战心惊，我极其汗颜！

再给你看一封最近我写的信？再给你看一封我写作图和印刷的信（全是干巴巴技术词汇）？再给你看一封跟翻译讨论英国编辑也毫无市场感的信？再给你看一封……你要看了，会以为我天天在干出版，而这都不过是不得不打交道的技术信中的极少一部分。要是我把跟苹果来回来去讨论数码技术问题八个月的信也给你看看，也许够一部科幻中篇？要我引用最近美国公司招人的一些最基本条件？比如，想成为一名社交媒体经理（图书推广部门），需要展示你对 Twitter、Facebook、Pinterest、Google+、HTML、页面搜索引擎优化、关键词分析的熟悉程度。求职范例：“坎耶 · 韦斯特刚发布新的系列时装。你在这儿可以看到它们。如果你需要在 Twitter 发消息推广这一系列，你会怎么写？”申请销售的要做一段视频。

我敢斗胆进言：传统出版业的老少师父，你们好累但是你们也要再学点什么吧？以便在末日里捧住比我更珍惜的大挣扎的老行业？

读到此，你为我深深倒吸冷气？我在自焚？我不想出版了？就不怕人家生气潜规则我？呵呵，大不了不出版了。美国图书馆人早就指点我，多少好书不断被扔掉，卖一分钱都卖不掉送不掉！中国出版人最近刚指点我，就是一个业绩超好的出版社，一年回收纸浆的书是一座宴会厅！天下回收纸浆的“书”，绿色环保从我（并你）做起吧。

想好后退无路，自烧栈桥，出入4G/4D，空无更从容，实体出版和苹果大帝，你们不尊重我，我体贴你们。

何况我有小小小小小众——我有@她们。在帮我把一篇旧作繁体打简体的好友，好像都是女人，地域和职业，加拿大金融，海南房地产开发商，大连电视台新闻部主管，上海会计师。离你我讨论内容最近的是童书编辑，刚刚自费到国际童书市场转一圈儿回来；有的她，这一刻给你写着，我不知道人家是做什么的，我又不是猎人头的。@，定冠所有她们网名之前，好像星云女骑士，用@做4G/4D飞翔先导仪器。而我那部将要简体再出土的旧日小说里，我写到沉睡的女武神——这是怎样的四维际遇？

@甘云119繁体打简体说：“这就是我一直记得的那个小说！读到时上高二，现在女儿上初二。”

@Beiliu：“一边打一边读，啊，你和情人在小说里被外面敲门声堵住，我也经历过，打着字我又心跳。”

@鼠儿妈：“你写孩子周末去学琴，好几年我在琴室、棋室、英语、数学的门外，在车里等孩子的时候拿本书读着。你故事里写的八十年代的物价和现在不同了，但是故事里写的‘二十四孝的父母’完全完全地没有变化。”

我呢？这些年我有什么变化？什么地方完全没有变化？

就看她们在为我繁体打简体的这本书里我的开场白吧：

舞台——自序

原谅我。

在上场之前，让我说一句将要扮演的角色之外的心里话：我不情愿演派给我的角色。

我的“自报家门”，会比节目单上定要注明的演员名字多着好些字，它只是不会出现在开始，而是印在书的最后。不看也没有关系。每一部小说都是自编、自导兼自演全部角色的一出戏。戏比自己更是自己！并且，这本书中所选的《这次你演哪一半》又是一部结构特别的小说，既提供了作为作家角色的我的故事，也有作为故事里的作家在写的故事里的我……

我不想演生活派给我的角色。

就在生日的那一天，宁静地讨论未来的生活，得到面对面的回答：

“……应该是公平竞争，但就是不公平的，你在大陆，所以容易引起国际上的注意，如果嫁给我，你的有利条件就可能失去，你失去了事业上发展的最佳可能性，以后会不会觉得心理上不平衡……。”

我明白你说的是真理。只是，这个真理由你来说，是残酷和疼爱都到了极致。

我以为我已经不会哭了。那一刻的感觉是：心里有一片很整齐、很缓慢的泪，安安静静地往下流，而自己这个人，站在一片细雨的边缘。我不能说我痛恨写作，我喜欢写！

不说了，要说的，都在小说里写了。这是报应。

《这次你演哪一半》在大陆发表前，有几种结构不同的手稿，这次在台湾出版的，和在大陆发表的，结构又大不相同。那是在《收获》杂志发表之后的一个傍晚，在一个聚会上，当朋友们热衷于政治民主的话题时，我和一个批评家聊了几句关于小说结构的闲话，于是，当天夜里决定了修改结构的原则，第二天，重新剪裁已落入读者眼中的整部小说，凭剪子和胶水，做着电脑的活儿。我相信这样大动一下会好一点，也知道这样干活很傻。外边在物价飞涨，有些极好的作家开始弃文经商，……但我很快乐我能有一个机会把现在这样一个更好一点的效果呈现给读者！

我在大学里学的是戏剧导演，因此演过许多角色。著名的：《茶花女》——玛格丽特；易卜生的《培尔·金特》中的绿衣公主——山妖；我也演过小孩子、小市民和老婆婆。我得感谢为了在剧院里和演员工作所受的演员训练。我有了尊重自己职业的痛切体会：不论心里那一时怀着怎样的悲苦或疯狂，站到舞台上，必须全身心地投入角色之中，要对得起这一次买票前来看戏的观众。

每一出背熟了，演熟了的戏，每一次，都是新的开始。每一次开始之前，我们都将每一个既定的环节重新审视，默默地，找寻新的感觉，以生活中的旧的私人经验，为新的这一夜呼唤灵感！每一次都是精神抖擞地登台！

何况，有一位又一位的编辑，为我的一遍又一遍手稿一字字看、校，提供他（她）们的训练包括个人生活的经验……还有一道道程序……犹如化妆、灯光、音响师们，烘托我作为一个角色露彩。哪怕舞台再小，出现的时间再短，我们全都尽力！

开幕前，不作为未来角色，再说一句：只有我知道，你最喜欢的戏剧人物是意大利戏剧的小丑，而我，最最看重的，是莎士比亚全部巨著中，小丑，这个角色。

张辛欣

1988.10.23

在二十五年前这个自序里提到的评论家是黄子平（如今在哪儿做什么呢？），自序里说的那个聚会是在美国大使官邸，他们在讨论“新权威主义”（戴晴眨眼跟我俏皮笑的模样仍然好清晰）。小说里批评我活得简直不像人而是一个机器的插图画家，是真人，是我的大学校友，两年之前走了，肝癌；故事里我的恋人也是真的，三个真人构成一位，真是一位“海龟”呢，真的离我而去。（我是第一个写出“海龟”形象的吗？）故事里的妈妈，在真实里，退休了，故事里的“我”由此当爸爸的那个一年级的女孩，成年了，到加拿大学会计，书中她七岁，二十五年过去了，现在三十二岁，当孩子妈妈了？

我，还是那样的，我认真捧手艺，但是流浪世界江湖了，我更知道每一处临时地摊每一位偶然驻足的观众都值得我全心珍惜，努力地卖艺。我的手艺更多了，那时我做舞台，我是广播主持人，我是电视主持人，都是国家级的，写作是业余的；《自序》之后的我，仍然做广播（国际级的）；我继续电视（电视剧导演了，过去稀罕这种玩意！我还当无名枪手写狗屁电视剧三天一集一万两千字一万块，税后）；我打字了（二十五年前的书有我的手稿字）；我画画了，从油画到小人书，我学会 Photoshop，我 DIY 数码绘本多媒体，我自己画自己写自己说自己一页页贴到一起发表 iPad 英文版；我视频；我网络；我再无千人百人团队，我独自在地下室干；对照《自序》，我不那么爱写作了，有其他手艺要练要学，而一次次地先当最底层码字奴隶，接着还帮人家卖票——发工资，累死我人家全都无所谓。

写着，读着，我的你的思维，在向四面同时发散？就好像古董伍尔芙的意识流？但是，她和现在的我们比，那时候一切多么慢于是更从容？她那时的出版条件如何？她的出版商是谁，赚钱还是赔钱？她的作品一年卖掉几本？只是她的小圈子读？

我写着且遥看在帮我旧作打新字的新浪好友，我想到，也是伍尔芙说，女人无法写作的原因之一是因为无收入养活自己；而现在她们都是职业妇女？都受过高等教育？她们全都识繁体字——于是都在中年以上？

我的4G/4D异眼能够看到她：她得把繁体版PDF打印出来，放在电脑旁，用周末用和孩子和丈夫相处之外的"自己的房间——空间"帮我繁体打着简体。我想到安徒生童话，囚车中走向刑场的女孩加紧编织哥哥们的羽毛衣，让被魔咒镇住的哥哥们披上神奇羽毛再次变回人形，而如今这时，童话主角是被@引导的她们，天下各个角落，哒哒哒，哒哒哒，手中键盘轻微地清晰地连续地响着，她们在天下各处为我之旧作编一件新衣裳！就为了让"我"再一次出土成人？打着这些字，泪哗哗往下流，我得停手，摘下眼镜，抹去又抹去眼泪，在孤单地下室继续写——打给你。

孤魂我在变成什么"人"？

海这边PDF工头斯蒂夫听说十分感动，他觉得，这好像意大利文艺复兴时代，不仅是贵族养活艺术工匠，还有悠闲的城市公民。她们究竟是谁？她们不仅是读各种高雅书的最后的忠实纸媒读者，她们滑雪、骑马、驴友天下，到北非，到尼泊尔，她们会做天下各种各样的菜，托着美食各自网上示照片，@妹们手好巧，用打字PDF各自做实体书！文件夹别在一起的，带封面的，线装订的，背包的，@一桶迷糊把自做书搜到一起，用手机软件排版，用新浪长微博工具贴出并给魔幻意味提示：一本书的二十五年穿越。

孤魂之我，在@女神们合力的翅膀中，在分崩离析的碎片之中，

无形之我，

在聚合，

呼啸。

过气的《收获》版居然有用！那部小说里用到瓦格纳《女武神》的总谱，用音乐动机表达女性内心自我复苏时刻，但是在孩子眼中不过就是练琴的材料。二十五年前繁体字版的印纸简陋，PDF不够，于是我扫成三百点jpg图传给豆瓣的@挖海龟（她也做分头打字并做最后校对）。jpg图背面的字浮现出来，但是五线谱图仍不清晰。瓦海龟说我用手描吧。噢，那得多细的笔！天下谁描五线谱？突然，她写过来：哈哈。《收获》旧版很清晰！就它。

而巨神苹果居然也有不混账的时候，我DIY的中文多媒体全版绘本小人书成功上架了！我做成一个天下第一！

噢！写到这里分明是一部迪斯尼片，咱们这片的结尾如何处理？

我跟打字各位要求：请把你真名、学历、籍贯什么的告诉我，告诉读者，比如@信阳湘妹——你住信阳？但你是湖南人？

请你想象着看，就像电影到最后，正片结束，字幕出现，演职员表（如今还包括电脑技师），她们的真名和她们的一点

真实出现了，别在意看纸媒不能滚动（按她们回答我的顺序出现）——

@信阳湘妹：我叫尹卫红，中国移动通信河南移动信阳分公司基层营业部经理。爸爸妈妈都是湖南耒阳人，爸爸是新中国成立前参加革命的军人，十几二十岁离开家乡，一生都在怀念家乡湖南，现在均已离世。起这网名是纪念父母亲。在风云变幻多媒体时代，不变的是爱文学精神不灭的往日情怀。

@一桶迷糊：我叫赵红，女，1965年生，安徽人，大学中文本科，工作简历：海南群艺馆——进出口贸易公司——金融机构——房地产。

@鼠儿妈：我叫王晨，出生：1969，单位：上海澜郡装饰设计工程有限公司（服务了12年的单位新名称），户籍：老杭州人转新上海人，学历：专升本会计师。

@甘云119：我叫甘云哈，做会议音视频、远程会议系统的项目集成，最近刚接瑞典一款会议电话的代理分销。

@满小丫：我叫黄小满，湖北人哈，1985年生，像甘云姐一样是IT商务女。代理IBM服务器。喜欢你写作的手法及风格，甘姐给我推荐了你的很多书。

@Beiliu：我的信息：江苏扬州，大学，目前照顾家庭为主业，无稳定工作。姓名就不留了，喜欢安静生活，见谅。

@童年沙龙：我大学读外语，在北京的一家童书出版社当编辑，并参与数码书英文语音制作。我在做一本书，心里是为儿子做，等儿子长大能看到妈妈做过什么。

@挖海龟：我叫王清宇，大学中文系，在凤凰联动、磨铁等做过。想进国营出版太难了，当民营出版的编辑很辛苦，而许愿的出版分成总是落空，进数码界至少IT工资高平面编辑一倍。我把大家打的校完了，明天交上去，你和豆瓣走合同，我做网上如何推的策划。

@大连美奂：我叫刘东明（原名刘垈，爷爷起的，过于生僻，工作后改了），从明朝起，祖祖辈辈蛰居京城，玉泉山下运河边，正宗老北京人。1963生，1981年考入东北财经大学，工商管理硕士，电视台新闻频道制片人，记者，主持人。

@阿老阮：就叫我阿阮吧，姐需要时招呼一声我就出现。

自做自出版电子绘本

那天是周六，也是诺曼底登陆的D-Day，我的绘本小说《拍花子和俏女孩》英文版登陆了iPad。

如今在美国，像我这样动手干数码出版的人可是不少。你问十个人，八个人会说这辈子想自己出本书，这八个人里有一个也许已经动手。美国数码出版飞速增长，传统出版业江河日下，“代理人—出版社—实体书店”的商业模式处于历史转型中，数码书是明天。这让传统出版业越发心惊，车库玩手们（电子出版玩家的雅号）兴奋有加。

不过，谁的车库作坊像我这么大？

我的团队包括：我本人，距离发表第一篇小说到现在已经有三十年了；佛罗里达州的一位同伙，他在一家动画公司做美术设计，是我大学校友；和我住同一城市的同伙 Lu，是一家远程技术公司电脑工程师。想出版的书是《拍花子和俏女孩》，是我自己画的绘本小说（graphic novel），我小时候逃学逛北京城寻找拐孩子的幽灵“拍花子”的故事，我的黑眼珠深入京城传奇和可怖的秘密。有一天“拍花子”真的来了，把所有少年都卷走了。我画这本书画了好几年，几位美国著名代理人先后插手，这个叫我修英文，那个让我改大纲，修来改去，绘本小说的美国出版市场从超热变冰冷，代理人全躲了。不过，数码出版来了。

我曾经想过自费印几本送朋友，但是我从未想过自己做出版人。我也无法跟专业产品竞争读者眼球，比如美国大漫画公司 Marvel 和 DC 都出现在平板电脑中，《蜘蛛侠》漫画的翻片技术让人瞠目结舌，看着酷毙。我从来没想过我能达到人家的水准，但是我至少可以一试。

这本绘本小说先是传给上海一家 App 开发公司，那里的工程师说，做出的书能够带声音，这让我梦幻飘升。我曾经在电台朗读过自己的小说，那么我也能给我的绘本“说书”！迟一步吧，先做出一本数码书来。一个星期后，苹果方面发来反馈，说我的书内容属于 iBook，让我换个地方再送并且要换格式。我掏了九十九美元，得到一对古怪的英文：epub/ISBN。前一个不难猜是数码出版格式的意思，后一个算“国际书号”吧，出版作家我实在被惯坏了，从没留意自己的书扉页都有 ISBN！买一个 ISBN 是一百二十五美金，二百五十块美金可以买十个，我买了十个。并非贪便宜，我想做各种语言文本呢，就像电影全球同步上映，原谅我形容得有点夸张，数码出版时代的地球是平的，不同语言同时呈现空前便利。

这时候，做远程传输的同伙 Lu 突然开车跑来，捧着他的 iPad 兴奋地说，他找到一个免费软件，能够把 PDF 文件立马转成电子书！我赶紧把远在八百公里外的佛州同伙拉到视频对话上，两地一同观看，真是电子书！虽然页码颠倒，画面不够大，双页缩在一页里。我们立刻下载软件。我们的车库制作开始了。

“翻片术”是我遇到的第一个难题。我的绘本书画了一些双页构图，我从看美国绘本，看《清明上河图》得到灵感。我们试验了 N 百版，做出的书，要不是切成一页一页，双页切成半个，要不全张双页缩成一页豆腐块。我的主要队友是大学师兄揭湘沅，当年我念中央戏剧学院导演系，揭湘沅念舞美系，高我一届，他是“文革”后第一届考入大学，后在迪斯尼、福克斯做动画多年。隔行如隔山，他对 epub——数码出版，也一无所知。他花了一礼拜，较着劲非要把各种数码软件同样设定的页码生成扭转乾坤不可。我们都明白，此书要点是全张双页，关键在于翻片术，连夜鏖战的师兄叹息，他是一筹莫展。

我可以花钱请公司做翻片术。做 iPad 绘本，专业公司要价五百五十美金，做 Kindlefire 要价一千五百美金。然而我们坚持自己动手，这也是受了一位美国作家的启发。

这位作家 RJ，写玄幻小说，自做数码书，放在网上自个儿卖，顺便分享自个儿琢磨出来的翻片术。无数的步骤，我瞧着比探戈舞步还眼晕。他下面读者栏里聚着一群自做数码书的人，摄影师、园艺家、厨师、画家，看经历，猜年纪，全都中年往上，跟照片里的玄幻作家是同一代人。我看着有一种“镜中感”，自干数码书的美国人多是“婴儿潮”一代的，而这些热烈讨论的人有谁知道，默默围观者揭师兄和我，则是中国“上山下乡”再留学洋插队的同代人。为什么生命越往后，越珍惜新思维，以及新技术？

一个清早，我在佐治亚州写作，师兄揭湘沅应该在佛州遛狗，突然他发来短信：“重大突破！”接着他传来刚做的书，用他家的狗的照片做演示，哇哈！这书能滑动翻片，还能全张双页！师兄在书里还为狗配了画外音，一按画面上的喇叭图标，鸡犬相闻呢。师兄的电话跟来说，半夜在玄幻作家讨论栏见一新帖提到这软件，说做的书技术标准够电子出版的。“不过，”师兄说，“这软件要花钱买。”

“我掏！多少钱？”

“贵啊，五百九十九。”

难道比花钱请做书的专业公司做还贵？！“……五百九十九，我不买衣裳不吃饭！”

“五百九十九美分。”

买下软件，师兄把廉价软件的功能发挥到极致还嫁接了其他软件，我们做出来的跟美国大漫画公司眼看一个水平了！我一边修画一边偷着乐，人人都从车轱辘的铆钉开始自做，其实车轱辘就在旮旯里，关键看谁能把自个儿的车打造好看吧！

我们重新申请苹果商店。虽说这款软件说保证过技术关，但必须苹果通过才算数，才敢继续往下干。我提供个人财务信息，我们一起等苹果的账户审核。全无反馈。神秘苹果死寂。我们没有注意到当时 CNN 报道苹果遭黑客袭击。一星期过去了，我放弃了，准备投靠苹果指定的五家入门站。

就在这时苹果通知我过关！跟苹果签合同了，三十七页；传封面了，“尺寸不对”，又不让过关；再来！之后是确定在全球哪些国家卖，哦，美元换算欧元、加元、澳元，算钱算到手软。师兄用苹果电脑上传绘本书，同时他拿 iPad 登 Skype 视频，于是我在佐治亚州这边能看到他在佛州那边的前线动静。眼看着，我们的 E 书蓝条慢慢充盈；眼看着，我们过关了！眼看着，苹果告诉我们国际市场道路通畅了。然后是所有电子书商贩都经历的，我的书出现在 iBooks Store！这辈子头一回我当了出版者。

我给功臣师兄写贺信：古登堡印刷术让《圣经》成为畅销书，才六百年，传统印刷业在整体完结中，而你我抢滩数码新潮！

师兄写回：读你的高论，感觉咱们就像恐龙讨论如何用太空技术来拯救地球的全球变暖。

很快，这个绘本书的英译者海伦在伦敦看到书了。然而，中国更多读者说什么都看不到！

在中国的 iPad 上完全看不到这本书存在！被“墙”封锁了？这是中国那边朋友们的第一反应。

中国当然是很特殊的。在中国出书除了要 ISBN（国际书号），还要 CIP。出版界资深大腕跟我说，十年前一本书百万印数的辉煌再也没可能了，现在书起印两万册是高的，加印到五万册了不起，印数想象力极度萎缩，库存积压，大社积压资金高达几个亿，一道道辛苦劳作的书短命回收纸浆。网上售书互相低价竞争，实体书店在一家家倒闭，哀伤一次次在文人间徘徊。哀伤加郁闷，又能如何呢？

我不想在死路上呻吟。我二十五块美金一本书号，自己做书，无中间环节，直接卖数码平台比如苹果，它拿百分之三十，我拿百分之七十（跟合作者再分）。而出书速度这叫一个快。这本一百四十页的绘本小说，自己排版，手慢点儿，几小时排好了，哪一页瞧着不好看，重新做图，单换哪一页，出版了还能继续修改，不费任何纸墨和钱。彩书平面出版最让人担忧且难度最高的，是色彩度，在彩色平板阅读器比如 iPad 上，这根本不是问题，颜色鲜艳，保持原色，甚至更好！

但是，假如这书的故事来处——我的老北京和中国读者，连书的封面都看不到，我折腾大半天就为外国读者？苹果号称全球市场，我的英语版发行了十五个国家。这时我再细看合同，所谓全球三十二个市场都在欧美国家，没有中国（也没其他亚洲国家）！

我意识到我的财迷梦的愚蠢所在：做的时候我考虑到，iPad

全球销售一亿台，大多数用来看影视和玩游戏；假定其中万分之一读书，那我的书就可以卖出不少。尤其在中国，根据《财经》报道说，中国是世界第二大 iPad 市场，自己舍不得消费的家长给孩子买，那正好用来看绘本书，家长舍得为孩子掏钱。但是，管钱包的家长们，我在中国那边的新浪微博好友，全都说根本搜索不到这书！

四川网友甘云推理中国区与美国区不是一回事，iBooks 的业务没有进中国，必须用美国信用卡支付才能看到书。她的分析头头是道，犹如女诸葛亮。你做什么的？我好奇问。甘云答：曾 IT，后企业，在赋闲。（怪不得！）隐者甘云建议我像一些中文作家，书到香港出版，通过网络销往大陆。好个绕道思路。我的这本画书自有叛逆，但是要点不在尖锐，并且我一出手不是实体货。

我们都深知，中国非美国，首先是不能自出版，虚拟大同世界有着生死明界。这时候我看到中信出版公司，它的新媒体总编黄锫坚在《华尔街日报》中文版连发文章，讨论几大平板电子书在中国遭遇的独特问题，相当有前沿实战感。这家出版社在立体突围，空降苹果 AppStore 开店“中信飞书”，它有中国支付方式，我可以跟它合作绘本小说中文版？我传样品给清华大学文学并计算机双学位的黄锫坚，隔海讨论，我们的交流充满了数码出版术语，我看着自己写出的技术词汇对自己挺佩服挺惊讶，几个月前还全盲呢。你别无选择，新媒介时代的艺术工作者，需要审美力和技术工匠力兼备。

我的美式数码制作故事远不是好莱坞大团圆结局。我连续遭遇重挫。苹果拒绝中信出版社送入这本书，说改政策了，等到iBooks进中国时候再申请吧。哦，我买了苹果你，苹果你不卖我？我做成全张双页翻片术，但是中国想读我者，生生看不到，如果这条通路暂时失败，我把失败归于地理？

我还就不罢手了嘿！技术可行了，英文版通过了，我接着做中文版，这款软件可以加声音，于是我的中文版带声音，我自己讲故事，加音响，古老城墙钟楼钟声，胡同叫卖声，神话哪吒孩子笑声，女说书人说传奇带惊堂木声，上山下乡离开北京的火车汽笛声和少年我们的哭泣声。

我跟南京调频台杨侃合作声音。也是新浪微博认识的，从没见过面。多年前跟我合作的音响大腕端架子了，而杨侃主动问能帮着做点什么？为了录音效果纯净，躲开花园鸟叫，我把自己关在地下室厕所里录音，在马桶边上洗手池前，比“大门”主唱坐在马桶盖上录唱一步之遥。我一页一页“说”了，送过天和海，他帮我剪接声音。这位80后，孩子才一岁，每天早上4点45起床，6点半开始播音，半夜守着梦中呀呀的婴儿制作音响。然后一段一段飘送回来，我一段一段加入数码书页。

噢，我的老北京，噢，我小时候那些叫卖声，地下室孤魂女声我，如何录出不同的叫卖声？还有磨剪子戗菜刀沧桑吆喝声？我让中文一字不识的我家斯蒂夫试试吆喝“磨剪子”，他喜欢重金属摇滚，他能把中文吆喝当音乐，鬼子斯蒂夫吆喝出中国老汉腔调！这还不够！不同男女叫卖声呢？斯蒂夫可没本事唱出那么多中文音调。喂！南京杨侃，我有了，你没听过北京叫卖，我在这边先把叫卖都吆喝一遍，你听，你来，隔海，隔天，咱们做出一条胡同来！亲爱的读者——任何读我者，你想象，你判断，天下任何艺术人，谁这样做出声音来了？

我把中文多媒体版直接送 iPad。iBooks 店你不是还不进中国是吗，那就让中文版先去其他国家周游吧。一点不谦让，这一次，一个果实扔它三十二国领地，学中文吧你们！但是，苹果立马给我的中文多媒体版发传票，说苹果虽三十二国但是目前不支持中文。这个版不得发布。

苹果跟我玩卡夫卡《城堡》，用同一套语词反复回答我的不断申诉。苹果的词语显然是数码自动生成的，句子全一样，加个虚假人名后缀。我问苹果，你们看书了吗？！苹果还是自动生成语体：传票有效。不得发布。

难道，乔布斯灵魂为我的命运叹息？我想到投诉。我要跟玩官僚词汇审书团队投诉，我想到直接投诉 CEO 库克！难道，我真有某种神奇的感应力？就在我启动这念头的时候，就在新浪好友帮我查库克家地址，查他在健身房的时间表的时候，苹果爆出最高层人事动荡，库克把乔布斯忠实亲信副总裁开掉了！媒体立刻奋进分析，说原因跟苹果新地图做得太烂，特别是和推进中国市场太慢有关！

同时，苹果宣布支持中文了（还有日文和韩文），我的申诉立刻不存在了！苹果原创灵魂感应到我了？

我们赶紧又送。苹果答，你得用中文写简介。OK。我们再送，苹果答：你有竖版中文不成！要做高级版本！我们抗辩这不是竖版中文，这是画，完全是画，和英文版做法一样的！我恳求苹果，请动用创作者有的一点点热心，请检查一下这本书的技术内容，请不要根本不看书就回答，这书是符合规格的，恳请合作，帮我，也是帮你们自己。我打电话，客服回答，不知道自家苹果支持中文了，团队互相保密，客服经理还是看报纸才知道的。我们继续送。师兄失业了，动画公司破产了，师兄长途开车大搬家，一落脚，坐在一起，我们再送。苹果再次拒绝。我面对电脑立即自动生成的同一套混账禁令。

苹果城堡，你冷漠地看梦想者我敲门，又敲门，其实我早有备手，我才不等苹果你进中国，我已然密送新浪中国好友，数码专家和平民，年轻妈妈，最小读者两岁半，有的朋友没有iPad，找人借一个。我一个一个教人如何下载，如何看到，听到，我还请那边先看到的教后来的；同时，我继续给苹果写信，请检查一下这本书吧，只请看一眼，就知道技术符合规格，和上架出售的英文版制作技术一模一样，请真的看一眼吧，就看一眼封面，请点一下鼠标，就知道这是纯图像格式，不存在中文横竖版问题，我敲击这座伟大莫测城堡，不论里面你是谁，我请求友好合作，请帮我过关，也是帮苹果你自己，请不要自恋自大，世上虽然上亿iPad，多数是看电影电视玩游戏，知道iBook的看书人并不多！我的中文版秘密先期读者，在赞叹你们呢，说iBook多媒体中文版体验，是传统纸媒无法代替的，求你帮我，指点我，也是帮你们自己的创作成功！眼看着世上第一个作者自画自说的中文多媒体版，就要出现了。

而苹果，冷漠地，继续地，同一套辞令，我的中文多媒体版继续被阻挡在严密城堡外。

我把中文多媒体版刻了碟，印出跟苹果来回扯皮的二十封邮件以及失败截屏图像，请一位版权律师帮我写一份申诉信，我要正式分送：从 CEO 库克到审书团队头儿到客服到……也许，我的十封信和我的制作，八个半直接进了垃圾箱，一个踩在脚下，半个被某技术员当了免费午餐的擦手纸。我激动地和版权律师说，他叫艾德姆，艾德姆说，哎，何必打官司，试验做一下，通过它的标准就是了。

“它的各种段数我都试验了！”我叫起来。

好像是为了惩罚艾德姆信口开河，苹果把发布 epub 级别提高了，而我从前做的中文数码版生生不够标准了！中信数码书总裁黄锫坚有 IT 学位，他就为这本拍花子中文数码书修数据，我们再送，苹果城堡打出错误，红批，红批，红批，漫天的错误如战死的血。黄锫坚叹息，没辙了，不过，就在这一刻，我买的做书软件发布升级，设计者说。走一道新软件原先做的书可自动升级。我立刻做，立刻再送，还是错！这时候，艾德姆来了，通过我做的书进入新升级软件后台，他看出写错的数码，他给在英国的做书软件公司写信，指出数据错误细节，为证明他不是瞎说的，他告诉对方，自己前一个学位是 IT 工程师。英国看了，检查了，修改了，我的中文版绘本书，带我说配音响的有声数码书，在苹果通过了。是世上第一本中文数码绘本有声书？！

我想过，我早就想过，做任何事，在任何地方，哪儿有那么容易的事儿？多少真先驱都失败呢，瞧瞧梅里美，大成功了，大流行了，还大破产了呢。我算什么？活着，创作着——真的在创作着——并且做成产品呈现出来！谁在乎背后你吃了多少苦？哪个工匠不是这么干活？

天下谁有我的“车库玩手”经历这般绝妙？这本数码书制作，师兄揭湘沅是远程协作，中信数码经理黄锫坚是网上支持，后来我还跟小米一起做成大陆中文版，才不等苹果你进中国，正赶上小米那时追求精品效果，做这类开发，虽然做在业余玩手我的后面，但是人家做了，最了不起的是，我和很多帮我的朋友从未谋面！数码世纪，多少手段，笨蛋如我也能干，你也能干的。

新浪好友互相问，假使以后人手一台 iPad，任人自出版电子书，会怎样呢？我想，那就是“1984”来了！

（2013 年）

网友齐打书：拍花子是谁？

我的绘本小说《拍花子和俏女孩》出了中文纸媒本，是华东师大出版社出的，出版人是社长，但是据南方出生的行销员反馈，这本书没有市场，首先没有人知道什么是“拍花子”。这让我十分奇怪。我的好友，新浪@大连美奂是北京人，在大连电视台工作，拿着绘本中午在单位食堂逢人就问，人人都知道“拍花子”。我问代理人袁敏知道吗，她在北京做编辑一些年，是江南人，居然她也不知道，朦胧觉着，拍花子是白雪公主是老妖婆？

我和帮我录入《这次你演哪一半》的网友商量。这些我没见过面的读者，给我出各种主意，并且说，咱们一个个来，先做一个调查放微博。于是，一起背后做，由我贴出来：

北方读者说：啊！拍花子！小时候就听说过！南方读者说：拍花子？小时候没有听说过。南北交界读者说：听说过！游走外国的中国北方读者说：小时候听说一直记得！

你觉得，拍花子是：男他？女她？还是动物妖怪它？

@大连美奂（在大连）：先介绍自己，从明朝起祖祖辈辈蛰居京城，在玉泉山下运河边上，是正宗老北京人。我把“拍花子”是男、是女还是妖怪动物“它”的问题，手机传信给爹妈，我家两位老人认为，拍花子以青年男子居多，也有老头老太太。在这种情况下，一定要用第三人称指代的话，还是“男他”更准确。

@古尔佛腊：（住在希腊，摄影一流，文化深厚）古希腊语中的Αγωγή（读声：啊卧意）有几个意思：1. 带走；2. 带往大会；3. 劫持；4. 迷人术；5. 培养，教育；6. 军队的调动。主要的意思是教育，引导。同时也是诱骗，诱拐。

现在希腊学校接送孩子的班车上还正楷大写着ΑΓΩΓΗ（“啊卧意”）在我看来，不仅是教育，诱导，引领学习的意思，更喜乐的意思是“诱拐，诱骗”，把孩子带往另一个乌有之乡的意思。

propaganda的最佳效果就是拍花子，轻轻一拍，就被迷走了。

写作者，骗情者，某些心理辅导师，都是拍花子高手。仅凭语言就把人的行动控制了。最伟大的拍花子是男他、是女她，也是动物它，最佳效果是拍花子轻轻一拍，人都被迷走了。写作者、骗情者、某些心理辅导师，都是拍花子高手。仅凭语言就把人的行动控制了。

我看到张辛欣绘本贴在微博的一些页面：惊心动魄，真是神了！老北京在黑白画的暗影中又回来了。消失的事物，用画笔在新一代孩子们心中重建，也许更完美，更牢固，无可摧毁。我很喜欢，是丰子恺之后的北京。善良无比的鬼气森森？

@lilenfeng（多看数码公司新媒体主管，做这个绘本的多看数码版，80 后，爸爸回族，妈妈汉族，地道北京孩子）：辛欣，我小时候听奶奶讲过拍花子的故事，但总说是“男他”。我问过奶奶，那“他”是什么样啊？她答：“就跟红胡子差不多。”红胡子是指苏联人，奶奶年轻的时候生活在东北，中年搬至北京，所以有可能不准确。晚上再问问爸爸。

@ 薛蛮子（天使投资人、微博打拐发起人，北京人）：拍花子的应该是男的。

我故意和网友打赌：喂，住成都的甘云，住海南的迷糊，你们一定说不出拍花子是男是女还是动物吧？小时候不知道“拍花子”的故事吧？

@ 一捅迷糊：辛欣姐，哈哈哈你赌就输了！我不仅知道“拍花子”，还知道“拍婆子”！我认为拍花子是“男的他”，“拍花子”在我安徽六安老家叫“老背子”，所以不但应该用“他”，而且还是“老”的“他”，小的时候我们不怕“大老虎”不怕“妖怪”就怕“老背子”，因为“老背子”专拐卖孩子。

@甘云119：我生在成都长在成都，在此之前没有听过“拍花子”，但是我从小听“熊外婆”，拐孩子的熊外婆是女的，不过我看你的绘本故事，觉得拍花子是“男的他”。

甘云是最早读数码版的IT女。她俩的话引出下面：

@小眼大乐（国家剧院院长助理，我师弟）：我也是成都人啊，但是我小时候听说过拍花子，甘云你太小了吧哈哈！

@牧心0708：飘北京做影视，山东人，知道拍花子！不过叫他“老毛熊”，那时候听着好可怕，跟今天拐孩子挖眼珠的比是童话了。

@桑韶华（住在巴黎，西方古画研究修理家）：我小时候住在大连，当然听过拍花子！小时候我胆子特大，一个人从城西头走到东，姥姥和姨妈吓唬我：看拍花子把你拐走！如今亲人走了，小时候的地方回不去了，小时候的故事一直跟着我，想念老家……

@柳契丹（住在日本的英日中文翻译）：我是东北人，小时候听拍花子的故事，知道孩子迷迷糊糊地跟着拍花子走了不见了，但是在看张辛欣的绘本故事《拍花子和俏女孩》之前，我真还不知道孩子被拐走之后的故事！

@大连美奂：我的拍花子基因！

打我记事儿起，耳边几乎天天萦绕着长辈的千叮咛万嘱咐：

女孩子家家的，可得加着小心，回头被拍花子的拍走喽！

哭都捣不上气儿咪，

放学晚到家一会儿，或者，做完作业跟发小儿踢“口袋”、跳皮筋儿，但凡距家门十米开外；或者跟同学到王府井书店买书比说好的时间迟归家半小时，

都会被唠叨，末了儿，说了归齐，就是那句：

女孩子家家的，可得加着小心，回头被拍花子的拍走喽！

哭都捣不上气儿咪，

所以，在我的童年，就携带了“拍花子的基因”。在我眼里，拍花子坏蛋是跟大灰狼、南霸天、黄世仁、希特勒一样的恶魔。

于是乎，我是真真儿做下病了：一旦上街，必环顾左右，双目炯炯，似探照灯，似钢针，

在周围男子脸上扫射、戳击，以甄别哪位有可能是毁我人生的拍花子！

上个月一个周末，因为参加饭局，耽误了与家人一同去影院看《被解救的姜戈》，独自去看的夜场（20:40）散场已经夜里 11 点多了，影院大门关闭，从偏僻后门出来。夜场观众不到 10 人，那些人去卫生间，我第一个走出来，

猛然间，见两头盔男骑摩托车冲我驶来。

我脑子瞬间闪过“拍花子”的概念，在一秒钟内，我用尽全身力气，尖叫，其分贝之高，吓我自己一跳！抢劫犯也吓懵了估计，呆立原地。然后，我边尖叫，边以博尔特的速度，闪电跑到 50 米外的广场，脱险。

嘿嘿，育有闺女的家长，要看看张辛欣这本《拍花子和俏女孩儿》哦，终身受益呢！

@江南袁敏（作家，《江南》文学杂志主编）：我是杭州人，在北京工作过，看《拍花子和俏女孩》之前还真不知道“拍花子”的故事，我太不酷太out了！如今孩子和大人不知道拐孩子的“拍花子”还得了！

我为引出下面的回答而感动。

@安普若-安校长（住在美国，财经专家，写过《回国驯火记》，幽默辛辣的投资观察）：这词儿最早好像是来源于黄河闹大水等自然灾害后，有很多难民逃到了北京天津这些大城市。有些小孩在街上流浪的乞讨，“花子”就是指“乞丐”的意思。拍花子一开始是把那些要饭的小孩骗走卖了，后来发展到不管是谁，见到小孩子就拐骗。“拍花子”这个词儿在中国的北方应该流传很广。

@甘云119：作为看过电子版的读者，强烈推荐给大小朋友，并期待纸版早日入手。我女儿@慕孜颜十三岁，初一，很喜欢@张辛欣阿姨这本画作，想跟拍花子去闯荡世界呢。一代人有一代人的童年，但普天下的童年总有共通之处。

谁是俏女孩？

大连美奂继续出动，她在大连电视台，她牵动少儿节目，让选小主持的女孩念一个段子，俏女孩听拍花子拐卖孩子到天涯，想象自己混上海盗船，半夜逃跑，跑到天外天去玩。大连美奂拍了视频，放到网上请好友挑选，看谁更像“俏女孩”。好友看法纷纷，这个不错，那个做作，都说一个戴大眼镜，懵懵懂懂的小姑娘像我，听着孩子念我写的，眼泪下来，这是一个作者能得到的最好回报了。

如今动不动“美女”，而大连美奂确是美女，高挑，健美，网球健将，模特身材，被挑上呢，觉得浪费智商，学经济贸易，是新闻制片人，也是记者，伶牙俐齿，主动给出版社推销员打电话，说知道“拍花子”，说北方人都知道的！大连美奂不只联系少儿节目，还跟教育组同事说，午休时候，她把我讲故事的网上声音和喇叭连起来，让全组都来听。她还去跟给她们网球比赛印汗衫的赞助商家说，能不能给我的绘本印汗衫，放到当当，买书的人得汗衫。她读我的书，听我朗诵《我有一个梦想》，一直鼓励我。做了这么多事，我没见过她。她还说动当地书店为俏女孩说我的书开专场，她跟出版社说，出版社说孩子在现场，出事怎么办，大连美奂说服不了人家，中学请她讲课的时候，她就举着我的书说我。我没见过她。

所有帮我的读者，我都没有见过，直到上海国际儿童出版节邀请我作为美国儿童画家到上海，我们见面了。

我为你说书

出版方安排我在南京先锋书店，在上海图书馆讲演，OK，我的大心愿是，把我绘本里我画的小时候听说书的故事，我现场说书！

从美国飞回，一落地，多看编辑冯岚在淘宝给我买好说书的惊堂木和扇子，我从深圳到南京，到上海，一路走，一路说书，一路见到我的新浪好友，扬州 @beiliu 到南京先锋书店，带着女儿一起，她最早读《我》，看《拍花子和俏女孩》绘本；上海 @ 鼠儿妈本可以在上海等我，她先到南京来看我说书；北京 @ 子在川上不语是男生，他是最早读《我》的唯一不是编辑的人，他给我很多建议，他在游走，他奔到南京，却躲在柱子后面看我说书！内秀呵呵！帮我做数码绘本的南京调频台主持杨侃，主持我在南京先锋书店的表演。在上海图书馆的时候，帮我抄书的她们从各地来了，坐在前排，长长一溜。到信阳的卡拉 OK 朗诵录我小说的信阳湘妹来了，帮我查对长文的一桶迷糊从三亚来了，大连美奂扛着专业摄像机从大连来，架起摄像机，拍我说书。

我的好友们，遥远写着，流着泪，江湖说法：我何德何能，得如此厚恩，当涌泉相报！

其实，我走着，我发现，游走卖书没用了，卖出几十本又如何，美国行走卖书已然没落，中国也是的，假如策划有任何一环遗漏，你就是说破大天，一本也不买的，这就是此行第一场深圳舞台结果，因为是公益讲演，特别不许卖书，不能上样书。

不过，甘云出现在深圳。甘云是第一个读到我说苹果数码绘本在中国看不到的人，她在成都推断，因为苹果没有开辟中国市场。甘云从此开始帮我，在四川帮美国的我，她下载中文数码版，听出缺惊堂木，为了她的耳朵，我和杨侃，一个在美国，一个在南京，加“惊堂木”的声音。中国的多看数码公司出版了我几本书的数码版，豆瓣也出了，每一次送我兑换码，我都给甘云，由她散发，而她不送她的好友，叫人家必须自己掏钱买。我对数码出版不推送很沮丧，对纸媒出版极其沮丧，可以说我绝望了，甘云给我写信谈她观察的好出版社——推销好的出版社，比如上海译文出版社。而我和甘云，我们没有见过面。

这时候，甘云到深圳看我说书，因为好友们说，大家要在上海见我，在南京见我，深圳没有自己人，而我对中国十分陌生，需要自己人，甘云有业务在身，半夜飞到，第二天下午我讲完，她半夜飞回成都。

甘云，行动派 IT 业务女，见面了，一个温柔敦厚美女子，她告诉我，她曾经做图书管理员，读了很多书，我凝视她，我感觉，她长路飞来，是为了跟我说这句话，深圳会场多半是报社内部人，真正听众不满座，甘云坐在第一排，我黑洋装，黑皮裤，黑皮靴，一拍惊堂木，抖开紫绸扇，我就为你说书！

（2013 年）

富孩子＋穷孩子＝视频

《拍花子和俏女孩》绘本中文出纸媒版，我摇身一变，成儿童画家，参加上海举办的国际儿童图书展，我居然是儿童画家！出版方在书展有地盘，为我安排时段，念头来了，用我画绘本的小故事，自做视频。

我曾经在视频网土豆做过创意总监，我曾经提着第一代索尼数码摄像机走过世界，我曾经架起摄影机在地下室自拍——

为我的电影表演。但是，走到这时候，我得跟在加州的天涯旅人CY请教，他在一家国际公司做市场推广宣传。我们在新浪微博认识的，就是说，这位神交的朋友，我俩从来没见过面。从读书方面看CY，他是一位古典读者，不过在视频方面相当的时尚。他告诉我原则：视频不能超过5分钟，观众注意力越来越短促。他还介绍他的一个客户给我当场外指导，这人和我家斯蒂夫同名，是一家视频公司CEO。那位斯蒂夫立刻来邮件，给我视频上传YouTube的基本数据，用高清拍摄。必须高清？人家说全都高清了啊，买个二手高清摄像机没几个钱。我谢了，点回时，看到那位斯蒂夫邮件底下的公司地址，在比佛利山庄，是给好莱坞干活的。我送了那位斯蒂夫一本数码绘本《拍花子和俏女孩》，打住来往了。我现在是小画匠，小制作者，不敢劳驾大牌。而我，胳膊残到连最小型数码摄像机也拿不起来了，而我的上世纪末超酷索尼摄像机（小盒带）out，太空垃圾了。为拍五分钟视频买高清摄像机？我想捡便宜——找玩这个的年轻人做。

我先找马修尔，或者说，是马修尔的妈妈找我。马修尔的妈妈和斯蒂夫在同一座大厦里办公，有时和斯蒂夫合作案件。儿子马修尔迷电影，妈妈当司机，把暑期飞来帮儿子拍短片的香港富豪儿子接到装潢奢侈的泰式餐馆，专请我和斯蒂夫作陪。我住的亚特兰大是美国电视电影拍片新基地，妈妈为儿子找到拍摄助理的活儿。马修尔念私立高中，一年学费五万美金，秋天打算进加州大学电影系。这妈为儿子的电影前途，可谓鞠躬尽瘁。马修尔一见我，就邀我在他片子里演个法国籍中学教师，说他喜欢法国片《去年夏天在马里昂多》，他的第一外语是法语，夏天他去欧洲度假。我暗叹，当年我写“新小说”看“新浪潮”的时候，世上还没您呢。我躲开马修尔的“新”电影。偏偏我想拍视频的时候，马修尔妈妈又找来了，问我有什么活儿。我心说，不就五分钟短片吗，我有绘本，有各种素材，何况剧本写好了。

我写的剧本，天涯旅人 CY 帮着看的，看到我对每个画面剪接时长都精确到秒，并针对画面写了音乐音响和画外音，CY 说，剧本成熟到完全能看到结果，闭着眼都能拍出来。马修尔来见我，头发慕斯，皮质凉鞋，最后一个高中暑假他白天在一家游泳馆当救生员（基本是枯坐高凳），傍晚在热门电视剧《行尸走肉》拍摄基地当管理员，负责场地清洁和供应饮料。他读了我的拍摄剧本，他写了拍摄预算。我看他的预算单，彩色打印，上面带拍摄公司名头的。斯蒂夫笑了，“不愧律师儿子，出事找公司，不跟个人算账。”能跟他算什么账呢？我心说。

我和斯蒂夫看到马修尔 YouTube 上有两个视频片段，我们太忙了，看片段开头，夕阳远景，就没往下看。五分钟，我把着手，你能烂到哪儿。马修尔拍片预算是三千美金，他说带几个同学也是电影小组同道来，三千美金包括租器材、灯具、移动轨、吃喝饮料汽油费。斯蒂夫二话不说，写张一千五百美金支票给马修尔的制作公司，按着规矩，等做好了，无修改了，再付另一半。（直到现在，我一想这笔钱都心疼！）

拍摄前一天马修尔带一男生来。金发，白孩儿，精瘦，马修尔说是合伙人皮特。马修尔后来偷偷告诉我，皮特因吸毒刚被私立学校开除了，不过皮特已被南加州电影学院录取了。马修尔显然佩服皮特，我拿不住准是因为被电影学院录取，还是吸毒这个反制行为。

两人把租来的移动轨和灯具搬进我的地下室，也是我的工作间，我画绘本书的地方。两人接上移动轨，立刻开拍。我就当我，被拍着我看到，两人查手机，查移动轨怎么使用，我判断，哦，没玩过这个，在拿我开练。

第二天早上外面停着一辆车，我上前探问，是马修尔雇的音效师。二十多岁一男生。我请人家进来得知，大学学电影，毕业没有活路，有时给马修尔这类玩电影小孩打工。噢！高中生同道都来了，二胖女生一精瘦皮特，昨晚都住马修尔家，马修尔家是三层豪宅，爸妈去海边度假，他看家看狗，好一个“最后的夏天”。同学听黑胶唱片，看古典片，吃喝玩乐，睡眼惺忪来拍片。马修尔精神抖擞，指挥手下人挪家具，摘满墙的画，同时给一女生打电话，跟我解释说，这女生正乘灰狗长途赶来，是重要成员。

斯蒂夫是高中生和大学打工的最小工，开车去给他们买吃买喝（付的吃喝费不跟马修尔细算了）。拍摄的时候，小工斯蒂夫躲在自己办公室里，紧紧关上门，大气不敢出，因为我们要录音，录我吆喝老北京叫卖。我一气吆喝大段各种叫卖，香瓜石榴冰棍小金鱼，洋孩子听不懂中文，憋着气听到完，全都热烈鼓掌。小兔崽子，我是哪儿毕业你们知道吗！人家不知道，我是谁人家不关心，人家觉着拍摄挣钱很好玩。我一边被拍一边觉得不对头，镜头不对，机位不对，根本用不着吊杆录音的，这帮孩子拍片观念比我更古老！一路巴士长奔的女生一路和马修尔说着话，还一路下车跟同学拥抱闲扯，她终于来了，长发飘飘小美女，手持小高清（这群高中生都有小高清），马修尔说这女生重要，因为最后是她剪接。到此时我看出太不对头了，马修尔根本不照剧本拍，好吧，算你导演，但是你拍，隔州剪，斯皮尔伯格当年都不敢！

马修尔只做对一件事，拍摄之后把家具和满墙的画都归位了，还问我，归对了吗？这让我深深感动。马修尔这代人（美国的还是中国的）罕见啊（一般是到处扔着你替他们收手）。马修尔在拍摄现场打工，毕竟学到规矩，他手下女生吃饭后主动擦桌子，我不得不叫停，橡木桌居然用水擦！上私立学校的富二代，家里有佣人，不知道木头得用特别的油来擦。

我帮着做道具，帮着搬东西，我重度伤残，但是得紧着帮忙，因为马修尔落后于他制定的拍摄进度，同学都远道来的，都要按时回家去。我看了第一次粗剪，解雇了马修尔，马修尔委屈地嚷嚷，电影课老师什么都没教啊。马修尔被妈妈带来了，妈妈出面问，我儿子错在哪儿？我只好把我的工作简历推到妈妈面前说，您和斯蒂夫都念过三年法学院，如果您也念过我的五年导演专业，我可以跟您指出您儿子错在哪儿。这个问题应该是他问而不是你。熊孩子怯怯问，再看看拍的？我说不用看，你拍的每一个画面是什么样儿我都知道，我就手画了几个构图，熊孩子就点头。当妈的不死心，上班时候把一个盘放在斯蒂夫椅子上，说儿子给她转我看的。我没看。后来朋友借盘用，发现那盘根本是空的。马修尔进大学念电影了——我懒得祝其他雇他的人走运；我好心疼白扔一千五百块美金，要是捐给接下来遇到的“穷孩子”呢！

我改凯瑟琳拍摄。她是职业摄影师，斯蒂夫念法学院当校刊主编的时候，主修人类学的本科生凯瑟琳是校刊摄影，脖子上成天挂着相机。三十年前一起做杂志的同学，如今医生、律师、教授、广告商、华盛顿官员；凯瑟琳打零工糊口，端盘子，给小报拍照片，她熟悉本地每一个小乐队，熟悉色情和贩毒动态的程度，超过做刑事案的斯蒂夫。她把最后一个固定活儿也辞掉了，对自己说，看看连一份职业都没有能坚持多久。她觉得挺幸运的，总有人找她拍点什么挣点小钱，她给阔人拍肖像，阔人照片和捐款钱数印在各种慈善机构的年度报告里，一张阔人捐款照报酬是六百块。而凯瑟琳醉心的是静态树叶的构图，说大自然就是无数的完美几何。为了得到一副理想的构图，她会像猎人一样耐心等待好多天。她的照相机还是大学毕业时买的，添个两千块的镜头她得勒紧裤腰带。她用传统暗房技术冲洗，而传统摄影，在人人数码相机世纪，在绝对末路之中。有时候凯瑟琳饭都吃不上，最后一点钱给她的狗买狗食，自己到商场后门扒拉过期罐头吃。凯瑟琳曾经拍出来的作品上过《滚石》《史密斯学会杂志》《众生相》，她的作品有私人收藏了，她有代理人了，一张尺寸一米的照片卖到一千二百美金，代理人拿走一半，她得一半。都是曾经的了。她的最后一次展览我去捧场了，构图绝妙，目光敏感，旁边一群花枝妖艳的阔妞儿都买她们朋友的手机照片，惊呼尖叫着，

“上帝，摸摸，摸摸，照片可以印出来啊！”——Fuck！新生代自拍驴脸美人照，用手机编辑，居然不知道照片本是印刷的！她们惊那位拍狗屁花儿的朋友为天人。而凯瑟琳，用光细腻，色调丰富，上电脑修，数码工坊一张张放大印了配镜框，展厅主人特意放在最里面，还在门口为她竖起大幅招贴，展览中鹤立鸡群的凯瑟琳，却一张照片都没卖出去。

凯瑟琳说她必须转行，看我不停转行，说要以我为榜样，她看我做的数码绘本书连声赞叹，于是我雇凯瑟琳拍视频，而拍视频，凯瑟琳是一天一会儿都没拍过！她也没有高清摄像机，她有一个刚到手的新佳能，是亲戚送她的礼物，能拍视频，但她还没试过。凯瑟琳自信能拍好，OK，接下来，我在地上捡了一个“穷孩子”剪接师。

我跟凯瑟琳讨论怎么做视频，约小饭馆碰头，一进饭馆，看到一个满头小辫子黑男生蹲在地上收拾餐具，仰头冲我一笑，眼睛灿烂。就是我的剪接师。黑男生叫杰布瑞，22岁，也玩摄影，父亲是专业摄影师，杰布瑞搬出家独立的时候父亲送他一堆古典摄影器材，他搬入城中公寓的当天晚上就被偷个一干二净。杰布瑞上了一年社区大学，感觉学校没有教他任何东西，不上了，他端盘子养活自己。杰布瑞画画，还做视频导演，后来他给我看他拍的小品，是为朋友的爵士乐做的，我看一个画面，叫一次好，从头叫到尾，斯蒂夫一起看的，看完他对杰布瑞说，说实话，你朋友的爵士马马虎虎，你的拍摄和剪接很棒。我从地上捡起杰布瑞的时候，认准的是他便宜，剪五分钟二百块。他腼腆地报价。

万一再浪费二百块还是浪费得起的。我心里想着，到一家店转素材带，转上世纪1986年我骑自行车走大运河的电视视频。那时候，我从京城源头骑到杭州终点，半路上CCTV记者追上我，后来我在CCTV做《运河人》节目主持人。那是全民看一台的时代，我的观众上亿。五分钟视频要用到。

我拿着旧日播出带到转带店。店在小镇，镇边有铁路，过道栅栏和红灯，火车要来的叮当警告声，处处都是怀旧的提示。

转带店也是照相馆，墙上挂满店主拍的老照片，各种倒塌的老房子，颓废的情调。和凯瑟琳拍摄的树叶一样，这些怀旧照片没有买主。店里布置反光灯伞，座机拍摄，悬挂绘画的乡间布景，没有顾客。人人手机自拍，谁还进照相馆？来转磁带的都是上年纪人，转孙子和去世老伴留在老录像带里的旧日。这里有各种转带机，转播出专业大带、标准带子、数码小带，转碟到拇指，是一个技术变化（飞快变化并遗弃）的微型展览馆。

店主查看CCTV播出老带子，我跟着看自己走运河的时候，骑一辆赛车，戴顶遮阳帽，变色大眼镜，那副模样曾经是我的品牌。旧日画面里，我走过寒冷北方，地面泛绿的地方，水网江南；牵毛驴黄河渡船农民，头扎白肚毛巾，大棉袄，绑带鞋；叼着麦穗的小姑娘，碎花圆领布衣裳；脸皱得像核桃皮老太，是一位唱吴歌的老歌手，那时七十多岁，如今还能在世吗？旧日我，在我要做的视频里不超过二十秒，从那时在路上看人到如今看自己：我画我讲我小时候的故事，就是新视频的内容。

凯瑟琳拍摄，用照相机的视频功能拍，全部自然光，我揽动水中颜色，做她的拍摄助手，我们拍印象派！斯蒂夫头顶绿屏幕，我在前景表演说书，我从库房拖出52寸废电视屏，我躲在后面比划，我们拍出皮影效果！每拍得一段，我和凯瑟琳橄榄球员赢分一样，击掌，拥抱，狂吼。

我和端盘子的杰布瑞一起剪。杰布瑞住的破公寓没有Wi-Fi，他也没有车，每天骑自行车上班。我去接他到我的地下室，他有个二手苹果机，9百块eBay买的，他剪，网上找音乐音响，我在Dell写中文《拍花子和俏女孩》，传给工作台对面的杰布瑞。他干活时候我去给他买饭买咖啡——给他端盘子。

斯蒂夫看了我们的活儿。大赞！于是我问："杰布瑞和马修尔怎么比？"斯蒂夫答："马修尔是1，杰布瑞是1000。"

我付给凯瑟琳400块，付给杰布瑞600块（比他要的高三倍。）加上转带子视频卡什么的这五分钟视频：我花了1200块。杰布瑞放在YouTube上，德国、法国、英国，日本观众说是艺术片。YouTube中国看不到，小米数码绘本编辑冯岚帮着上传中国各视频网，我自己转新浪微博，点击率几十万（中国人口基数啊）。在视频里我放了数码版，也放了纸媒版，纸媒版无法直视的难看的颜色调过了，我手飞快翻书页，卡通片似的，帮着遮丑。诚恳地说，纸媒编辑和出版人十分在意文字，但是，对颜色有眼无珠到，让我眼珠跌出！我不该说人家坏话，我应当心存感激，给你出版就是看得起你；为此我也付了昂贵学费的，我专程飞中国请教，我看各种书样本，我因此学到有关印刷纸张的知识（粗浅的），我还没学到绘本书的纸媒设计。

除了到上海国际儿童图书节，我还到深圳，杭州，南京先锋书店，上海图书馆，天津金融博物馆，我游走，我为绘本书讲演。天涯旅人 YC 设计我的出场：全场灯暗，舞台灯暗，播放 5 分钟视频，舞台灯起，你出场。然而，深圳，南京先锋书店，上海图书馆，都没有舞台灯控制，没有放视频的装置。上海儿童书展，喧闹，拥挤，电视机放在地上，观众看不见视频。观众全都看见的是，我说书。在《拍花子和俏女孩》绘本书中，我翘课，溜进说书馆，顿时被女说书人迷住，立志长大要当说书人。时刻到来了！上海国际儿童图书展，坐的，站的，孩子骑爸爸肩膀上的，上年纪的，过路的，其他出版社的，远近围起来，听我说书，我叫孩子们，来，来，来，拍一下惊堂木，听我还愿儿时梦想。

我说着书，我观察着，做视频对销售纸媒书和数码书，没有任何用。数码书和纸媒书，是分离的，眼下是视频世纪，都在手机看视频。

参与这视频的人呢，马修尔念电影，父母为他支付每年学费七万美金外加器材费，豪宅家抵押贷款两次了，父母在钱包里一堆信用卡偿付时间舞蹈；摄影师凯瑟琳在端盘子；杰布瑞，有个女朋友，在同一个餐馆厨房打工，他剪我小片的时候女友怀孕了，为了做有责任感的父亲，他们就赶紧结婚了，妻子专职看孩子，杰布瑞从端盘子升小经理了；这不是他们的全部故事，妻子写科幻小说，杰布瑞印自己拍的照片在网上卖；这不是他们的全部故事，两口子省吃俭用买个小高清，在拍他们的孩子，想着多年跟踪，拍一部《青春》那样的片子。

亲爱的穷孩子，操蛋的富孩子，做视频，原谅我说，不是明天的饭碗。

明天靠什么手艺能活，
天知道，天都不知道。

（2014 年）

全球同步上映

一声“哇”，让我的早上顿时醒来。我看到绘本小说日文译者华春来信讨论“哇”的使用。我和华春一起做我的绘本小说《拍花子和俏女孩》日文版，我画我小时候逃学在旧日北京到处乱钻，胡同人家、小街、说书馆。我们修了九版，刚刚放到日本亚马逊自卖，这下又出事了。

华春写道——

昨天一个自己开翻译公司的熟人读了《拍花子和俏女孩》日文版指出，有两处“哇！”（小姑娘你在香烟铺还有在大杂院的气球），他说“哇”是男孩子以及东京地区为主一些较粗野的女孩说法，因为绘本其他部分都很文雅，所以这两处让这位开翻译公司的读者略感不适。

关于这一点，定稿之前读过书的三个母语为日语的男性当时都没觉得有什么不好，尤其我爱人现在还认为我的译文很好地表现了人物性格和惊叹的程度，鲜明而不失流畅，改了也许会更保险，但是肯定没有原来有趣了。

于是我昨天连夜问了四位日本女性，她们当中三个人都表示：一个家教不错的五年级女孩，如果在表示惊叹时用我现在采用的“哇”说法是会让听者略觉惊讶的；只有一个觉得：根据性格和情境的不同，有些女孩子本来就爱用我的“哇”说法，跟家教好坏无关。但她也认为，这种用法确实会引发关于说话者本身的各种想象，如果是作为画外音出现的词，可能会无意义地把读者注意力引到说话者身上去（问题是，这两处既可以说是navigation，陈述，也可以说是monologue，独白）。

现在，帮我读的小高，一时联系不上，我想跟他再讨论一下最后再决定。但这次的“事件”让我意识到，对于模拟女童说话的语气，我（和那三位男生校对）可能做得还不够。而中译本，说实话，我感觉在这一点上也不是很好，汉语没有性别问题，但是成语似乎过多，有些不但不是孩子用的，而且本身也不够贴切，比如磨刀人的吆喝声用“抑扬顿挫”。所以我想借这次修改的机会将完整的英语版和日语版对照一下。很遗憾早前没有意识到这一点的重要性，发现在日本买不成英语版时，应该立刻跟您借一本。请您尽快给我发过来一册好吗？PDF和epub都可以，都没有的话，JPEG也行。谢谢。

哇！我心想，这下我们还得从头做？

大约两年之前，我收到华春的第一封信，但不是第一次打交道。我们在新浪微博聊天，在那里她的网名让我联想到北方王朝，她的微博自我介绍是中日英自由翻译，喜欢参与一些听起来有趣、经得起思考的事情。她的微博头像，戴大头面具，穿着朝鲜族风物戏的农人服装，照片后景有些同样衣裳的女子，我猜她们在准备表演朝鲜打击乐。她在《纽约时报》中文网读到我写的自制绘本数码书，先做英文版后做中文版，都放苹果书店自卖的故事，她想翻译日文版，她写来——

辛欣，您好。真的很高兴在微博上认识您，我的真名叫华春，沈阳人，今年三十四岁，已经在日本生活十七年了。我在大学里学过地理学和戏剧理论（主要是莎士比亚的 dramaturgy），现在和爱人（日本人）一起住在京都，靠做英语和汉语的技术及产业翻译维生，业余的很大部分精力用于支持和参与独立电影创作。谢谢您的回信，不过我没太看明白是什么意思，您是说，你要给我一个能在普通电脑上看绘本的网址吗？能看到当然很高兴，不过我想您的文字水平，通过阅读您的自传《我 me》（您的绘本小说来自其中一段）和我少年时零星读过但印象深刻的您的文章，以及最近在网上看到的您的画作，已经得到充分证明了。想来您早就察觉到了，我对网络很不灵光，家里爱人倒是一直用苹果电脑，不过他还有我们的朋友们，好像都没有 iPad。如果需要的话，我考虑买一台 iPad mini。

隔着太平洋，我把一百二十四页绘本的无字画面一张张传给华春，把中文版 PDF 传过去，把中文原稿传过去；华春翻译，她爱人把日文一条条贴入绘本说明栏和对话气球里。我自己做英文版和中文版，都是这样做的。我的手工经验和他们的手工问题，包括制图软件问题，越过太平洋传来递去。华春觉得，做成一本数码书的最后一道：把书页放到一起，似乎太难了，于是她爱人把做好的日文画面每一页传我，由我做成一本日文绘本数码书。我们在 Dropbox 开一个文件夹，眼看着，一稿，两稿，修翻译，改字体，直到做了九稿。

你读标题“全球同步上映”，你读出我的幻想吗？我是在美国地下室 DIY 了苹果 iBook 店出售我的绘本书英文和中文的；中文版是多媒体的，一按画面上角的喇叭标图，你能听到我讲故事。我手里做着心里幻想着，不同文字版本的游戏规则，在网络世纪变了的，财大气粗的电影能全球同步上映，绘本和翻译不见面，也能做各种语言版的。也许，同步上映，有点标题党，不过，真的，在给日文版当装订匠的时候，我也帮法文版做数码装订呢。

法文翻译马努，住巴黎外面夏尔图大教堂旁边，是老校友，她是 19 世纪八十年代到中国的留学生，我在戏剧学院念导演系，她在戏文系研读中国古典戏剧。那时候她翻译了我的小说《在同一地平线上》，后来翻译我的侦探小说《封片连》。上世纪九十年代我到法国，她带我去她家附近的图书馆，在门口停步，指点我看，《封片连》赫然外国小说借阅榜首。马努是标准法国人，这意思是，她不看电视，也不让孩子看电视，孩子们在学校都很另类，跟其他孩子满嘴流行文化全说不到一块。马努根本不用 iPad，不看数码书，她读纸媒书，看小人书，她认为法国人从一岁到九十九岁都是小人书读者。这样一个数码盲马努居然想做法文版《俏女孩》，她为此找了一位助手，帮她把法文翻译放入绘本。助手叫茜茜，学中文的法国女生，在旅行社打工。马努必须在法律上雇佣这位茜茜，于是这辈子头一回，马努成立一个公司，茜茜把字贴到空白图里，图传过大西洋，我一页页做法文版数码书装订。

日文版做到第八版的时候，我们觉得可以卖数码版了，面临在哪里摆摊的问题。在亚马逊独家出版，创作团队提成是百分之七十，如果非独家，比如和苹果一起上架，提成会少很多很多。而日本电子出版状况是，苹果比亚马逊销量小太多，简直不值得为了苹果市场而减少在亚马逊的分成。尤其是 2013 年开始，亚马逊的书能在苹果终端下载读了。于是我们决定上日本亚马逊。为此，华春和爱人试验，发现亚马逊绘本书不能双页同时显示，而这是我的绘本书好多页的设计，是被行家大赞特赞的！奋战数码书的我试验了各种软件，做了一百多版。眼看走到日文版这一步，俗话说，有总比没有强，于是我们放弃双页，上日本亚马逊自卖。一路征战发现，你会超级坚持，你会格外柔韧。到了这时候，华春和我商量书价，讨论作者和翻译分成（我感觉到她很不好意思）。亚马逊百分之三十作者七十，作者和翻译呢，我说，我一半你一半吧。原创拿这么少，华春说，太不好意思了（我能感觉到她受到震动）。而我感到很对不起她。这时候华春抢修第八版三页翻译，我抢修装订，她爱人要去外地（由他送亚马逊）。我赶着做，把第九版送过去，她收到写来："太谢谢了！我爱人三小时后要去外地面试，他走之前在亚马逊挂上号了！"

上架了，展示了，来了"哇"的问题。

于是，我把华春想看的英文版送过去，更大的问题来了。华春读了英文版说，比中文版写得好，照她的形容，如果英文版是专业电影剧本的话，中文版是电视剧台词水平。而她，她宣布，根据英文版重译日文版。走到此，华春说，不多打搅爱人，学 PS 自己打字，一百二十四页绘本，她又重译了六十七页，一本上架数码书临时下架，我一页页再换版。我赶到累得气短，短信她，"日文盲我一边贴一边看你这一次的字型，包括字的选色，好看啊，'胡同里我独走'那一页字有日式漫画味道。为你学 PS 学做字高兴，喜欢爱学习的人。"

这才说到英文版翻译汪海岚。和海岚认识是因为她要扔垃圾。英国人海岚上世纪八十年代也在中国留学，听说有个名叫《疯狂的君子兰》的小说，找来找去，终于弄到小说的复印件。她译了，译文是手写在练习本上的，二十五年后收拾家，偶然发现破烂的练习本和更破烂的复印件，她很纳闷，早已扔了几次的老文件怎么还在？她经过中国作家朋友查到作者我，写邮件问有没有《疯狂的君子兰》的英译，若有她会把破稿子彻底扔掉，没有她会修改稿子寄给我。我们的创作关系就这样开始了。她在大英博物馆钱币与徽章部，是考古学博士，研究丝绸之路货币，还研究中国的像章，为此她写了一部“文革”红语词典。她也研究斯坦因，这位被中国人指控为“敦煌大盗贼”的我敬仰的独行侠。

绘本英文版，我丈夫斯蒂夫前面做了多道的。我和斯蒂夫小时候都看小人书，我的小人书是黑白两色，只有封面是彩色；斯蒂夫的小人书/漫画书是四色套色，他看小人书看“超人”，也被启蒙经典文学深渊到《伊利亚特》，上大学他仍然读漫画书，搜集漫画书。到自己做起来，才知道小人书/动漫书，这宝宝，要这么多心疼与照顾！我和斯蒂夫一起研究在我画好的气球和解释空间如何把字全放下，来回来去推敲怎么写。不过斯蒂夫的英文带男孩气，这时候海岚来了，飞手一道，让斯蒂夫服气拜倒。斯蒂夫把海岚的英国英文，又改美式英文，我一条条贴入画面，一版英式英文，一版美式英文，做成英文数码书。翻译署海岚。

有一天，海岚从英国发来一个建议。俏女孩翘课乱逛，因此功课糟到眼看考不上中学，就在求天求地求神仙的时刻，“文化大革命”来了，全中国从小学到大学考试都停了，都不上课了，在这个地方绘本书下一页面是俏女孩三年之后下乡，北京火车站告别，父母们哭，孩子们大哭（我画着哭）——海岚说：“这之间插一个画面吧，好像电影给一个空景，这画面是什么？你想想？”

我纸上泼墨，电脑做，红底，墨溅，白字：“我到处找拍花子，希望找到这个把孩子拐卖到天边的妖怪，我好混到遥远地方去玩！拍花子真来了，我做梦也想不到的日子真来了……”海岚修理英文，想像一起入英文版。

英文版 iBook 上架之后，折腾八个月，中文多媒体版上架 iBook，为过技术审查关，我过五关斩六将！但是，卖欧美三十四国的 iBook，那时不卖中国，也不卖日本。其实，全球同步上映，就是一个自幽默。

又不过，在到处门槛高墙的地球村里，数码小匠人我，搂着小包袱，敲苹果，敲亚马逊，敲中国多看，我到处敲门！何止几个数码绘本书东家，外借 YouTube，里送视频网（全部）！逮个地方就吆喝一嗓子，好酒也怕巷子深的。微信是大黑洞，只进不出，微信公号文章无法链接到其他网址，不能链接音频“喜马拉雅”（我在那里放了我讲的故事），但是微信植入腾讯视频（因为腾讯是它的大地主）！用微博贴绘本，盯上微博植入的“秒拍”（因为新浪开发了秒拍，它会自闪动，哇，诱眼入陷阱），用新浪再转微信，嘻嘻，这条道儿敞着。地球村壁垒们各自圈套内容，都说什么“内容为王”，呵呵，为你们公司股票为员工原始股兑现吧？多少渺小手艺人在分崩离析的媒体冰块上（纸媒到数码）跳跃，跌倒，再跳，再倒，我说跟改做数码小手艺人的日文华春要一半对一半分账，我带她一起跳冰块，我希望她挣到，这是我惭愧的秘密所在。

说到投入和盈利了。说到钱了。读者你在搓手？到这时我还没腾出工夫跟各国翻译说呢，直接跟你分享账本：这本绘本书，苹果店第一季度我的银行账号显示收到十七块美金，以后我再也没有看到此类报告——没看到账面有任何足以引起兴趣的变化（哪怕几块钱）！网上小店这么多，汪洋中谁挣到钱了？哪怕花推广费，我做了视频，回国我讲演，走到哪个场子我都挥扇子说书。

数码绘本我的工本投入：两台彩色复印机，数码绘画版，第一代苹果机，两个 iPad，录音机，为纸媒版颜色参考，用博展级相纸印全部画面，做视频，自掏美金过万。全部收入：纸媒版（七千人民币给了介绍人一千）；苹果数码版中文英文 iBook：三十美金以内；中国多看数码绘本加三本数码书：二百八十人民币。

这样，一起来读华春继续报告："计划中的活动都按时参加了，又向一些人推荐了绘本，甚至包括向两个美国人推荐了英语版。出版满三个月时我会把亚马逊的销量报告发给您，目前的状况是修订前共卖出七本，买的都是我认识的人；修订后卖出了四本，三本中两本可能是网友买的，另一本应该是一个韩国留学生和他的陪读太太买的。为了修改而暂停发售的事情，我通知了所有曾对绘本表示过兴趣的人，但是重新开卖的事情还只通知了一小部分人，所以随着更多人接到通知，销量可能会增加，另外，陆续分发到个人或是酒吧咖啡馆书店里的传单，也可能会带来新的购买者。"

华春（我写回）：我得跟你坦白，中文电视剧文字是我写的，你知道，这个绘本首先是英文版，想着是在美国出实体书，那时绘本在美国大热，几个代理人都很感兴趣，谭恩美的代理，哈金的代理，那时文学代理抢滩绘本，绘本小说英文怎么写，是文学代理最关心的事情，写来写去，推荐合作者，而成人绘本市场在退潮，但是数码书来了，我就自己干了。做了英文再做中文做到那个时候，我已经没有任何力气做中文翻译了，从手绘到电脑拉绘本每一根线（小人书格子框），我的体力耗完到眼睁睁看着英文我写不出中文，是我的文学编辑，利用早上晚上时间，每天译几页送来，她是学古籍本的，也写小说的，我心生感激，看着中文好像在看画，我摇头晃脑，就自己瞎加了，就像孩子画画吧。你说过，磨剪子人吆喝“抑扬顿挫”的成语问题，是我不够讲究，我不用体力做借口。

我告诉华春这些，不能让翻译误会了翻译，虽然她们天自一方，彼此不认识，更说不上哪天会见面。

我生出更多触觉，我不仅关心在法国画和出版的《我在伊朗长大》，也关心这书动画片是怎么制作的；我关心查理漫画杂志袭击事件；关心巴黎叙利亚移民新漫画家；我关心日本电子音乐销售；关心英国电影戏剧和通过隧道偷渡英国的难民；我关心英国的风和雨，因为英文翻译海岚（没有见过面），也因为我做数码书使用的软件，是伦敦一家小公司开发的，开发者的妻子是绘本作家，我为它新版提升献力呢；虽然我只有小学六年级数学程度就下乡当农工了，但是我关心数学家，因为华春的爱人是学数学的！而那些人，华春写到的日本人，教授、书店老板、读漫画的女孩和男生，我看到他们的生动模样；那位“小高”，最早帮华春看译文的理工生，华春感叹他对语言的感觉极佳，我津津有味读她写小高——

最近我和爱人开始为小高用影像记录他的自述。日本有这样一群人，他们祖籍南韩，百年前就陆续迁居日本，至今国籍却既非日本也非韩国——1945年朝鲜半岛刚独立时日本政府为韩侨专设了“朝鲜籍”这一名称，1965年韩日恢复外交，韩国政府向韩侨开放国籍申请，很多人却因“支持北朝鲜社会主义政权”“痛恨南韩威权独裁”“加入韩籍等于承认祖国分裂”等理由而决定保留“朝鲜籍”，小高的家族也在其中。

小高从小学到高中，读的是亲北派侨联办的“朝鲜学校”，这种学校因其背景而不被日本政府承认，升学就业都受为难。但它进行的是真正意义上的朝日双语教育，学生中的佼佼者两种语言都能达到母语水平，且日朝文化兼修，并对社会主义与资本主义制度都有深刻的了解，就像小高那样。

时移世易，越来越多的“朝鲜籍”韩侨选择了加入日本或韩国籍，包括小高的家人，而他一直拒绝随波逐流。现在他要辍学和韩国朋友创业，改国籍终于提上了日程。他想借此机会，把自己从出生到现在对韩侨群体、朝鲜半岛、意识形态教育等所有人生思考记录下来，而我们很荣幸地得到了他的信任，成为访谈并拍摄他的人。相信您能想象，这是一个多么独特而宝贵的机会。

我想说的是，虽然我去年就认识了他，意识到了他是一个值得深谈的人，但如果没翻译您的绘本，我很难有机会熟悉这样一个沉默的少数族裔工科男生并意外发现他在语言上的天赋。真的非常感谢。

（小高，我不知你个子多高，穿什么衣服，几号鞋码，但是“俏女孩”让我因此认识了你。）

我读你——华春，你躲在风物戏面具后面，我认识着你，在中国你有着我觉得日本人的最好品质，对工艺的敬重与执著。你照料买卖的这份细心，为“俏女孩”视频译日文，做维基百科页面，你跟我说各种人，你是在人海中捡别致贝壳的女孩儿，你的白日梦是在文字之间冲浪、游戏，对吗？因为你，我想象你的爱人，写小说，弹琴，在拥挤地铁读电子书的静男……

华春搬家，从一个城市搬到另一个城市，因为数学先生的新职业，整理，落定，她继续写来——

想跟您介绍一下这对韩国夫妇，可能会是我们的韩语翻译：丈夫金相奎三十四岁，是高丽大学韩国史学专业的博士生，研究朝鲜半岛日据时代的日本军队，这一年在京都某大学交换留学；妻子曹炫珠三十三岁，是一位小学老师。相奎的研究需要他学习日语，所以他日语还算流利，关键是正规的学术训练让他自觉追求精确的理解和表达，不会有某些外语专业的人那种盲目自信；炫珠本科学儿童教育，主修韩国文学，还包括体育音乐美术心理学等等，没有正式学过日语，不过在日本生活一年自学进步很快。

他们看到你做的《拍花子和俏女孩》视频短片后，再见面的时候，炫珠指着她手机屏幕对我说，这是她很喜欢的一本书，在韩国也很有名，我一看，居然是戴厚英的《人啊，人！》！！！！她和相奎恋爱时曾买这本书作为给他的生日礼物！您能想象我的震惊吗？我认识的中国上世纪八十年代末入学的大学生好像都没有知道《人啊，人！》的，我自己读也纯粹是偶然，韩国年轻人居然现在还在读！那天她打听了一下“拍花子”的准确意义，因为她的日韩辞典上没有这个词（我们还聊到了余华，她说韩国版《许三观》拍得不错）。

一周以后，就是前天，我们再次见面，他们买了日本亚马逊网的这本书，炫珠已经翻着字典读到了大人讲完拍花子传说的那页。她日文英文夹杂带比画地跟我说：“我想，拍花子会不会是‘文化大革命’的隐喻啊？‘文革’不就是让好多小孩子离开自己的父母家乡，然后又受了很多罪？”

记不清是否他们先问起这本书有没有出韩语版的计划，反正我问他们有没有兴趣翻译时，相奎的脸一下子红了，说怕自己日语水平不够。我告诉他有非常好的英语版，他又确认了一下原版是什么语，为什么是英语而不是汉语，然后才略为放心的样子。昨天又聊了一下，我们都认为，由他对照着日英两个版本，翻成准确的韩语，然后由炫珠把语言改成小学女生的口吻，应该能得到一个不错的译本。不知您觉得如何？

如果您同意让他们尝试翻译，有两件事情需要跟您确认一下。第一，可以把英语版 PDF 发给他们吗？他们应该也买不了 iBook 美国书的。第二，分成或报酬具体条件……

辛欣，您好，看到您做的绘本开头“拍花子故事”的视频了。我设想的就是这种感觉，但是有几幅出现时间可能需要拉长一点。我好好想一下，提具体时间长度给您。

今晚我在脸书上开始宣传绘本了，首先是给我认识的脸书朋友。反响比我想的还要好，有人说要拿到研究生院的 seminar 去宣传，还有人说短片给了她灵感，还有人打算将这作为自己买的第一本电子书，等等等等。

明天开始用邮件推销。唉，期待快点出现书评，有没有书评对消费者心理影响太大了。

数码书，一种前卫过去时，亲爱的华春，你知道，创造工具都给大众了，凡·高遍天下了，而我们的辛苦制作全都在床底下，在你，在我，感知着虚拟空间漂浮无数精灵。当载体变化，PDF，数码格式，电影手机屏了，变 VR 又变什么了，iPad 已过气，手机也会成为过去时，你和我的新手工，明天还会在吗？

而华春，当任何的你读到这一行，当我和她做书并互相写到此一时——

我们没有见过面呢。

摇滚说书

大限——死亡，假如，我不能创作了——没有什么值得创作了，那么，伪造自己的死亡如何？终日在遥远乡间美国地下室，无人解剖证实你的死亡，唯一的伴侣斯蒂夫不会读中文，不知道有这份讣告，于是，默默观看人世演化，也是一种活法？

就在这时候，在等着跟医生一起推测肾脏瘤子增长速度的时候，一个做出版的朋友说，想再印我的绘本小说《拍花子和俏女孩》。

读遥远的信儿，让打算装死的我，几乎流泪了。

我自写自画的绘本小说，来自写了好多年的自传，来自好多年临摹名画的练习，来自生活在发明大国对数码技术的自学，来自我对传统印刷技术的自学（图点数，道林纸，铜版纸，油墨，装订）。为了出纸媒版绘本，我飞过大洋，跪代理人和出版人，她们都多年在出版。数码时代了，人在手机，iPad，电脑看作品，然而，一件绘本小说不出纸媒版，好像不算登堂入室，没有实体握在手，创作在虚无中飘零。

《拍花子和俏女孩》绘本中文纸媒版终于邮递到美国了，打开一看，立刻合起，不敢再看。颜色惨不忍睹！不能惨到这样吧？于是又看一眼，这一眼，更惨了，发现我精心设计精心画的四页长图，我的儿时小街，从两边再打开小清明上河图，装订反了，画是一条长小街，两头各有一条胡同入口，装在中间了，成了一条胡同。纸也选错了（最贵的纸呢），外请美编没有修图，没有做版式设计，对颜色在纸面的呈现没有做任何预计，做到最后一步，装订错成这样，传统出版，一步一步，好恐怖的结果！

一位有图文经验的编辑说，绘本小说是一个大片材料，可惜了。这个句子，突然点醒心有哀怨的我，我抱怨什么呢，我自己学习不够，陷在自作的数码书 iPad 形式，手指推拉放大画面，特写局部，做纸媒书，要换一副目光，要重新设计啊。遗憾咬心，我知道，现在比以往任何时候都更知道，机会这么少，我有，我错过，而我的时间，真的有限了。有出版人想再做！

假如，重做这个绘本书，我要像我在书里画的，像小时候遇到的女说书人那样，我要为绘本说书。

小时候我逃学，钻进说书馆。说书的一般是男的，说的故事是书上没有的，说书爹口传给说书儿，而我遇到的说书人，是女的，胭脂红脸蛋儿，一条长辫子，腮边一朵花，一把扇子，一个惊堂木。啪！当说书人，顿成我的梦想，逃学回来，回到家，我就在家里说书，摆下点心和茶水，央求同院女孩都来听，这些狗女孩，吃我的，喝我的，把我告发了，说我给她们讲迷信故事，贴我大字报。而我记人家吃，不记人家打，到北大荒当农工的时候，我继续说书，冬天在火炕被窝里给女工说《战争与和平》，在牲口圈跟马说《海底两万里》，当护士的时候，在医院食堂跟护士大夫说春秋战国。

滔滔不绝，没有稿子，以口相传，传奇从秘密读书演变，传奇借我的口飞出。长话短说，当你读我发誓，要为最后一次绘本新作的机会说书，我是练习过的。何况，前几年，我又练过说书的。

纸媒出版者不俗，我成为儿童画家，从美国到上海参加儿童书展。儿童画家我，在书展之前之后之中，我都说书来着，就说我画我写的这绘本书里说书女说的一段故事。

深圳，我说书第一站，主持人媒体人胡洪侠也爱说书。深圳站台之前，在美国地下室我设计了灯光，音响合作者南京杨侃剪接音乐传到现场，我到现场一看，说书地方是讲台，又浅又窄，无灯光转暗，一对采访椅，一个放水杯的小茶几，OK，白光下，坐着，说起来。茶几一拍惊堂木，啪，一样震住观众。江湖艺人嘛，任何地方，都是你的场子。

南京先锋书店，连舞台都没有，巨大书店平地，观众三面坐，坐不下，后面站着，我在中间说，走来走去说，照顾三面观众，主持人杨侃是电台 DJ 也是摇滚乐人，说，就这样的，一路摇滚你不知前面是什么。

我走到浙江传媒大学，我没有说书，传媒大学生看手机，混课时，我给你们这些油盐不进的说，浪费我的生命，他们眼睛亮了，他们被煽动了，但是时间到了，我得上路去上海了。在图书馆，来的是退休人，舞台大白光，说！老人笑了，老人哭了，我说着，看到观众在擦眼睛，我的嘴几乎结巴了。

在国际儿童书展了，这台子小的啊，孩子过家家的吧，小孩儿拥我脚边，胳膊肘互相打，我吆喝，来，来，来，孩子来，拍拍惊堂木！来，来，来，跟我学：好！好！好！我说到关键时刻，就给我叫好！

孩子来拍惊堂木，一个拍，又一个拍，拍着，我就说起书来，孩子们在脚边叫好，大声叫好，路过的爸爸妈妈停下来了，因为牵着的孩子要求听，孩子骑在肩上，大人孩子听说书，其他展台人都转过头来了，里三层，外三层，国际书展一江湖，一把扇子，一个惊堂木，书迷驻步了。

那都是前奏，那都是预习，那只是绘本里的一段，说书 15 分钟，这一次出新版，我要说全书。从头说到尾。

先说我小时候听拍花子故事，再说我翘课逛北京城，四合院，大杂院，小街，大街，天坛，地坛，东安市场，我到处找藏在京城里头的拍花子，孩子全都怕被它拐走，我要找到它，跟着它逃走，逃到天涯海角去玩！而我，和所有的孩子，我们真的都被拍花子拐走了！

现场说全本书，我真能成吗？我刚从急诊室出来，周身检查，周身毛病，我很难站立15分钟。而说全本书，两个小时够吗，说全本书是连台戏，要说三个晚上，为了说出全本书，我得怎样的精神饱满！？现在，我就坐下来吃饭，我细嚼慢咽呢，健身房，每天！卷腹，旱地划船，原地自行车，要小心着，我不能再受伤了。

回头说全本书，穿什么衣服呢？上回穿一套黑，黑色西式外衣，黑色皮裤，黑色皮靴，一件高领白衬衫。这一次穿古典长裙？穿紧身黑衣？像变脸一样换各种行头？我是孩子，是妖怪，是洪水，是地狱，我是一切……

什么灯光，什么音响，未来一路舞台，一个个是什么样，缺什么呢或者一无所有，全靠我这一张嘴？

我有一张嘴，还有各种手段，前面做过的——所有你读到的，原来都是有用的，原来都是为了回头说全本书铺垫的，预习的，老天爷造人——造我，是有完整计划、全部蓝图的。

不知道说全本书，我这副身体能不能撑得住，啊哈，我在工作坊地下室，架摄像机，自拍说书，在绿布景前表演，电脑后期，加光效变幻背景（绘本书里的，照片的，动画的）配各种音响，做一个魔幻世界，我都练过！

地下室一个人说全本书，说错了，说累了，重新来，接着来，不就是作电影吗？我也练的，人家给你新机会，就是大福报了，我不等，不等任何，不等机会来了再说，就自己做起来，做出来，放掌上坤舞台——手机视频，眼看着我说起来了。待到舞台，任何舞台，说全本的时候，我将随身做好的灯光，背景，音乐和音响，和我的表演一起展现，无论什么时候，当这本小书流到你的眼前，像童话的瓶子，你打开，你想象，魔鬼说书的我，显现了。

然而，当然，都不能代替说书，现场说书。

手敲惊堂木，小木片与桌面撞击，啪，抖开扇子，唰……

眼前，无数眼睛，一个空间，共同呼吸，叫好声啊……

江湖之上，苍天之下，

一路走着

一路说着

遇到

我为你说书！

2016.10.04

图书在版编目（CIP）数据

我的伪造生涯 / 张辛欣著 . — 南京：江苏凤凰文艺出版社，2017.4
ISBN 978-7-5594-0015-4

Ⅰ . ①我… Ⅱ . ①张… Ⅲ . ①随笔–作品集–中国–当代 Ⅳ . ① I267.1

中国版本图书馆 CIP 数据核字（2017）第 048877 号

书　　名　我的伪造生涯

著　　者　张辛欣
责任编辑　李　黎
出版发行　凤凰出版传媒股份有限公司
　　　　　　江苏凤凰文艺出版社
出版社地址　南京市中央路 165 号，邮编：210009
出版社网址　http://www.jswenyi.com
经　　销　凤凰出版传媒股份有限公司
印　　刷　江苏扬中印刷有限公司
开　　本　787 × 1092 毫米　1/32
印　　张　11
字　　数　215 千字
版　　次　2017 年 4 月第 1 版　2017 年 4 月第 1 次印刷
标准书号　ISBN 978-7-5594-0015-4
定　　价　38.00 元

（江苏凤凰文艺版图书凡印刷、装订错误可随时向承印厂调换）